岩 波 文 庫

31-225-4

次 郎 物 語

(四)

下 村 湖 人 作

岩 波 書 店

目　次

次郎物語　第四部

次郎物語

第四部

一　血《けっ》書《しょ》

「次郎《じろう》さん、いらっしゃる？」

階段のすぐ下から、道江《みちえ》の声がした。

次郎はちょっとそのほうをふりむいたが、すぐまた机《つくえ》にほおづえをついて、じっと何かを考えこんでいる。いつもなら学校からかえるとすぐ、鶏舎《けいしゃ》か畑に出て、夕飯時まではせっせと手伝いをする習慣であり、それがまた彼《かれ》のこのごろの一つの楽しみにもなっているのであるが、今日はどうしたわけか、だれにも帰ったというあいさつもしないで、二階にあがったきり、机によりかかっているのである。

次郎はもう中学の五年である。

階段からは、やがて足音がきこえてきた。次郎は机の一点に眼《め》をすえたまま動かない。しかし、べつに足音をじゃまにしているようにも見えない。六月末の風が、あけはなした窓をしずかに吹《ふ》きとおしている。

「あら、いらっしゃるくせに、返事もなさらないのね。」

道江はややはしゃぎかげんにそう言って、机の前にすわった。白いセーラーの校服がすこし汗《あせ》ばんでいる。右乳からすこしさがったところに、校章のバッジをつけた紅《あか》いリボンがさがっており、そのすぐ下に年級を示す4の字が小さく金色に光っていたが、次郎はそれに眼をうつしたきり、やはり黙《だま》っている。

「どうかなすったの？」

「返事をしないのに、かってにあがって来るやつがあるか。」

次郎はおこったように言った。が、すぐ、道江の眼を見ながら、

「何か用？」

「ええ、こないだ貸していただいた詩集に、意味のわからないのがたくさんあったの。」

道江はそう言って、手提《てさげ》から一冊《いっさつ》の小型な美しい本をとり出した。

次郎は、しかし、もうその時にはそとを見ていた。そして、しばらく遠くに眼をすえていたが、

「僕《ぼく》、きょうはそれどころではないんだよ。」

と、急に熱のこもった調子になり、

「大変《たいへん》なんだから、僕たちの学校が。」

「大変って？……何かあったの？」

と、道江も本を握《にぎ》ったまま、眼を光らした。

「朝倉《あさくら》先生が学校をやめられるんだよ。」

「朝倉先生？　あのいつもおっしゃる白鳥会の先生でしょう。」

「そうだよ。」

「どうしておやめになるの？」

「それが僕たちにはわけがわからないんだ。」

次郎は、きょう学校で、生徒たちの間に噂《うわさ》されていたことのあらましを話した。それによると、つい一週間ほどまえ、朝倉先生は校長といっしょに県庁に呼び出され、知事から直接の取り調べをうけたが、すぐその場で辞職《じしょく》を勧告《かんこく》された。理由は、先生がどこかの講演会《こうえんかい》にのぞみ、講演のあとで少数の人たちと座談会をやったが、その席上《せきじょう》で、最近の大事件として世間《せけん》をさわがした五・一五事件――犬養《いぬかい》首相の暗殺事件が話題にのぼり、それについて先生が率直《そっちょく》に自分の所信《しょしん》をのべたのが一部の軍人を刺激《しげき》し、憲兵隊《けんぺいたい》までが問題にしだしたことにあるらしいというのである。なお校長がいっしょに県庁に呼び出されたことについても、いろいろと噂がとんでいたが、現在の花山《はなやま》校長は、人望《じんぼう》のあった大垣《おおがき》校長がこの学校の変わり目に新設のある高等学校長に栄転したあとをうけて赴任《ふにん》して来た人で、容貌《ようぼう》も、性質も、大垣校長とは比較にならないほど弱いところがあり、おまけに女のように疑《うたが》い深くて、朝倉先生に対する生徒間の人望をいつも気にしていたので、何かその間に小細工《こざいく》があったにちがいないというのが、ほとんど全部の生徒の抱《いだ》いている感想である。次郎自身も、むろんそれを確信しているらしく、道江に話す口《くち》ぶりの中に、よくそれがあらわれていた。

「でも、朝倉先生は、まだ学校に出ていらっしゃるでしょう。」

「昨日《きのう》までは出ていられたが、今日《きょう》は見えなかったようだ。」

「昨日まで出ていらしったのなら、ほんとうかどうか、まだわからないわね。」

「しかし、県庁の学務課に出ている人の子供がそう言っているんだから、みんなほんとうだと思っているんだ。」

「先生にじきじきお尋《たず》ねしてみたら、どうかしら。」

「そんなことしたって、先生はほんとのことを言やせんよ。つまらん先生なら、すぐ言うんだが。」

道江は、女学校の先生たちの中に、たずねもされないのに学校における自分の立場などを話し、それとなく生徒の同情を買おうとするような先生が何人もいるのを思い出し

て、ちょっと苦笑《くしょう》した。そしてしばらく何か考えていたが、

「女学校では、先生のことだと、まるで根も葉もない噂《うわさ》がたつことがあるのよ。」

「そうかね、しかし朝倉先生のことはどうもほんとらしい。こないだ白鳥会の時にも、五・一五事件のことを話しだして、ひどくこのごろの若い軍人たちの考え方をけなしていられたんだから。」

「そんなにひどくけなしていらしって？」

「いつもの先生とはまるで人がちがっているような激《はげ》しさだったんだ。将来日本を亡《ほろ》ぼすものはおそらく彼らだろう、といった調子でね。」

道江は眼を見張った。そして急に何かにおびえたように肩《かた》をすぼめながら、

「そんなこと言ってもいいのかしら。」

次郎は、いいとも悪いとも答えなかった。しかし彼の不満そうな眼が、あきらかに道江のそんな質問をけなしていた。彼はひとりごとのように、すぐ言った。

「朝倉先生だけだよ、今の時勢《じせい》にそんなことが堂々《どうどう》と言えるのは。」

道江は心配そうに次郎の顔を見つめていたが、

「もし、おやめになるのがほんとうだったら、どうなさる。」

「むろん、留任《りゅうにん》運動さ。朝倉先生がやめられたら、学校はもうまるでだめなんだから

ね。きっとみんなも賛成するよ。いや、賛成させて見せるよ。僕、きょう、学校でそんな噂《うわさ》をきいたときから、そのつもりでいるんだ。」

「でも、そんなことなすったら、次郎さんたちも大変なことになるんじゃない？」

「どうして？」

「だって、先生のおやめになる理由がそんなだと……」

次郎はきっと口を結んだきり、答えなかった。道江は、それでなお心配そうな顔をして、

「留任運動って、どんなことをなさる？」

「僕、さっきから、それを考えているんだよ。」

「まさか、ストライキなんかなさるんじゃないでしょうね。」

「だれがそんなばかなまねをするもんか。そんなことしたら、かえって朝倉先生に恥《はじ》をかかせるようなもんだ。」

「でも、やりだしたら、どんなことになるかわからないわ。」

次郎は腕組《うでぐ》みをしてだまりこんだ。彼がさっきから苦慮《くりょ》していたのも実はそのことだったのである。彼は、留任運動そのものが、すでに朝倉先生の気持ちにそわないということを、よく知っていた。しかし、朝倉先生を失ったあとの学校のうつろさを考えると、

じっとしてはおれない。何が何でも留任は実現させなければならない。それが実現しないくらいなら、自分も学校をよしてしまったほうがいい、というふうにさえ考えているのである。だから、運動をよす気には絶対になれない。たとい朝倉先生にしかられても、それだけはしかたがない。しかし、やりだせばストライキになる心配はたしかにある。第一、今度《こんど》の校長があの通りだし、生徒の中には、古くからの先生たちに対する生徒間の不満もずいぶんつもっているのだから、騒《さわ》ぐのにいい機会が見つかったと思って、喜ぶものがあるかもしれない。そんなことで、もし実際にストライキになってしまったとしたらどうだろう。ストライキ、とりわけ学校ストライキは、何といっても学校に対する脅迫《きょうはく》であり、一種の暴力である。事件の大小はべつとして、それはちょうど朝倉先生が極力非難《きょくりょくひなん》した軍人たちの過《あやま》ちを、そのまままくりかえすことになるのではないか。暴力を非難したために迫害《はくがい》されている朝倉先生を暴力でまもろうとする。それは何という矛盾《むじゅん》だ。何という不合理だ。そしてまた何という無意味さだ。それが朝倉先生を公衆の中ではずかしめることにならないとだれが言い得るのか。――次郎はそんなふうに考えて、いろいろと思いなやんでいたのである。

「白鳥会の人たちだけでおやりになっても、だめかしら。」

道江は、次郎が黙《だま》りこんでいるのを同情するように見ながら、言った。

「そりゃあ、僕も考えてみたさ。しかし、こんなことは、やはり小人数ではだめだよ。少なくとも五年級ぐらいは団結しなきゃあ。それに白鳥会だけだと、何だか白鳥会のためにやっているようで変だよ。第一、それでは、ほかの連中が承知《しょうち》しないだろう、かえって、そっぽをむいて笑うかもしれんね。」

「でも、それで次郎さんのお気持ちだけは通るんじゃないの。」

「なあんだ。」

と、次郎は、あきれたようにしばらく道江の顔を見ていたが、

「女って、そんなものかね。」

と、なげるように言って、ごろりと畳《たたみ》の上にねころんでしまった。

次郎は、道江に対して、時おりこんなふうに失望を感ずることがある。彼は、叔父《おじ》の大巻徹太郎《おおまきてつたろう》の結婚式《けっこんしき》のおり、花嫁方《はなよめがた》の席にならんでいた道江をはじめて見た時から、何となく心をひかれ、その後大巻を中にして親類づきあいが深まるにつれ、次第《しだい》に彼女《かのじょ》との親しみをまし、今では、淡《あわ》いながらも、それが心地《ここち》よい一種の匂《にお》いとなって彼の血管を流れているのであるが、彼女と何かまじめな問題について話しあったりしていると、彼は時おりそうした失望を感じ、淡い匂いが、血管からすっと消えて行くような気になるのである。もっとも、そうした失望も、さほど深刻《しんこく》には彼の心にひびかないらしく、

淡い匂いが、まもなくまた彼の血管にただよいはじめる。それは、おそらく、聡明《そうめい》ではあるが普通《ふつう》の女の常識の限界を一歩ものりこえない、ただすなおで、親切で、物《もの》わかりのいい道江の性質が次郎にもよくわかっていて、自然、彼女に求むるところが最初からそう大きくなかったからでもあろう。また道江が気だてもよく、年ごろもちょうど兄の恭一《きょういち》にふさわしいというので、祖母をはじめ、俊亮《しゅんすけ》や、お芳《よし》や、大巻の人たちの間に、よりよりその話があるのをきいており、彼自身でも、何かのひょうしに、将来の兄嫁《あによめ》に今のようなぞんざいな口のききかたをしてもいいのかしらん、などと考えたりするほど、それを決定的なことのように思っているせいもあるだろう。とにかく、彼が道江に対してしばしば失望を感ずるのも事実だし、また、そのために少しでも彼女をうとんずる気になれないというのも事実である。そして、彼自身でそれを少しも変だと思わないところに、彼のひそかな恋情《れんじょう》がひそんでおり、彼の将来の運命に何かの影《かげ》をなげる因子《いんし》が芽《め》を出しかけているともいえるであろう。

「次郎さん、おこったの。」

道江はねころんでいる次郎の横顔を見て、たずねた。

「おこってやしないさ。しかし、道江さんは考えかたが浅薄《せんぱく》すぎるよ。人間はもっと真剣《しんけん》でなくっちゃあ。」

次郎は、そう言ってもう半《なか》ばからだを起こしていた。

「すまなかったわ。でも、あたし、何だか心配なの。次郎さんにはどこか激しいところがあるんですもの。」

次郎は苦笑《くしょう》した。子供のころのことや、中学に入学したてに、五年生を相手に戦ったことが、心によみがえって来たのである。同時に、彼は、大垣前校長が口《くち》ぐせのように言っていた「大慈悲《だいじひ》」という言葉を思いおこし、それを今度の朝倉先生の問題の場合にあてはめたら、自分たちはどういう態度に出るべきであろうか、と考えてみた。しかし、いくら考えてみても、その二つが彼の心の中でしっくり結びついて来なかった。ただ、朝倉先生の留任《りゅうにん》は「大慈悲」の精神にかなうが、万一《まんいち》にもそのための運動がストライキにまで発展したら、どんな立場から見ても、それにかなわないということだけが、はっきりしたのである。

道江は、次郎が考えこんでいるのを、自分の言葉のききめだとでも思ったのか、

「やっぱり、どうしても留任運動はおはじめになるの?」

「そりゃあ、はじめるさ。方法はもっと考えるが、このままほってはおけんよ。」

道江の予期《よき》に反して、次郎の答えは断乎《だんこ》としていた。しかし、彼はすぐ何かにはっとしたように、固く唇《くちびる》をむすび、じっと道江の顔を見つめた。その眼《め》は、これまで道江が

一度も見たことのない、つめたい、しかし激しい光をたたえた眼だった。

「道江さん——」

と、次郎は、しばらくして口をひらき、

「僕は、こんな話を道江さんにするんではなかったんだ。僕はまだやっぱりだめなんかな。」

「どうして?」

道江の顔も、いくぶん青ざめている。

「かりに道江さんが、きょうの話をだれかにしゃべったとしたら、どうなる?」

道江はけげんそうな顔をして、返事をしない。

「かりに僕の父《とう》さんにしゃべったとしたら、……いや、僕の父さんならわかってくれるかもしれない。しかしこれが普通の父兄《ふけい》だと、きっと僕のじゃまをするんだ。」

「そうかしら。」

「そうかしらって、道江さんだって、さっき、朝倉先生の辞職《じしょく》の理由を問題にしていたんじゃないか。そんな理由で辞職する先生の留任運動をじっと見ていてくれる父兄は、今のような時勢《じせい》にはめったにないよ。それに、どうかするとそれがストライキになる心配もあるんだからね。」

道江はやっとうなずいた。うなずいたのが、次郎の気持ちに同感したせいなのか、それとも一般《いっぱん》父兄のそれに同感したせいなのかは、道江自身にもはっきりしなかった。

「だから――」

と、次郎は、もう一度道江の眼を射《い》るように見つめて、

「僕は道江さんに、きょうの話は絶対にだれにもしゃべらないということを約束《やくそく》してもらいたいんだ。」

道江は眼をふせて、かすかにうなずいた。次郎は、しかし、まだ不安だった。少しの冒険性《ぼうけんせい》もない彼女の常識的な聡明《そうめい》さが、きょうほど彼にもどかしく感じられたことはなかったのである。

「いいかね。」

と、彼はつよく念《ねん》をおした。そしてまるで脅迫《きょうはく》するように、

「もし約束を守らなかったら、承知しないよ。」

道江が、次郎の口から、これほどきびしい、あたたか味《み》のない言葉をきいたことは、これまでにかつてないことだった。彼女は少し涙《なみだ》ぐんだような眼をしていたが、それでも、だまって、もう一度うなずいた。

それっきりふたりが口をきかないでいると、急にそうぞうしい足音がして、俊三《しゅんぞう》が階

段を上がってきた。彼も、もう四年生である。今日は、午後武道《ぶどう》の時間だったらしく、垢《あか》じみた柔道着《じゅうどうぎ》をいいかげんにまるめて手にぶらさげていたが、道江にはあいさつもしないで、それを自分の机の近くにほうりなげると、すぐ次郎に言った。

「きいた？　朝倉先生のこと？」

「うむ、――きいたよ。」

次郎は、あまり気のりのしないらしい返事をした。

「きいていて、すぐ帰って来ちまったの？」

まるで詰問《きつもん》でもするような調子である。次郎にくらべてやや面長《おもなが》な、いくぶん青味《あおみ》をおびた顔に、才気《さいき》がほとばしっており、末っ子らしいやんちゃな気分が、その態度や言葉つきにしみでている。

次郎は答えない。

「みんなで君《きみ》をさがしていたよ。」

俊三は、いつのまにか次郎を君と呼ぶようになっていたのである。

「僕を？」

「そうさ。でも、見つからないので五年の連中が四、五人でうちにやって来ると言っていたんだ。」

「そうか。」

「もうじき来るだろう。来たら道江さんはいないほうがいいね。」

それは決して俊三の皮肉《ひにく》ではなかった。次郎は、しかし、少し顔をあからめて道江を見た。さっきからのこともあり、二重の意味でうろたえたのである。

道江はすぐ立ちあがったが、しかし、もうその時には、階段の下には生徒たちのさわがしい声がきこえていた。階段は土間《どま》からすぐ上がるようになっており、次郎や俊三の親しい友だちは、時には案内も乞《こ》わないで上がって来ることがあるのである。

次郎は、道江より先にいそいで階段の上まで行き、彼らをむかえた。そのため道江はどこにも落ちつくところがなくなり、次郎のうしろにかくれるようにして、彼らがあがって来るのをまっていた。

「どうしたい。きょうはばかにいそいで帰ってしまったじゃないか。」

そう言って最初にあがって来たのは、新賀《にいが》だった。新賀は次郎といっしょに彼らの年級では最初に白鳥会に入会した、とくべつ親しい友人で、よくたずねても来ていたので、道江ともいつのまにか顔見知りになっていた。

道江はいくらかほっとしたように、彼に目礼《もくれい》した。

新賀をむかえると、次郎はすぐ彼の先に立って自分の机のそばにすわった。そのため道江は、つづいて上がって来る生徒たちを、階段のうえに立ってひとりでむかえるようなかっこうになってしまったのである。彼女は視線《しせん》を畳《たたみ》におとして立っていた。新賀のほかに四人ほどいたが、彼らがつぎつぎに上がって来て、自分のそばを通るのが何となく息ぐるしかった。しかし、何よりも彼女をおどろかしたのは、その最後のひとりが階段をのぼりきらないうちに、

「やあ、道江さんじゃありませんか。」

と、いかにも親しげに声をかけたことであった。

道江はぎくっとしたように顔をあげてそのほうを見たが、その瞬間《しゅんかん》、それまでいくらかほてっていた彼女の顔から、さっと血《ち》の気《け》があせた。そして、いつもなら平凡《へいぼん》なほど温和《おんわ》なその眼が、異様《いよう》な光をおびて、まともに相手の顔を見つめ、きっと結んだ唇《くちびる》は、石のようなつめたさでふるえていた。驚《おどろ》きと、羞恥《しゅうち》と、怒《いか》りと、侮蔑《ぶべつ》とをいっしょにしたような表情である。

相手は、階段をのぼりきると、そのまま道江の真正面《ましょうめん》に立って、変な微笑《びしょう》をもらした。殿様顔《とのさまがお》といってもいいほど目鼻《めはな》だちはととのっているが、口元にしまりがなく、何とはなしに下品《げひん》に見える。涼《すず》しい風に吹《ふ》かれているかのように、眼をほそめてまたたかせているのが、いかにもわざとらしく、それが口もとの下品さに輪をかけている。

道江は、彼から視線をそらして、すぐ階段をおりようとした。すると、彼はそれをさえぎるように言った。

「道江さんがこんなところに来ているなんて、夢《ゆめ》にも思っていませんでしたよ。ここにはしょっちゅう来ますか。」

道江は、しかし、ふり向きもしないで階段をおりて行ってしまった。

「おい、馬田《うまだ》！　さっさとすわれ。」

新賀がどなるように言った。馬田と呼ばれた生徒は、まだ階段の上につっ立って、道江のあとを眼で追っていたが、

「うむ。」

と、なま返事をして、べつにはずかしそうな顔もせず、ゆっくりと歩いて来て、一座の中に加わった。そして、次郎の顔を見てにやにや笑いながら、

「親類かい、君んとこの？」

「親類だよ。」

次郎の答えはぶっきらぼうだった。

「そんなこと、どうでもいいじゃないか。」

新賀が、また、どなるように馬田をねめつけて言った。

「そうだ、ぐずぐずしていると、手おくれになるかもしれんぞ。朝倉先生はもう辞表《じひょう》を出されたそうだから。」

そう言ったのは、一年のころから、色の黒い美少年だという評判のあった梅本《うめもと》だった。すべてにひきしまった、しかしどこかにあたたかい感じのする顔が、馬田のだらしない顔といい対照をなしている。彼も白鳥会の一員になっているのである。

あとの二人は何か考えこんだように黙《だま》りこんですわっていた。ひとりは平尾《ひらお》、もうひとりは大山《おおやま》といった。平尾は出《で》っ歯《ぱ》で、近眼で、みんなの中で一《いち》ばん不景気な顔をしているが、おそろしく記憶力《きおくりょく》のいい勉強家で、三年のころからめきめきと成績をあげ、四年以来一度も首席《しゅせき》を人にゆずったことがないというので有名になっている。大山は、その反対に三年のころまではたいてい首席だったが、それから次第《しだい》に少しずつさがって、今ではやっと優等《ゆうとう》の尻《しり》にぶらさがっている程度《ていど》の成績である。おっとりしたのんき者で、まんまるな顔がいつも笑っているように見えるせいか、「満月」という綽名《あだな》をつけられており、同級生からばかりでなく、下級生からも非常に親しまれている。馬田とこの二人とは白鳥会には関係がない。

校友会関係でいうと、六人ともそれぞれに何かの委員をやっており、平尾が総務、次郎が文芸、梅本が弁論、新賀が柔道、大山が弓道《きゅうどう》、馬田が卓球《たっきゅう》となっている。むろん、このほかにも、剣道《けんどう》、野球、庭球、登山、陸上競技、水泳、図書などの部があり、委員の数も各部二名ないし三名ずつで、校友会の問題ばかりでなく、学校に何か問題があると、それらの五十名近くの委員が全部集まって相談することになっているが、今日は新賀と梅本とが中心になり、とりあえず、学校にまだ残っていた委員だけを集めてやって来たわけなのである。学校からかなり遠い次郎の家をわざわざたずねて来たのは、秘密《ひみつ》の相談所としてそこが適《てき》しているという理由もあったが、主なる理由は、いやしくも朝倉先生の問題に関するかぎり、最初から次郎を除外するわけにはいかない、という新賀の肚《はら》があったからである。

「俊《しゅん》ちゃんは下におりとってくれよ。」

次郎は、俊三がまだ机のそばにねころんで、じろじろ自分たちのほうを見ているのに気がついて言った。

「かまわんさ、俊三君なら。かえってきいてもらったほうがいいかもしれんよ。どうせ四年も加わってもらうんだから。」

そう言ったのは馬田だった。ほかの四人はだまっている。次郎は、

「いけないよ。まだほかの委員にも相談しないうちに、四年生がいちゃあ、あとでうるさくなるから。」

しかし、次郎の言葉がまだ終わらないうちに俊三はもう階段をおりかけていた。彼は自分の顔がかくれる瞬間、新賀のほうを見て、ぺろりと舌を出し、顔をしかめて見せた。新賀は、柔道仲間で、俊三ともかなり親しかったのである。

「どうだい、本田《ほんだ》、朝倉先生がやめられるというのに、君は、まさか、黙ってはおれまい。」

俊三の足音がきこえなくなると、すぐ新賀が言った。

「むろんさ。留任運動は決定的だと思うんだ。しかし、方法はむずかしいよ。僕、ひとりでそれを考えていたんだが、……」

「ひとりでかい？」

と、馬田が、変に微笑《びしょう》しながら、口をはさんだ。次郎はむっとした顔をして、ちょっと彼の顔を見つめたが、思いかえしたようにすぐ新賀のほうをむいて、

「とにかく、正々堂々《せいせいどうどう》と恥《は》ずかしくない方法でやりたいものだね。」

「そうだ、最初校長に願ってみて、いいかげんな返事しか得られなかったら、直接県庁にぶっつかるんだね。」

「校長はどうせ相手にならんよ。まるで配属将校《はいぞくしょうこう》の部下みたようなものじゃないか。」

そう言ったのは、梅本だった。すると馬田が、

「花山校長の鼻をあかすいい機会だよ。いよいよストライキになったとき、あのちょっぴりした青い鼻がどんなかっこうになるか、それを眺《なが》めるのも、はなはだ興味があるね。」

と、さかんに「はな」を連発して、ひとりで得意《とくい》になった。

「ふざけるのはよせ！」

新賀が今度はなぐりつけそうなけんまくでどなった。

「僕たちはストライキをやろうとしてるんではないだろう。」

と、次郎がすぐそのあとで、表面何気《なにげ》ないような、しかしどこかにおさえつけるような調子をこめて言った。

「ストライキをやらないで、いったい何をやるんだ。」

馬田は、さっきからのふざけた様子《ようす》とはうって変わり、まるで喧嘩《けんか》腰《ごし》になって次郎のほうに向き直った。

「留任運動をやるさ。僕たちは僕たちの真情《しんじょう》を訴《うった》えれば、それでいいんだ。」

次郎はおちついて答えた。

「それが成功すると思っているのか。」

「成功させるよ。」

「知事がきめたことが、僕たちの運動ぐらいでひっくりかえるもんか。」

「全校生徒が誠意《せいい》をもって願えば、知事だって考えるよ。」

「ふふん。」

馬田は鼻であざ笑った。そして、次郎なんか相手にならないといったようなふうに、ほかの生徒たちのほうを見て、

「本田のようなお上品《じょうひん》な考えかたには、僕は賛成できないよ。そりゃあ、いちおう形式的に校長や県庁に願い出るのはいいさ。しかし、どうせ成功はしないよ。成功しなかったら、それで黙《だま》ってひっこむかね。」

だれも返事をしない。留任運動をやろうという以上、だれもがそこまでは考えたことであり、馬田のいうような問題には、みんなが一度はぶっつかっていたことなのである。

馬田は勝ちほこったように、

「結局はストライキだよ。ストライキまで行けば、知事もあるいは考えなおすかもしれん。かりにそれがだめだとしても、校長や、いやな教員を追い出すぐらいなことは、きっとできるよ。だからはじめからストライキの覚悟《かくご》をきめて、その計画をやるほうが実際的だと僕は思うね。代表を出して、おとなしくお願いすることなんか、頭をつかわなくたって、すぐできることじゃないか。」

馬田は下品ではあるが、頭はそう悪いほうではない。自分の理屈《りくつ》に曲がりなりにも一《ひと》通《とお》りの筋道《すじみち》をたてるぐらいなことは、十分できる生徒なのである。

次郎は、自分が一番心配していたストライキの煽動者《せんどうしゃ》を、相談のしょっぱなから、しかも馬田のような生徒に見いだして、いらいらしだした。最初のうち、彼は、自分の考えもまだ十分まとまっていないし、今日はなるべくほかの生徒たちの意見をきこうと思っていたのだが、もうだまってはおれなくなって来た。それには、平尾と大山とが一言《ひとこと》も言わないですわっているのも、いくらか原因していたのである。

彼は、まず平尾と大山の顔を見くらべながら、朝倉先生の人格に対する彼の信仰《しんこう》にも似た尊敬《そんけい》の念《ねん》を披瀝《ひれき》し、先生なきあとの学校を論じて、留任運動の絶対に必要なるゆえんを力説した。それから、強《し》いて自分をおちつかせるように、声の調子をおとし、馬田のほうを向いて言った。

「しかし、留任運動は純粋《じゅんすい》な留任運動でなければならないと僕は思うんだ。それがほかの不純《ふじゅん》な目的のためにとって代《か》わられることは、最初から運動をやらないよりなおわるいことだよ。馬田君は最初からストライキを予定して、しかもそれを校長排斥《はいせき》にもって行こうとしているが、不純にもほどがあると思うね。僕は、そんな考え方には絶対不賛成だ。むしろ僕たちは、ストライキのおそれがあったら、極力《きょくりょく》それを食《く》いとめることに努力しなければならないんだ。それが留任運動をおこすものの義務だよ。それに——」

と、次郎の調子は次第に熱をおびて来たが、急に胸がつまったように声をふるわせて、

「万一、ストライキにでもなってみたまえ。僕たちは、表面朝倉先生を慕《した》っているように見えて、実は先生を侮辱《ぶじょく》していることになるんだよ。ストライキのような卑怯《ひきょう》な手段で先生に留任してもらうなんて、そんな……そんなひどい侮辱を先生に与《あた》えていいと思うのか。それも、先生の辞職の理由が僕たちにわかっていなければ、まだいい。わかっていてストライキをやるなんて、あんまりひどすぎるじゃないか。」

「じゃあ、君はいったいどうしようというんだ。理くつばかり言っていないで、具体的に方法を言いたまえ。」

馬田がきめつけるように言った。次郎は、しばらく返事をしないで、馬田の顔をじっと見つめていたが、思いきったように、

「血だよ。血をもって願うんだよ。」

「血だって?」

「うむ、血だ。五・一五事件の軍人たちは、相手の血で自分たちの目的をとげようとした。しかし、僕たちは、僕たち自身の血でそれを貫《つらぬ》くんだ。」

馬田ばかりでなく、みんなが眼を見はった。次郎は、しかし、わりあい冷静に、

「僕はいろいろ考えてみたんだが、日本では昔《むかし》から、何か真剣な願いごとがあると、よく血書《けっしょ》とか血判《けっぱん》とかいうことをやって来たね。君らはどう思うかしらんが、僕は今の場合、僕たちの真心《まごころ》をあらわすには、あれよりほかにないと思うんだ。」

みんな顔を見あわせてだまっている。馬田だけがひやかすように言った。

「奇抜《きばつ》だね。しかし、すこぶる野蛮《やばん》だよ。」

「むろん形式は文明的ではない。僕にもそれはわかっている。しかしストライキほど野蛮ではないんだ。」

次郎も少し皮肉な調子だった。

「すると程度問題ということになるね。さっき君は、ストライキは朝倉先生を侮辱すると言って心配していたが、血書や血判は侮辱しないのかい。」

次郎はちょっと考えた。が、すぐ決然《けつぜん》とした態度で、

「形は野蛮でも、それは朝倉先生に対する僕たちの真情をあらわす方法として、ちっともその限度をこえていないんだ。秩序《ちつじょ》をみだして相手を脅迫《きょうはく》するストライキとは、根本的《こんぽんてき》に性質がちがっているよ。だから、朝倉先生を侮辱することにはならないさ。僕はそう信ずる。」

「しかし――」

と、この時、平尾が近眼鏡の奥《おく》の眼をしばたたくようにしながら、めずらしく口をきった。

「本田は、いったい、どんな方法で血書や血判をあつめるつもりなんだい。まさかそんなことを全校生徒に強制するわけにもいくまいし。」

「そりゃむろんさ。こんなことはみんなの自由意志でなくちゃあ、意味をなさんよ。だから、僕は、強《し》いて全校生徒からそれを集めようとは思っていない。できれば五年生ぐらいは全部加わってほしいと思うが、それが無理なら、校友会の委員だけでもいい。それが無理だというのなら、有志だけでもしかたないさ。」

「しかし、こんなことは、めいめいの自由意志にまかしておくと、ほとんど加わる人がないし、ちょっと勧誘《かんゆう》すると、強制になってしまうものだよ。君はそんなことについても考えてみたかね。」

「考えてみたさ。僕が一ばん考えたのは、その点だったんだ。」

「では、どうするんだい。」

「僕は、まず僕ひとりでやる。」

「君ひとりで？　しかし、それをだれも知らなかったとしたら、どうなる。」

「少なくとも、君たちだけは、現にもうそれを知っているんだ！」

次郎は、それが相手に対する強制を意味し、したがって彼自身矛盾《むじゅん》を犯《おか》しているということに気がつかないのではなかった。しかし、彼は、どうにかして留任運動を阻止《そし》しようとしている平尾の気持ちをさっきから見ぬいており、そのつめたい理ぜめの言葉に、馬田に対するとはべつの意味で怒《いか》りを感じていたのである。

「ようし。僕も血書に賛成だ。」

新賀がそのがんじょうなからだをゆすぶって言った。

「僕も賛成。」

梅本がつづいて叫《さけ》んだ。

「血書は僕ひとりでたくさんだ。君たちはそれに賛成ならそのあとに血判だけ押《お》してくれ。」

次郎がやや興奮《こうふん》した眼を二人のほうに向けて言った。すると、今までとぼけたように、そのまんまるな顔の中に眼玉《めだま》をきょろつかせていた大山が、にこにこ笑いながら、

「僕も血判をおそう。本田、どうしておすのか教えてくれよ。僕は、こんなことははじめてでわからないんだからな。」

次郎と新賀と梅本とが思わず吹《ふ》きだした。

馬田はその時そっぽを向いており、平尾は出っ歯《でぱ》の口を狸《たぬき》のように結んで眼をつぶっていたが、二人とも笑いもせず口もきかなかった。

二　父と子

相談はとうとうはっきりした結末がつかないままで終わってしまった。平尾《ひらお》は、自分は総務の一人として、他の総務ともよく相談したうえ、あす校友会の委員全部に集まってもらってこの問題を提案したい、それまでは何《なに》ごともおたがいの間だけで決定するわけにはいかない、と主張しだしたのである。次郎も、新賀《にいが》も、梅本《うめもと》もそれには正面から反対もできず、平尾の肚《はら》を見すかしながらも承知《しょうち》するよりほかなかった。馬田《うまだ》はにやにや笑って次郎の顔を横目で見ながら、「それがほんとうだよ。」と言い、大山《おおやま》はその満月のような顔をよごれた手拭《てぬぐ》いでゆるゆるとふきながら、「それもよかろうな。」と言った。

それでみんなはまもなく帰って行ったが、そのあと、次郎はすぐ畑に出た。なかば行きがかりからではあったが、血書《けっしょ》のことを言いだしてしまったのが、かえって彼の心をおちつかせ、自分だけはもう何もかもきまってしまったような気持ちに彼はなっていたのだった。

畑には、めずらしく俊三《しゅんぞう》が出ていた。次郎を見ると、

「もうみんな帰った？　どうきまったんだい？」

「どうもきまらないよ。あす委員が全部集まってからきめるんだ。」

「なあんだ、あいつら、わざわざここまでやって来て、そんなことか。」

二人が話していると、鶏舎《けいしゃ》のほうから、もうとうに帰っていたはずの道江《みちえ》が走って来た。そして息をはずませながら、俊三とおなじことを次郎にたずねた。

「道江さんには関係ないことだよ。」

次郎はそっけなく答えて、草をむしりはじめた。さっき階段をのぼって来て、だしぬけに道江に話しかけた馬田の顔が、この時、ふしぎなほどはっきり彼の眼《め》にうかんで来たのだった。

「ひどいわ。」

次郎は道江のしょげたような視線《しせん》を感じた。しかし、答えない。すると俊三が、

「あす、校友会の委員が集まってきめるんだってさ。」

「そう？」

と、道江はいくらか安心したように、

「あたし、次郎さんがひとりで主謀者《しゅぼうしゃ》みたいになるんじゃないかと思って、心配していたわ。」

俊三は「ぷっ」と軽蔑《けいべつ》するように笑い、横をむいて苦笑《くしょう》した。

道江は、二人がまじめに自分を相手にしてくれそうにないので、さすがに腹をたてたらしく、彼女にしてはめずらしくはすっぱに、

「さいなら！」

と言うと、そのまま、おもやのほうにも行かず、表《おもて》に出て行ってしまった。次郎は、あとを追いかけて、彼女と馬田との関係を問いただしてみたいような衝動《しょうどう》を感じながら、草をむしっていたが、彼女のすがたが見えなくなると、

「もうだれかにしゃべったんじゃないかね。」

「何をさ？」

俊三はとぼけたような顔をしている。

「留任《りゅうにん》運動の話さ。」

「留任運動をやるってこと、道江さんにも、もう話したんかい。」

「うむ……」

次郎はまごついた。俊三は、かまわず、

「話したんなら、しゃべったってしようがないよ。さっき鶏舎で母《かあ》さんに何かこそこそ言っていたが、その話かもしれないね。」

次郎はやけに草を引きぬき、旱天《ひでり》つづきでぼさぼさした畑の土を、あたりの青い菜《な》っ葉《ぱ》にまきちらした。それは、道江や、馬田や、自分自身に対する腹だたしさからばかりではなかった。道江をまるで眼中においていない俊三の態度が、変に彼の気持ちをいらだたせたのである。

しかし、夕方になって風呂《ふろ》にひたった時には、彼はもう何もかも忘れて、一途《いちず》に血書のことばかり考えていた。

湯《ゆ》ぶねのふちに頭をもたせて、見るともなく眼のまえの棚《たな》を見ていた彼は、ふと、その上に父の俊亮《しゅんすけ》がいつも使う西洋かみそりがのっているのに眼をとめた。彼は、めずらしいものでも見つけたように、いそいで湯ぶねを出てそれを手にとった。そしてその刃《は》をひらいて、しばらくじっと見入《みい》っていたが、やがて指先《ゆびさき》で用心ぶかくそれをなでると、またそっともとのところに置き、何か安心したようにからだをこすりはじめた。

夕飯をすましてからの彼は、門先《かどさき》をぶらぶら歩きまわったり、二階の自分の机《つくえ》のそばにすわりこんだりして、はた目《め》には何かおちつかないふうに見えたが、頭の中では、血書の文句《もんく》をねるのに夢中《むちゅう》だった。簡潔《かんけつ》で、気品《きひん》があり、しかも強い感情のこもった表現がほしい。しかし、それが詩になってしまってはいけない。世間普通《せけんふつう》の人にも、すらすらと受けいれられるような文句でなければならないのだ。そう思うと、詩をつくるになれた彼の頭は行きつもどりつするのだった。そのために、彼は、お芳《よし》が台所のあとかたづけを、めずらしく女中のお金《かね》ちゃんだけに任《まか》して、いそいで大巻《おおまき》をたずねたのも、そのあとまもなく徹太郎《てつたろう》がやって来て、俊亮と座敷《ざしき》の縁《えん》で何か話しこんでいたのも、まるで知らないでいたほどだったのである。

彼が、どうやら自分で満足するような文句をまとめあげたのは、もう真暗《まっくら》になった門先をぶらついていた時だった。彼は、それをノートに書きしるすために、いそいで家にはいり、階段をのぼりかけたが、その時はじめて徹太郎の来ているのに気がつき、思わず立ちどまって耳をすました。

「時勢《じせい》が時勢でないと、こんなことはむしろ美しいことですがね。」

徹太郎の声である。話はもう大《おお》よそすんだらしい口《くち》ぶりである。

「次郎がどこまで考えてそんなことをやろうとしているのか、とにかく、あとで私からよくききただしてみることにしましょう。」

「ええ、そうなすったほうがいいと思います。ほっておいて世間をさわがすようなことになっても、つまりませんからね。……じゃ失礼します。」

次郎はいそいで階段を上りながら、徹太郎叔父《おじ》も、学校の先生だけあって、やはりこんな場合には事《こと》なかれ主義らしい、という気がして、ちょっとさびしかった。道江がお芳か姉の敏子《としこ》(徹太郎の妻)かにしゃべったのはもうたしかであり、そのあまりなたよりなさには、むかむかと腹もたった。

俊三はもうその時には蚊帳《かや》のなかでいびきをかいていた。

次郎には、なぜか、俊三がにくらしくもあわれにも思えた。そして、机によりかかって、じっといびきに耳をかたむけるうちに、子供のころの自分の生活に、よかれあしかれ、あんなにも深いかかわりをもっていた肉親のひとりが、今はまったく別の世界に住んでいる。人間というものは、年月がたつにつれ、こうして次第《しだい》にわかれわかれになって行くものだろうか、などと考えて、変な気持ちになって行った。

しかしノートをひらいて、血書の文句を書きだした時には、彼はもう一途《いちず》な力強い感情におされて、徹太郎のことも、道江のことも、俊三のことも忘れていた。そして、書き終わった文句を何度《なんど》も何度も読みかえしたあと、足音をしのばせるようにして階下《した》におりていったが、やがてもどって来た彼の手には、父の西洋かみそりと一枚《まい》の小皿《こざら》とがにぎられていた。彼はその二つの品を机の上に置いて、しばらくそれに見入った。家が没落《ぼつらく》して売《う》り立《た》てがはじまった時、そのなかにまじっていた刀剣《とうけん》のことが、ふと彼の記《き》憶《おく》によみがえって来た。すると、眼のまえの西洋かみそりが何かそぐわない、うすっぺらなもののように感じられてならなかった。しかし、そんな感じはほんの一瞬《いっしゅん》だった。彼はすぐかみそりの刃をひらいた。そして、いつ、だれに、どこできいたのか、また、それがはたして定法《じょうほう》なのかどうかはっきりしなかったが、血判《けっぱん》や血書には、左手のくすり指の指先をすじ目《め》に切るものだということが頭にあったので、その通りに指先をかみそりの刃にあて、おなじ左手のおや指で強く、それをおさえながら、思いきりすばやく、一寸《いっすん》ほど横にすべらせた。

つめたいとも、あついともいえぬような鋭《するど》い痛みが、一瞬指先に感じられた。しかし、そのあとは何ともなかった。血も出ていない、次郎はしくじったと思った。しかし、そう思っておや指のささえをゆるめたとたん、赤黒い血が三日月形《みかづきがた》ににじみだし、それがみるみるふくらんで、熟《じゅく》した葡萄《ぶどう》のようなしずくをつくった。

次郎はいそいでそれを小皿にうけた。つぎつぎにしたたる血が、たちまちに、小皿の中央に描《えが》いてあった藍絵《あいえ》の胡蝶《こちょう》の胴《どう》をひたし、翅《はね》をひたし、触角《しょっかく》をひたしていった。次郎は、表面張力《ひょうめんちょうりょく》によってやや盛《も》りあがり気味《ぎみ》に、真白《まっしろ》な磁器《じき》の膚《はだ》をひたして行く自分の血を、何か美しいもののように見入った。そしてそれからおよそ三十分の後には、彼は一枚の半紙に毛筆《もうひつ》で苦心の文句を書きあげていたが、その三十分間ほど彼にとって異《い》様《よう》に感じられた時間はこれまでになかった。それは、ちょうど氷のはりつめた湖の底に炎《ほのお》がうずまいているような、静寂《せいじゃく》と興奮《こうふん》との時間であった。

もっとも、字があまりじょうずでないうえに、使いなれない毛筆を血糊《ちのり》にひたしての仕事だったので、濃淡《のうたん》が思うようにいかず、あるところはべっとりと赤黒くにじんでいるかと思うと、あるところはほとんど血とは思えないほどの黄色っぽい淡《あわ》い色になっていて、全体としてはいかにも乱雑《らんざつ》に見えた。しかし、一か所も消したり書き加えたりしたところがなく、また、一字一字を見ると、へたながらもきわめて正確で、だれにも読みあやまられる心配はなかった。文句にはこうあった。

知事閣下《かっか》並《なら》びに校長先生

私たち八百の生徒は、昨今名状《さっこんめいじょう》しがたい不安に襲《おそ》われています。それは、私たちの敬《けい》愛《あい》の的《まと》である朝倉道三郎《みちさぶろう》先生が突如《とつじょ》として我校《わがこう》を去られようとしていることを耳にしたからであります。

私たちにとって、朝倉先生を我校から失うことは、私たちの学徒としての生命の芽を摘《つ》みきられるにも等しい重大事であります。私たちは、これまで、朝倉先生を仰《あお》ぐことによって私たちの良心のよりどころを見いだし、朝倉先生に励《はげ》まされることによって愛と正義の実践《じっせん》に勇敢《ゆうかん》であり、そして朝倉先生とともにあることによって真に心の平和を味わうことができました。朝倉先生こそは、実に我校八百の生徒にとって、かけがえのない心の灯火《ともしび》であり、生命の泉であったのであります。

私たちは、朝倉先生が我校を去られる真の理由が何であるかはまったく知りません。しかし、それが先生自ら私たちを教えるに足らずと考えられた結果でないことは、これまでの先生の私たちを導かれた御態度に照らしても明らかであります。また、私たちは、先生が、いかなる事情の下《もと》においても、教育家として社会から指弾《しだん》されるような言動に出られようとは、断じて信じることができません。したがって、私たちは、先生が我校を去らなければならない絶対の理由を発見するに苦しむものであります。

知事閣下、並びに校長先生、願わくは八百学徒の伸《の》びゆく生命のために、また、我校の平和のために、そして、国家社会に真に正しい道義《どうぎ》を確立するために、朝倉先生がながく我校に止《とど》まられるよう、あらゆる援助《えんじょ》を賜《たま》わらんことを。

右血書《けっしょ》を以《もっ》てつつしんでお願いいたします。

昭和七年六月二十七日

次郎は、年月日を書いたあと、すぐその下に自分の姓名《せいめい》を書こうとしたが、それは思いとまった。もし多数の生徒たちが墨書《ぼくしょ》で署名《しょめい》するようだったら、自分も人並《ひとなみ》に墨書するほうがいいと思ったからである。

指先の出血はまだ十分とまっていず、くるんだ紙が真赤《まっか》にぬれていた。彼はもう一枚新しい紙をその上に巻きつけながら、窓ぎわによって、ふかぶかと夜の空気を吸った。空には無数の星が宝石のように微風《びふう》にゆられていた。彼はそれを眺《なが》めているうちに、自分が血書をしたためたことが、何か遠い世界につながる神秘的《しんぴてき》な意義があるような気がしだし、昼間《ひるま》馬田にそれを野蛮《やばん》だと非難《ひなん》された時、どうして反駁《はんばく》ができなかったのだろう、と不思議に思った。

興奮からさめるにつれて、心地《ここち》よいつかれが彼の全身を襲《おそ》って来た。彼は窓によりかかったまま、ついうとうととなっていた。すると、

「次郎、蚊《か》がつきはしないか。」

と、いつのまに上がって来たのか、俊亮がすぐまえにつっ立ってじっと彼の顔を見おろしていた。

次郎は、はっとして机の上に眼をやったが、もう自分のやったことをかくすわけにはいかなかった。俊亮は立ったまま、ちょっと微笑《びしょう》した。が、すぐ血書のほうに視線を転じながら、

「生臭《なまぐさ》いね。」

と、顔をしかめた。そしてしばらく机の上を見まわしたあと、

「用がすんだら、かみそりや皿はさっさと始末《しまつ》したらどうだい。」

次郎は父の気持ちをはかりかねたが、言われるままに、かみそりと皿とをもって下におりた。そして、ながしで音をたてないように皿を洗い、それをもとのところに置くと、変にりきんだ気持ちになって二階に帰って来た。

俊亮はもうその時にはすわりこんで血書に眼をさらしていた。次郎もそばに行儀《ぎょうぎ》よくすわって、何とか言われるのを待っていた。しかし、俊亮はいつまでたってもふりむきもしない。とうとう次郎のほうからたずねた。

「こんなこと、いけないんでしょうか。」

俊亮はやっと血書から眼をはなして、

「いいかわるいか自分では考えてみなかったのか。」

「考えてみたんです。考えてみて、いいと思ったからやったんです。」

「自分でいいと思ったら、いいだろう。」

次郎はひょうしぬけがした。

しかし、彼は、つぎの瞬間《しゅんかん》には、自分を見つめている父の眼に、何か安心のできない

ものを感じて、かえって固くなっていた。

「しかし――」

と、俊亮はまた血書のほうに眼をやって、

「朝倉先生にはきっと叱《しか》られるね。」

「ええ、でも、それはしかたがありません。」

俊亮はだまってうなずいた。そしてしばらく何か考えていたが、

「ところで、これがうまく成功すると思っているかね。」

「成功させます。」

次郎はきおいたって答えた。俊亮は微笑しながら、

「しかし相手は役人だよ。日本の役人は中学生なんか相手にしてくれないんだぜ。」

次郎は、学校の卒業式に訓辞《くんじ》を読みにやって来る役人以外の役人をほとんど知らなかったが、その役人たちは、考えてみると、自分たちとはあまりにもかけはなれた存在のようだった。彼は今さらのようにそれを思って、何か心細い気がした。

「それに――」

と、俊亮は少し声をおとして、

「大巻の叔父《おじ》さんの話では、朝倉先生の辞職の原因は五・一五事件の軍人を非難した

からだっていうじゃないか。」

「ええ、しかし朝倉先生の言われたことは正しいんでしょう。」

「そりゃ正しいとも。たしかに正しいよ。」

「正しくってもいけないんですか。」

「正しいことで役人が動く世の中なら問題はないさ。しかし、床《ゆか》の上を歩かないでいつも天井《てんじょう》にぶらさがっているような今どきの役人では、そうはいかないよ。」

次郎には、床だの天井だのという言葉の意味がよくのみこめなくて、きょとんとしていた。

「つまり日本の役人は、権力という天井にぶらさがって、床の上をあるく国民の迷惑《めいわく》なんかおかまいなしに、足をぶらぶらさしているようなもんだよ。」

次郎は思わず吹《ふ》きだした。

「ところで、その権力というのが、昔《むかし》はだいたい上役《うわやく》にあったものだが、次第に政党にうつり、今では軍人にうつろうとしている。ほかのことならとにかく、自分たちのぶらさがる天井のことだから、役人たちはよくそれを知っているんだ。今ごろは多分、古い天井の桟《さん》に一方《いっぽう》の手をかけたまま、もう一方の手で新しい天井の桟に飛びついていることだろう。苦しい芸当《げいとう》さ。はたから見ていると、みじめでもあり、気《き》の毒《どく》でもある。

しかし、それを苦しいともみじめだとも思わないで、かえって得意《とくい》になっているのが今の役人だよ。そんな役人を相手に、一中学生が血書なんか書いてみたって、何の役にもたつものではない。ことに、それが新しい権力に楯《たて》つくようなことを言った先生の弁護《べんご》とあってはね。」

次郎は、かつて小役人《こやくにん》をしたことがある父の役人観を面白半分《おもしろはんぶん》にきいていたが、おしまいに自分の血書があまりにも過小《かしょう》に評価されたような気がして不満だった。いやしくも一人の人間が血を流してつづった願いだ。それがまるで無視されるという道理《どうり》はない。父は相手が役人ではだめだというが、たといつまらん役人でも、いやつまらん役人であればあるほど、血書をつきつけられてそれを黙殺《もくさつ》するだけの勇気はあるまい。彼にはそんなふうにも思えるのだった。それは、満州事変このかた、軍部に対する血書の嘆願《たんがん》といったようなものが青年の間に流行し、それが新聞に発表されるごとに、たいていの役人がきまって感激的《かんげきてき》な感想をもらしていたのを、よく知っていたからであったのかもしれない。

俊亮は、彼の気持ちには頓着《とんちゃく》なしに、

「しかし、せっかく書いたものをほごにするにも及《およ》ぶまい。まあ出すだけは出してみるさ。すこしなまぐさいだけで、べつにわるいことではないからな。まあ、しかし、これという返事は得られないものだと思ったほうがいいね。」

「まるで返事もしないって、そんなことがありますか。」

「そりゃあ、あるとも。多分《たぶん》学校といっしょになって秘密《ひみつ》に葬《ほうむ》ろうとするだろうね。」

「秘密になんかできっこありません。生徒の中に署名するものが何人もあるんですから。」

「役人の秘密というのは、だれでも知っていることを知らん顔することなんだよ。ははは。」

俊亮は声をたてて笑った。次郎は、にこりともしないで、父の顔を見つめた。

「そこでと、――」

と、俊亮はすぐ真顔《まがお》になって、

「いよいよ相手にされなかった場合、どうする？　引っこみがつかなくなって、困りはしないかね。」

「そうなれば、困ります。」

「困るだろう。ことにおまえが一人でやる仕事でないとすると。」

次郎は、ぴしりと胸をたたかれたような気がした。

「多数の力を借りて事《こと》を起こそうとする場合には、だから、よほど慎重《しんちょう》でないといけないんだ。さっきおまえは十分考えたうえで決心したようなことを言っていたが、そうでもなかったようだね。」

「僕《ぼく》は、血書をそんな弱いものだとは思っていなかったんです。」

「うむ――」

と、俊亮はちょっと考えたが、

「血書を出せば朝倉先生の留任はきっとできる、と思っていたんだね。」

「ええ。たいていできると思っていました。」

「今では、どうだい。」

「今でも、その希望はすてません。僕は成功すると思っているんです。」

「ふむ。」

俊亮はまた考えた。それから、何か思いきったように、

「もし私が、おまえの血書に不純《ふじゅん》なものがあると言ったら、怒《おこ》るだろうね。」

次郎にとっては、まったく意外な質問だった。彼はあきれたように父の顔を見ながら、

「どうしてお父《とう》さんはそんなことをおっしゃるんです。」

「人間というものは、功名心《こうみょうしん》のためなら自殺さえしかねないものだからね。」

次郎には、ますますわけがわからなかった。俊亮は微笑しながら、

「むろん私は、おまえの血書を不純だと断定しているわけではない。しかし、血書なんか書く人の中には、血書の目的に興奮しているよりか、血書そのものに興奮している人が、よくあるものだよ。つまり血書を書くことに変な誇《ほこ》りを感じるんだね。そういう人にかぎって、自分の血書を何か神聖《しんせい》なもののように考え、血書さえ書けば世間《せけん》は何でもきいてくれると思いたがるものだ。おまえに全然そんな気持ちがないと言いきれるかね。」

次郎は考えこんだ。しかし、どんなに考えてみても、自分が功名心に支配されて血書を書いたような気はしなかった。

「それだけは僕を信じてくだすってもいいと思います。」

彼はきっぱりとそう答えた。

俊亮は、次郎の答えに満足なのか不満なのか、不得要領《ふとくようりょう》な顔をして、

「じゃあ、まあ、それはそれでいいとして、おまえの希望どおりにならなかった時はどうする?」

「あきらめるよりほかありません。」

「あきらめられるかね。」

「だってほかにしかたがないんです。」

「しかし、これはおまえ一人の問題ではないね。おまえはあきらめても、みんながあきらめなかったらどうする。」

「みんなにも、あきらめるように言います。」

「みんなはそれで承知するかね。」

「それはわかりません。」

「おまえもそれには自信がないだろう。」

次郎はだまりこむよりしかたがなかった。俊亮はしみじみとした調子になって、

「時の勢いというものは、恐《おそ》ろしいものだよ。五・一五事件もそうだったが、今度《こんど》のおまえたちの問題も、どうせ行くところまで行くだろう。結局《けっきょく》ストライキになるかもしれないね。」

「それは絶対にさけるつもりです。」

「さけるつもりでもさけられないよ。」

「まじめな五年生が五、六人も結束《けっそく》すれば、さけられると思います。」

「その五、六人というのは、留任運動の主唱者《しゅしょうしゃ》ではないかね。」

「ええ。ですからその五、六人が結束すれば、きっと……」

「時の勢いというものは、一度できてしまえば、それを作った人にもどうにもできな

いものだよ。現に五・一五がそうだろう。政党の腐敗《ふはい》を憤《いきどお》り、軍人が腐敗した政党と結んで政治に関係するのを快く思わなかった人たちは、決して乱暴《らんぼう》なことを企《たく》らんでいたわけではなかったんだ。ところが、その人たちの考えが一旦《いったん》時の勢いを作ってしまうと、次第《しだい》に不純な分子や、無思慮《むしりょ》な分子がその勢いに乗っかって来る。これではならんと思っても、そうなると、もうどうにもできない。そして、いよいよ五・一五事件ということになったんだ。時の勢いというものは、だいたいそんなものだよ。」

「すると、僕たち、どうすればいいんです。はじめっから留任運動なんかやらないほうがいいんですか。」

「それをやらなくちゃあ、お前たちの正義感が納《おさ》まるまい。」

「むろんです。」

「じゃあ、やるよりしかたがないね。」

「しかし、お父《とう》さんのおっしゃるとおりですと、結局はストライキになるんでしょう。」

「それもしかたがないさ。」

次郎には、父が自分を茶化《ちゃか》しているとしか思えなかった。彼は両腕《りょううで》を膝《ひざ》につっぱってしばらく黙《だま》りこんでいたが、急にそっぽを向き、右腕で両眼をおさえると、たまりかねたようにしゃくりあげた。

「泣くことはない。」

と、俊亮はべつにあわてたようなふうもなく、

「何もかも自然の成《な》り行《ゆ》きだよ。学校がだめで朝倉先生だけがお前たちの希望だというのに、その朝倉先生を失うとなれば、留任運動をおこしたくなるのは当然だし、留任運動をおこす以上、少しでもそれを強力にするために、血書を書いたり、全校生徒に呼びかけたりするのも当然だ。また、朝倉先生が五・一五事件を非難したために学校を追われるのも、それを阻止《そし》しようとするお前たちの運動が失敗するのも、時勢がすでにそうなってしまっている以上、何ともしかたのないことだ。そしてその結果がおまえたちのストライキになるとすれば、それもやはり自然の成り行きだというよりない。時の勢いで世の中が狂《くる》っている以上、その狂いが直るまでは、正しいことから正しい結果ばかりは生まれて来ないんだ。まあ、いわば一種の運命だね。」

次郎はもう泣いてはいなかった。彼は、まだ十分かわききれない眼を光らして、父の顔をにらむように見つめていた。

「むろん私は、それが自然の成り行きだからただ見おくっていればいい、と言うのではない。今の場合、おまえたちが気をつけなければならないことはたくさんある。とり

わけ大事なことは、自分で自分のお調子にのらないことだ。おまえは、おまえの血書に少しも不純な気持ちはない、と信じているようだが、なるほど不純だというのは言いすぎかもしれない。しかし、私には、おまえが自分で気づかないうちに、血書に何か英雄《えいゆう》的《てき》な誇《ほこ》りを感じているように思えてならないんだ。血書なんていうものは、元来《がんらい》誇るべきものではない。人間の冷静な理知に訴《うった》えるだけの力のない人が、窮余《きゅうよ》の策《さく》として用いる手段だからね。それに誇りを感ずるなんて、考えてみると滑稽《こっけい》だよ。いや、滑稽ですめば結構《けっこう》だが、その誇りがだんだん昂《こう》じて来ると、おしまいには、問答無用《もんどうむよう》で総理大臣にピストルをつきつけるようなことにもなりかねないんだ。自分で自分のお調子にのるのは恐ろしいことだよ。」

次郎は、血書のことを思いついてからそれを書き終わるまでの自分の心の動きを、あらためてこまかに反省してみた。すると父の言っていることに何か否定《ひてい》のできないものがあるような気がしだした。しかもこの反省は、次第《しだい》に彼を彼の子供の時代にまで誘《さそ》いこんで行ったのである。そこには、がむしゃらな反抗《はんこう》や、子供らしくない策略《さくりゃく》などといっしょに、ほめられたさの英雄的行為《こうい》や、芝居《しばい》じみた親孝行《おやこうこう》などが、長い行列をつくっていた。父は自分のことを何もかも知っている。自分ではもうとうに克服《こくふく》し得《え》たつもりの弱点でも、それがまだ少しでも尾《お》をひいている限り、父の眼にははっきりとうつるのだ。そう思って、彼はひとりでにうなだれてしまった。

しばらく沈黙《ちんもく》がつづいた。机の上の枕時計《まくらどけい》はもう十二時をまわっている。俊亮はそれに眼《め》をやったが、べつに驚《おどろ》いたふうもなく、またゆっくりと口をききだした。

「おまえは、もう、人のおだてにのるほど無思慮《むしりょ》ではない。それはたしかだ。その点では私はおまえを絶対に信じてもいいと思っている。だが、その程度《ていど》では、まだ人間がほんとうに一本立《いっぽんだ》ちになったとはいえないんだ。ほんとうに一本立ちになった人間は、人のおだてに乗らないだけでなく、自分のおだてにものらない人間だよ。私はおまえにそういう人間になってもらいたいと思っている。英雄主義流行の時代には、おまえたちのような若いものには、それはなかなかむずかしいことだが、しかし、そういう時代であればこそ、私はいっそうおまえにそれを望むんだ。わかるかね。私のこの気持ちが?」

「わかります。」

俊亮は、次郎がいつのまにか、きちんと膝《ひざ》を折ってすわっているのに気がついた。

「そう窮屈《きゅうくつ》にならんでもいい。」

彼はそう言って次郎にあぐらをかかせ、天井のない、すすけた屋根裏を見まわしていたが、

「私がこんなことを言うのも、私の経験からだよ。実を言うと、私もわかいころはかなりの英雄主義者でね、自分で自分のお調子にのって、今から考えると、まるで意味のない、ひとりよがりの義俠心《ぎきょうしん》を発揮《はっき》したものだよ。その結果、先祖伝来の家屋敷《いえやしき》も手放してしまうし、せっかくはじめた酒屋も番頭《ばんとう》に食《く》われてしまうといったぐあいで、お祖母《ばあ》さんをはじめ、おまえたちにも、ひどく難儀《なんぎ》をさせたものさ。こう言うと、私が今になって貧乏《びんぼう》したのを悔《く》やんでいるようにきこえるかもしれないが、そうじゃない。問題は、貧乏したことでなくて、貧乏するに至った原因だ。つまり、私自身のそのころの人間が問題なんだよ。夜中に眼をさましてそのころのことを思い出したりすると、まったくいやになるね。」

次郎は、父にもそんな悩《なや》みがあるのかと不思議な気がした。同時に、その悩みを正直《しょうじき》にうちあけて、自分をさとしてくれる気持ちに、これまでとはちがった父を見いだして、胸がいっぱいになるようだった。俊亮はつづけて言った。

「世間《せけん》には、若いうちは功名心《こうみょうしん》に燃えるぐらいでなくちゃあだめだと言う人もある。しかし、私はそうは思わない。ことに今のような時代には、そういう考え方は禁物《きんもつ》だ。静かに、理知的にものを考えて、極端《きょくたん》に言うと、つめたい機械のように道理に従って行く、そういう人間がひとりでも多くなることが、この狂いかけた時代を救う道だよ。むろん私は人間の感情を何もかも否定はしない。おまえたちが朝倉先生を慕《した》う気持ちなんか実に尊《とうと》い感情だよ。道理とりっぱに道づれのできる感情だからね。しかしその尊い感情も、それに功名心がくっつくと、すぐしみができる。しみぐらいですめばいいが、次第にそれが生地《きじ》みたいになってしまうから、あぶないんだよ。」

「お父《とう》さん、僕――」

と、次郎はやにわに、まだ机の上にひろげたままになっていた血書をわしづかみにして、

「こんなもの出すの、もうよします。」

彼はすぐそれをやぶきそうにした。

「まて!」

俊亮はおさえつけるように言って、

「おまえは、今日来た友だちに、血書を書くことを約束《やくそく》したんではないかね。」

「約束しました。」

「その約束が取り消せるのか。」

次郎は考えた。自分から言いだしておいてそれを取り消すのは、自分の立場はとにかくとして、留任運動そのものに水をさすようなものであった。

「取り消せまい。」

と、俊亮は念《ねん》を押《お》すように言ったが、

「いや、取り消す必要もないだろう。おまえ自身でやぶいてすててもいいという気になれば、その血書の生臭味《なまぐさみ》はもうそれで洗い流されたようなものだ。それに、いざストライキにでもなろうという場合、血書を取り消したために、ものが言えないような立場になってても困るだろう。ことにおまえがストライキに反対だとすれば、なおさらのことだ。」

次郎は、きまりわるそうに血書を机の上において、しわをのばしはじめた。

「血書なんて、たいていしわくちゃになっているものだよ。そう大事にせんでもいいさ。」

俊亮は笑いながら、そう言って立ちあがったが、

「まあ何ごとも修行《しゅぎょう》だと思って、思いきり自分の信ずるところをやってみるさ。自分のおだてに乗りさえしなければ、それでいいんだ。いや、自分で自分のおだてにのらない修行をするんだ、とそう思って万事《ばんじ》にあたって行くんだよ。実際、今の時代にはそれが一番たいせつな修行だからね。そう思うと、朝倉先生は、お前たちのためにいい機会を作ってくだすったものだよ。先生としては御迷惑《ごめいわく》だろうが、この機会を生かすんだな。

事件はあるいは非常にもつれるかもしれない。しかし、事件がもつれて行く間に、今言ったような修行がおまえたちにできるとすれば、あとで先生もきっと喜んでくださるだろう。」

俊亮が階下《した》におりると、次郎は血書をていねいにたたんで制服のかくしにしまいこんだ。そして電灯《でんとう》を消してすぐ蚊帳《かや》に入ったが、ながいこと寝《ね》つかれなかった。それは俊三のいびきのせいばかりではなかった。血書を書く時とはまるでちがった性質の一種の興奮が、彼の心臓をいつまでもはずましていたのである。

三　決　議

あくる日、次郎が学校に行くと、新賀《にいが》がまちかねていたように彼《かれ》を校庭の一隅《いちぐう》の白楊《ポプラ》のかげにさそいだして、言った。

「平尾《ひらお》のやつ、ずるいよ。きのう、あれからひとりで朝倉《あさくら》先生をおたずねして、何もかも話してしまったらしいんだ。」

「ふうん、――」

と、次郎もさすがにあきれたような顔をして、

「何のためにそんなことをしたんだろう。」

「そりゃあ、わかりきっているよ。留任《りゅうにん》運動がやりたくないからさ。」

「それで朝倉先生に反対してもらおうというのか。」

「そうだよ。」

「しかし、朝倉先生が反対なことは、わざわざ先生にあってたずねてみなくったって、わかっていることじゃないか。」

「それがあいつのずるいところだよ。わかっていることでも、たしかめておかないと、強くものが言えんからね。」

「いやなやつだね。それで朝倉先生をおたずねしたってこと、平尾が自分で君《きみ》に話したんかい。」

「ううん、田上《たがみ》にきいたんだ。」

田上というのはもうひとりの総務である。

「田上はいったい、どうなんだ。やっぱり不賛成なのか。」

「いや、あいつはだいじょうぶだ。平尾のやり方に憤慨《ふんがい》して僕《ぼく》にその話をしたぐらいだからね。」

「そうか。しかし総務の二人がそんなふうに対立しているとすると、今日《きょう》の会議はどうなるんだい。やるにはやるだろうね。」

「そりゃあ、やるとも。もう田上が各部につたえてまわっているはずだ。」

「しかし、総務として、どんなふうに提案するつもりなんだろう。」

「むろん、総務案なんてものはないだろう。田上の話では、白紙でのぞむよりほかないと言っていたよ。」

次郎はちょっと考えていたが、

「しかし、会議を開きさえすれば何とかなるね。」

「そりゃなるとも。平尾なんか問題でないさ。梅本《うめもと》も、平尾ぐらいおれに任《まか》しとけって、そう言っていたよ。……ところで、どうしたい、血書《けっしょ》は？　もう書いたんか。」

「うむ、書いた。」

次郎は笑いながら、紙を巻《ま》きつけた左手のくすり指を新賀のまえにつき出した。新賀は、

「ほう、その指をきるんだね。」

と感心したように見ていたが、

「書いたの、もって来なかったんか。」

「持って来たよ。」

「見せろ。」

次郎は内《うち》かくしから血書を出して新賀にわたした。新賀はそれを受け取ると食《く》い入《い》るようにそれに見入《みい》っていたが、最後に大きなため息をつきながら、それを次郎に返そうとした。次郎は、しかし、かぶりをふって、

「それは君にあずけておく。僕が書いたこと、みんなに言わないでくれ。」

新賀はちょっと考えてから、

「うむ。」

と、大きくうなずいて、血書を自分のかくしにしまいこんだ。まもなく始業の鐘《かね》が鳴って二人は教室に入ったが、次郎は新賀に血書をあずけて、何かほっとした気持ちだった。

ひる休みごろには、全校の気分が何となくざわめきたっていた。上級生の中には、五人、十人と、あちらこちらに集まって、すでに私的に意見を交換《こうかん》しているらしかった。次郎は、そんな様子《ようす》を心強くも不安にも感じながら、自分ではなるだけそうした集まりに近づかない工夫《くふう》をしていた。

授業がすむと、校友会の委員たちは、ある者は考えぶかそうに、ある者ははしゃぎな

がら、二階の一番おくの教室に集まった。そこは五年の教室のうちで教員室から最も遠い室《へや》だった。

みんなが集まると平尾がすぐ教壇《きょうだん》に立って、きょうの集まりの趣旨《しゅし》をのべた。彼は最初のうち、朝倉先生に対する讃美《さんび》の言葉や、その退職《たいしょく》を遺憾《いかん》とする意味の言葉を、かなり熱のこもった調子でのべたてた。しかし、終わりに近づくにつれて次第《しだい》にその調子が低くなり、最後につぎのようなことを言って、壇を下った。

「とにかく、一部の委員諸君《しょくん》の希望もあったので、この会議をひらくことにしたが、その結果が、万一《まんいち》にも朝倉先生のお気持ちにそわないようなことになっては、先生に対してまことに申しわけがないと思うから、十分慎重《しんちょう》に考えて意見をのべてもらいたい。」

みんなは、しばらく、ひょうしぬけがしたように顔を見合わせた。が、すぐあちらこちらに私語《しご》がはじまり、それが、たちまちのうちに、ごったがえすようなそうぞうしい話し声となって、室じゅうに入りみだれた。

「このざまは何だ！」

だれかが平尾のほうをむいて大声でどなった。

「座長はいったいだれがやるんだ。平尾か、田上か。」

そういったのは新賀だった。平尾はあわてたように田上の横顔を見た。田上は、しかし、その眉《まゆ》の濃《こ》い、面長《おもなが》な顔をまっすぐ立てたまま、冷然《れいぜん》としている。

「きょうは座長は田上がやれ！」

一番うしろのほうでだれかが叫《さけ》んだ。

「いや、僕はやらん。会議の進行は平尾に任《まか》してあるんだ。きょうは自由な立場でものを言う約束《やくそく》なんだよ。」

「じゃ、平尾、さっさと座長席につけ！」

新賀がどなった。平尾はひきつった頬《ほお》に強《し》いて微笑《びしょう》をうかべながら教壇に上がった。そして教卓《きょうたく》を前にして椅子《いす》に腰《こし》をおろすと、

「じゃあ、だれからでもいいから、意見を言ってくれたまえ。」

「意見をいうまえに質問があるんだ。君は、さっき、朝倉先生のお気持ちがどうだとか言っていたが、そのお気持ちというのが、君にはわかっているのか。もしわかっているなら、はっきりそれを言ってもらいたいね。」

そう言ったのは梅本だった。奥《おく》に何かありそうなその質問の調子が、みんなの注意を彼にひきつけた。

「朝倉先生は、生徒がさわぐのを非常に心配していられるんだ。」

「さわぐというと？」

「例えば留任運動といったようなことをやることだよ。」

「どんな方法でやってもいけない、と言われるんだね。」

「そうだ。自分の進退《しんたい》は自分できめると言われるんだ。」

平尾は、ここだとばかり力をこめて答えた。梅本は、しかし、それをきき流すように、

「ところで、それは君が直接朝倉先生にきいたことかね。」

「むろんだ。」

「いつきいたんだ。」

「実はきのう、先生をおたずねしてみたんだよ。」

「君ひとりで?」

「うむ。」

「何のためにおたずねしたんだ。」

「きょうの会議をやるのに参考になるだろうと思ったからさ。」

「すると、きょうの会議のことを先生に話したんだね。」

「話したさ。それを話さなくちゃ、先生のお考えがわからないんだから。」

「先生のお考えなら、話さなくてもわかりきっているとは思わなかったのか。」

平尾は行きづまって、その狸《たぬき》のような口をいやに固く結んだ。

「平尾君！」

と、梅本は、いつも弁論会の時にやるように、こぶしで自分の前の机《つくえ》を一つたたいて、

「君は、きょうはこの会議の座長たる資格はない！　田上君と代《か》わりたまえ。」

みんなの視線《しせん》が一《いっ》せいに梅本に集まった。平尾もさすがにきっとなって、

「座長たる資格がない？　それはどういう理由だ。」

「われわれは、先生を侮辱《ぶじょく》した人間を座長にして、先生のことを相談することはできないんだ。」

「僕が先生を侮辱したって？」

「侮辱したんだろう。自分でそれがわからんのか。」

「わからんよ。僕はそんなことを言われるのはまったく意外だね。」

「平尾君！」

と、もう一度梅本は叫《さけ》んで、つっ立ちあがった。そのひょうしに、今までかけていた腰掛《こしかけ》が大きな音をたてて、うしろにひっくりかえった。色の黒い美少年の眼《め》は、らんらんと輝《かがや》いている。

「君が朝倉先生をおたずねしたのは、先生のお気持ちをたしかめるためだったんじゃないか。」

「そうだよ。」

「そうすると、君は、先生があるいは留任運動を喜ばれるかもしれん、と考えていたわけだろう。それが先生の人格に対する侮辱でないといえるか。」

平尾は、近眼鏡の奥で眼を神経的にぱちぱちさせるだけで、返事をしない。

「どうだ、諸君、諸君はこれを侮辱ではないと思うか。」

と、梅本はぐるりとみんなを見まわした。

「むろん侮辱だ!」

「先生を知らないにもほどがある!」

「留任運動を喜ぶような先生のために、僕らは留任運動をやろうとしているのではないんだ。」

そんな叫び声がほうぼうからきこえた。するとだれかがまぜっかえすように、

「平尾は、朝倉先生をそんな先生だと思っているから、留任運動がやりたくないんだそうだ。」

どっと笑い声が起こった。それまで平尾は相変《あいか》わらず眼をぱちぱちさせていたが、急に立ちあがって、言った。

「僕はできるだけ慎重《しんちょう》を期《き》するために、言いかえると、朝倉先生に現在以上のご迷惑《めいわく》

がかからないようにと思って、先生をおたずねしたんだ。それが先生に対する侮辱だと言われては、まったく残念だ。しかし、諸君の全部がそう思っているとすると、僕がいくら弁解《べんかい》してもだめだろう。僕は自分では省《かえり》みて一点のやましいところもないと思うが、梅本君の要求によって、いや諸君の全部の要求によって、いさぎよく座長の席を退《しりぞ》こう。しかし、僕が座長の席を退くことは、同時にこの会議の席を退くことを意味するんだ。なぜなら、先生を侮辱したような人間を交《まじ》えてこの会議を進めることは、諸君にとって迷惑だろうと思うからだ。ただ僕は、この席を退くまえに一言《ひとこと》諸君に言っておきたい。それは、諸君にもっと時代というものを知ってもらいたいということだ。時代は今どういう方向に動いているか、それを知らないで、ただ自分の理想だけを追うていると、われわれは、ちょうど金塊《きんかい》を抱《だ》いて海の底に沈《しず》むような愚《ぐ》を演じなければならないのだ。朝倉先生のようにすぐれた人格者でさえ……」

「ばか！　何を言うか！」

爆発《ばくはつ》するようなどなり声が、彼のすぐまえの席から起こった。

「貴様《きさま》は僕らにお説教をする気か。」

「青年はすべからく時代を超越《ちょうえつ》すべし。」

「真理は永遠だぞ！」

「卑怯者《ひきょうもの》！」

「狸《たぬき》！」

「ひっこむなら、さっさとひっこめ！」

そうした叫びがつぎつぎに起こり、中にはもう腕《うで》まくりをしているものさえあった。平尾は土色になってしばらく立《た》ち往生《おうじょう》していたが、あきらめたように壇《だん》をおりると、その足でさっさと室《へや》を出ていってしまった。

一瞬《いっしゅん》、さすがにしいんとなって、みんなは彼のうしろ姿《すがた》を見おくった。するとだれかが、だしぬけに、とん狂《きょう》な声で叫んだ。

「狸退散！」

それで、また、どっと笑い声が起こった。その笑い声を圧《あっ》するように、新賀がどなった。

「田上！　平尾がいなくなれば君が座長だ。さっさと席につけ。」

田上は今度《こんど》は元気よく座長席についた。そして、

「さっきからの様子では、留任運動をやることだけは、もう満場一致《まんじょういっち》と見ていいようだが、どうだ。」

「むろんだ！」「賛成！」と叫ぶ声がほうぼうからきこえた。

「では、これからその方法を相談する。だれか案があったら、遠慮《えんりょ》なく出してくれ。」

「それも、もうきまっているよ。」

いかにも冷《ひ》やかすような調子でそう言ったのは馬田《うまだ》だった。彼は窓わくに馬乗りにまたがって、足をぶらぶらさせながら、そのしまりのない唇《くちびる》から舌《した》を出したり、ひっこめたりしている。

「どうきまっているんだ。」

と、田上が不愉快《ふゆかい》そうに彼のほうを見た。

「ストライキさ。」

馬田は田上のほうを見むきもしないで答えたが、そのあと、すぐまた舌をぺろりと出した。

「いきなりストライキをやろうというのか。」

「いきなりでなくてもいいよ。しかし、どうせやるなら早いほうがいいね。」

吹《ふ》きだすような笑いごえが二、三か所でおこった。しかし、多数は、馬田のあまりにもふざけきった調子に憤慨《ふんがい》したらしく、むっつりしている。

ストライキ問題は、しかし、そのあと、自然みんなの論議の中心になってしまった。意見はだいたい三つにわかれた。ストライキ即時断行論《そくじだんこうろん》がその一つで、これは馬田を中心とする不良らしい五、六名が、理論も何もなく、まるでおどかすような調子で主張した。第二はストライキ絶対反対論で、主として論陣《ろんじん》を張ったのは梅本だった。第三は、いわば中立派で、情理をつくして留任を懇請《こんせい》し、それがしりぞけられた場合にはストライキもやむを得《え》ない、という意見であった。この意見の主張者は、とくにきまった顔ぶれではなかった。また議論としてさほどききごたえのある発言もなかった。しかしそれは多数の口で主張され、多数によって支持されていたようであった。

そうした意見が交換されている間、次郎も新賀もふしぎに沈黙《ちんもく》を守っていた。ことに次郎は、自分の存在をなるだけ目《め》だたせないように注意してでもいるかのように、馬田とはちょうど反対の廊下《ろうか》よりの机によりかかって、しじゅう首をたれていた。梅本と馬田一派とがはげしくやりあっている最中《さいちゅう》でさえ、彼はちょっとそのほうをのぞいて見ただけで、すこしも興奮《こうふん》したようなふうはなかった。ただ彼がいくらか緊張《きんちょう》したように見えたのは、議論もだいたいつきて、座長の田上が、「では、この問題の決《けつ》をとりたいが、多数決できめてもいいのか。」と相談をかけた時であった。彼はその瞬間《しゅんかん》、急に首をもたげて田上を見、つづいて新賀を見た。そしてまさに立ちあがりそうな姿勢《しせい》になった。しかし、彼が立ちあがるまえに、新賀が発言したので、彼はそのまま腰をおちつけて、また首をたれた。

新賀は言った。

「決をとるのはまだ早い。僕はそのまえに諸君に見せたいものがあるんだ。」

みんなの視線を一身《いっしん》にあつめながら、彼はどたどたと大きな靴音《くつおと》をたてて教壇に上がった。そして座長席のわきに立つと、胸のかくしから一枚《まい》の紙を引き出し、自分の顔のまんまえにそれをひろげた。それは次郎の書いた血書だった。

「見えるか。」

彼は血書を自分の胸のあたりまでさげ、その上からみんなを見まわした。みんなはのびあがるようにしてそれを見た。田上も座長席から首をつき出し、下からそれをのぞいた。ただ次郎だけが、いくらかほてった顔をして眼を机の下におとしていた。

「これは血で書いたものだ。遠方《えんぽう》からは字がよく見えないだろうから、僕が読んでみよう。」

新賀は、そう言いながら、血書をうらがえしにして自分のほうに向け、一句一句力をこめてそれを読んだ。そして読み終わると、またそれをうら返しにしてみんなのほうに向け、もう一度室《へや》じゅうを見まわした。

みんなはしいんとなって一心《いっしん》に血書のほうに眼を注《そそ》いでいる。

「君が書いたんか。」

うしろのほうの窓ぎわに立っていた一人が、かなりたってからたずねた。

「僕じゃない。」

「だれだ、書いたのは。」

今度は、次郎のすぐまえにいたひとりがたずねた。次郎は、はっとしたように顔をあげたが、すぐもとの姿勢にかえった。

「この中にいる一人が書いたんだ。しかし名前は言う必要がない。それは、これを書いた人は、これがみんなの総意だと信じきって書いたからだ。僕たちはただその人の熱意を生かせばいいんだ。」

みんなは、探《さぐ》るようにおたがいに顔を見合わせたが、すぐまた血書のほうに視線を集中して黙《だま》りこんでいる。

「どうだ。いやしくも人間が血をもってつづった文字だ。これを生かすことに不賛成はあるまい。」

むろんだれも異議《いぎ》を唱《とな》えるものはなかった。それどころか、これまでストライキ論を中心にざわついていた空気がすっかり沈静《ちんせい》して、その底から一《ひと》かたまりになった大きな力が、むくむくと盛《も》りあがって来る、といった気配《けはい》だった。

その気配の中を、新賀は右から左に視線を走らせた。そして最後に、ただひとりわざとのようにうすら笑いをしている馬田の顔をにらみつけるように見た。馬田はすぐ眼をそらして窓のそとを見たが、そのうすら笑いは消えてはいなかった。新賀はその様子をしばらく見つめたあと、またみんなのほうを見て言った。

「しかし、この血書を生かすには、一つの条件がある。その条件というのは、絶対にストライキはやらないということだ。それは、この血書を書いた人がそれを心から願っているからだ。彼は僕にこういうことを言った。――朝倉先生は暴力の否定者《ひていしゃ》である。しかるにストライキは一種の暴力だ。暴力の否定者である先生を暴力をもって擁護《ようご》するのは、先生に恥《はじ》をかかせる以外の、何ものでもない。――また、彼はこういうことも言った。――五・一五事件の軍人たちは相手の血で自分たちの目的を貫《つらぬ》こうとした。しかしわれわれはわれわれの血でそれを貫かなければならない。――諸君は、この血書がこういう信念のもとに書かれたということを忘れてはならないのだ。つまり諸君はこの血書をほんとうに生かすために、絶対にストライキをやらないという約束をしなければならないのだ。諸君はそれを承知《しょうち》してくれるのか。」

「むろん承知だ。」

色の黒い美少年の梅本がまず叫んだ。つづいて「賛成」という声が五、六か所から起こった。

「では、賛成のものはこれに署名《しょめい》してくれ。僕は決して強制はしない。ほんとうにこの血書の意味を理解してくれる諸君だけの署名を求めるんだ。他のどんな手段にもたよらないで、ただ自分の血で願いとおそうという諸君だけの署名を求めるんだ。失敬《しっけい》だが、僕がまず署名する。」

新賀はそう言って田上のまえの教卓《きょうたく》に血書をひろげ、年月日の書いてある真下《ました》に万年筆《まんねんひっ》で署名した。それから、かくしに手をつっこんで、しきりに何かさがしていたが、やがて取り出したのは小さなペンナイフだった。彼はそれをひらくと無造作《むぞうさ》に左手のくすり指をその尖端《せんたん》でつっついた。そしてちょっと顔をしかめてその指先を見つめていたが、すぐそれを自分の名前の下におしつけた。

彼の無造作な挙動《きょどう》にひきかえ、室内はまるで画《え》のように静まりかえっていた。ただ、もしその場に非常に注意ぶかい観察者がいたとすれば、その人は、次郎が自分の眼にそっと両手をあてて涙《なみだ》をふいていたことと、馬田が変におちつかない顔をして、ぬすむようにみんなの顔を見まわしていたこととに、気がついたであろう。

新賀は血書とともに、自分の万年筆とペンナイフとを教卓の上に置いたまま、教壇をおりた。そして、

「だれか半紙をもっているものがあったら二、三枚くれ。ザラ半紙でもいいんだ。」

「ザラでよけりゃあ、ここにたくさんある。」

と、田上が総務用と書いた紙挟《かみばさ》みの中から一帖《じょう》のザラ半紙をとり出した。新賀はその中から、いいかげんに何枚かひきぬいて、それをひらひらさせながら、

「余白がなくなったら、これに署名してくれ。あとでいっしょにとじるんだから。」

そのあと、室《へや》じゅうが急にざわめきだしたが、そのざわめきの底には、異様《いよう》な不安が流れていた。あるものはこわばった微笑《びしょう》をもらし、あるものはわざとらしく背伸《せの》びをした。中には自分の感情をいつわるだけの余裕《よゆう》がなく、いくぶん青ざめた顔をしているものもあった。座長席にいた田上は、だれよりも厳粛《げんしゅく》な顔をして自分の目のまえの血書を見つめていたが、急に気がついたように万年筆をとりあげ、

「じゃあ、新賀のつぎには、僕に書かしてもらおう。」

と、新賀のやったとおりのことを、かなり手ぎわよくやってのけた。

田上の血判《けっぱん》が終わると、五、六名がほとんど同時に立ちあがって教卓のほうにつめかけた。その中には梅本や大山《おおやま》もまじっていた。大山は、自分の順番になるのを待っている間に、ひょいと次郎のほうをふりむき、

「本田《ほんだ》、もう君に教わらなくても、やり方がわかったよ。」

と、その満月のような顔をにこにこさせた。次郎はそれに対してすこし顔をあからめ

たきりだった。

署名血判は、こうしてつぎつぎに進んでいった。そして二十名近くもそれを終わったころには、室内の空気はもうまるで一変していた。それはすでに血判を終わって不安から解放されたものたちが、自由な気持ちでふざけあったり、ペンナイフを握《にぎ》ったままぐずぐずしている、思いきりのわるい新血判者たちを、はやしたてたりしたからであった。

そうした空気の中で、次郎も署名した。血判には左の中指を切ったが、幸《さいわ》いにだれもあやしむものがなかった。紙をまきつけていたくすり指はふかく折りまげてかくしていたのである。

馬田もしぶしぶながら最後近くなってとうとう署名した。彼は血判を恐《こわ》がるような男ではなかった。しかし、血書が明らかに次郎の書いたものであることを知っていたし、それに第一、ストライキがそれで封《ふう》じられてしまう結果になることが残念でならなかったので、最初のうち、署名反対者が一人でもあらわれたら、それに自分も便乗《びんじょう》しようという肚《はら》でいたのだった。ところが、署名者の数がふえるにつれて室内の空気がゆるみだし、まるでスポーツの応援《おうえん》でもやるような気分でひとりびとりの署名血判がはやしたてられるようになると、もう彼は反対者の出現《しゅつげん》を期待するわけには行かなくなって来た。事実、彼の一味であったものたちまでが、何の思慮《しりょ》もなく、ただ「男らしく」ありたい一心から、進んで血判をしてしまったのである。そして、そうなると、彼自身も「男らしく」ふるまうよりほかに、もう手はなかったのである。

次郎をはじめ、新賀も、梅本も、そうした空気の中で署名血判が進行して行くことに、かなりの不満を感じていた。彼らにとっては、すべてはもっと厳粛《げんしゅく》でなければならなかったのである。しかし、こうしてともかくも校友会の委員がもれなく署名し、血判まで押《お》すことになったということは、何といっても大きな成功であり、めいめいに心のどこかで何か割《わ》りきれないものを感じながらも、それとなくおたがいに顔を見合って喜びあわないわけにはいかなかった。

全部の署名が終わるまでには、たっぷり一時間半はかかった。紙数は血書の本文を書いたののほかにザラ紙二枚を必要とした。新賀は一枚一枚それに目をとおした。名前の書き方にひどく大小があり、血判にも気味《きみ》のわるいほどべっとりしたのや、あるかないかのちょっぴりしたのがあった。新賀は目をとおしながらときどき微笑した。そして、最後に黙《だま》ってそれを重ねると、田上に渡《わた》した。田上は何かうなずきながらそれをうけとったが、あらたまったようにみんなのほうをむいて言った。

「平尾君をのぞいて、校友会の委員全部がこの願書に署名したわけだが、これ以上に署名をひろげる必要があるかどうか、ひろげるとすれば、五年だけにとどめるのか、あるいは四年以下にもひろげるのか、その点についてこれからみんなで相談したい。」

するとと、馬田がまちかまえていたように、真先《まっさき》に発言した。

「そりゃ、むろん、全校にひろげなくてはうそだよ。朝倉先生の留任は八百学徒の総意だという意味が、その願書にも書いてあるんだから。」

しかしこれにもだれも賛成するものがなかった。ある者は「それは実行不可能だ」と言い、ある者は「そんなことをしていたら、願書を出すのはいつになるかわからない」と言い、またある者は「それこそぶちこわしになるもとだ」と言った。しかしいろいろの反対論のなかで、何ということなしにみんなの心にひびいたのは大山の言葉だった。彼はいつになくしんみりした調子で言った。

「一年や二年の小さい生徒にまで血判をさせるのは、かわいそうだよ。」

馬田の意見が葬《ほうむ》られたあと、四年以上全部説、五年全部説、各学級代表説などが、つぎつぎに出た。そしてそのいずれについても、かなり激《はげ》しい議論が戦わされ、とりわけ五年全部説には相当《そうとう》多数の支持者があったが、結局、校友会委員は全校生徒を代表するし、それに血書提出の時期は一刻《いっこく》も早いほうがいいという意見が勝ちを占《し》めて、署名者はこれ以上ひろげないということに落ちついてしまった。そして最後に、血書はいつだれが提出するかということが問題になったが、これについては、田上がみんなの意見をきくまえに、つぎのような希望的意見をのべた。

「総務である平尾が、ひとりだけ委員の中からぬけているのは、全校代表という点から考えておもしろくない。自分はきょうのうちに極力《きょくりょく》彼を勧誘《かんゆう》して署名をさせたいと思う。もし彼が応ずれば、むろん総務の一人として提出者の一人に加わってもらわなければならない。提出者は、総務二人のほかに、もう二人ぐらい加わってもらって、四人ぐらいが適当だと思う。しかし、万一平尾が応じなければ、三人で結構《けっこう》である。提出の時期は、早ければ早いほどいいし、これからすぐにも校長の私宅をたずねたい気がするが、平尾の問題があるから、きょうだけはがまんしたい。とにかく、平尾が応ずる応じないにかかわらず、あすは必ず始業前に血書を校長に手渡《てわた》しするつもりだ。」

これに対しては、だれも異議を唱えるものはなかった。また、総務以外の二人の人選についても田上に一任《いちにん》するということになった。すると田上は即座《そくざ》に新賀と梅本の二人を指名した。新賀はきょうの会議に血書を持ち出した本人であり、梅本は平尾攻撃《こうげき》の急《きゅう》先鋒《せんぽう》だったが、これからはもっと協調する必要がある、というのがその理由であった。みんなはほがらかな笑いごえと拍手《はくしゅ》をもってこの人選に賛意を表した。新賀も梅本も、むろん喜んで血書提出の役割《やくわり》をひきうけることを誓《ちか》ったが、二人とも、心のどこかに何か割りきれないものを感じていた。それは、血書の作製者である次郎本人が、自分の希望からだとはいえ、あまりにも表面からかくれすぎてしまったように思えたからであった。

田上と新賀と梅本とをのこして、みんなはすぐ解散した。血判をやったということが、今は彼らに何か大きな誇《ほこ》りででもあるように感じられ、階段を下りる彼らの足どりはいつも以上にはずんでいた。それにしても、血書を書いたのはいったいだれだろう、ということが、帰途《きと》についた彼らのほとんどすべての話題になったが、次郎本人と馬田と大山のほかには、むろんだれにも見当《けんとう》がつかなかった。次郎はできるだけそれを秘密《ひみつ》にしておきたかったし、馬田は次郎を英雄《えいゆう》にするのがいやだったし、大山は新賀がわざわざ秘密にしたものを物知り顔《ものしりがお》にしゃべりちらすほど、うすっぺらな男でもなかったので、彼らと道づれをしたものも、それについてたしかな根拠《こんきょ》のある話は何もきくことができなかった。そして次第《しだい》に道づれがなくなり、めいめいが自分の家に帰りつくころには、彼らの多くは、主《あるじ》の知れない血書のことよりか、自分自身が血判をした瞬間《しゅんかん》のことを、より鮮明《せんめい》に思いおこしていたのである。

次郎は、家に帰りついた時に、いつになくつかれていた。昨日来のつづけざまの緊張《きんちょう》が急にゆるんだせいか、変に寂《さび》しい気持ちにさえなっていた。彼は何も考えないで、すぐひるねをしたいと思った。しかし一方《いっぽう》では、父の顔が見たかった。きょうの学校でのできごとについて、父と話がしてみたかった。で、いったん二階にあがって畳《たたみ》の上にねころんではみたが、すぐまた起きあがって畑に出た。

俊亮《しゅんすけ》はトマト畑にしゃがんで、しきりにわき芽《め》をつんでいた。どこかに出かけて帰って来たばかりなのか、あるいはこれから出かけるところなのか、いつも外出の時に着る白の詰《つ》め襟服《えりふく》にカンカン帽《ぼう》をかぶり、ステッキまでもっている。次郎が「ただいま」と言うと、ちょっとふりむいて「きょうはおそかったね。」と言ったきり、わき芽をさがすのに夢中《むちゅう》である。

「きょうは校友会の委員会だったんです。朝倉先生のことで。」

次郎は、そう言って、俊亮のすぐわきにしゃがんだ。

「そうか。私もきょうは朝倉先生をおたずねして今帰って来たところだ。」

次郎はおどろいたというよりも、むしろぽかんとして父の顔を見た。

俊亮はただ微笑《びしょう》していた。次郎はそのうちにやっと自分をとりもどしたが、何をどうたずねていいかはまだわからなかった。父が、ゆうべのきょう、さっそく朝倉先生を訪《たず》ねたということが、彼にとってはあまりにも意想外のことだったのである。

「先生にはお前もながいこと特別のお世話になっていたし、ちょっとごあいさつをしておきたいと思ってね。」

俊亮は、トマトのしげみをのぞきこみながら、しばらくして言った。次郎は、それで、またあきれたように父の顔を見た。まさかもうお別れのごあいさつではあるまい。それにしても、「ごあいさつ」という言葉が気にかかる。父が朝倉先生の辞職《じしょく》をほぼ決定的だと考えているらしいことは、ゆうべの口《くち》ぶりからもおおよそ想像されるが、しかし、自分たちが留任運動をはじめようとしていることを知りぬいていながら、何でそんなにごあいさつをいそぐのか、それが彼にはふしぎでならなかったのである。

あるいは留任運動について先生のお気持ちをさぐりたいためにたずねたのではあるまいか、それが平尾とまったく同じ目的ではないにしても、何だかいやな気がする。——

彼はもうだまってはいられなくなった。

「ゆうべのこと、先生に話したんですか。」

「話したよ。」

俊亮は平気《へいき》で答えた。次郎は父がにくらしい気になりながら、せきこんでたずねた。

「先生はどう言っていられたんです。」

「べつに何とも言われなかった。ただ、かわいそうに、と言って気《き》の毒《どく》そうな顔をしていられただけだよ。」

次郎は打ちのめされた感じだった。もう何も言う元気がなかった。だまってうなだれ

ていると、俊亮はトマトのわき芽をつむのをやめて立ちあがりながら、

「おまえも一度先生をおたずねするといいね。先生のほうでも待っておいでのようだよ。」

「ええ――」

次郎はあいまいな返事をした。そして父がカンカン帽をかぶりなおしながら鶏舎《けいしゃ》のほうに行くのを見おくっていたが、急に自分も立ちあがっておも屋《や》のほうに行き、二階にかけあがると、ぐったりと畳《たたみ》の上に寝《ね》ころんで、大きなため息をついた。

四　いろいろの眼《め》

血書《けっしょ》は約束《やくそく》どおり、あくる日、始業前に花山《はなやま》校長に提出された。平尾《ひらお》も、田上《たがみ》の勧告《かんこく》で、署名血判《しょめいけっぱん》にはあんがいすなおに同意した。しかし、みんなを代表して校長室に顔を出すことについては、彼は最初のうちなかなかうんとは言わなかった。田上が、君《きみ》は総務としてただ顔を出してさえくれればいい、校長との応酬《おうしゅう》はいっさい自分がひきうけるから、と、なるだけ彼の責任をかろくするようなことを言ったので、やっとのこと彼も

承知《しょうち》したのであった。

校長室における会見の様子《ようす》は、あとで四人が――と言っても平尾はあまりしゃべらなかったが――みんなに話したところによると、かなり悲哀感《ひあいかん》をそそるものだったらしい。元来花山《がんらい》校長の鼻は、馬田《うまだ》が次郎のうちで言ったように、実際いかにもちょっぴりしている。格好《かっこう》だけは、美人の鼻といってもいいほどととのっているのだが、顔の面積に比較《ひかく》して、それがあまりにも小さすぎるのである。血色《けっしょく》のわるい、それでいていやにつるつる光っているだだっ広《ぴろ》い顔のまんなかに、つつましすぎるほどつつましく、そしてそれ故《ゆえ》に安定しすぎるほど安定してくっついているその鼻を、校長就任《しゅうにん》のその日以来、生徒たちは「ピラミッド遠望」と呼んで鑑賞《かんしょう》しているのであるが、それは決して的《まと》はずれの形容だとはいえない。生徒間に、それほど安定した印象をあたえているその鼻が、血書を差し出した瞬間《しゅんかん》、ぴくりと動き、しかも多少額《ひたい》のほうにずれたように感じられたというのだから、およそ、その場の光景《こうけい》が察《さっ》しられるであろう。

四人がこもごも語ったところを総合すると、こうである。――

校長は、最初鼻だけをぴくりと動かしたきり、眼玉《めだま》も口も動かさなかった。眼玉はテーブルの上の血書に注《そそ》がれてはいたが、それを読んでいるようには思えなかった。そのうちに、結んだままの口が、うがいでもする時のように、むくむく動きだした。そして、それがやっと開いたかと思うと、しゃがれた女のような声で「これは、知事閣下《かっか》にもお見せしなけりゃならんのか。」と、わかりきったことをたずねた。田上が「むろんそうです。」と答えると、またぴくりと鼻を動かし、「こんなものを知事閣下にお見せできると思うのか。君らにはまるで常識がない。どうかそんなむりは言わないでくれ。」と、泣いているのか、怒《おこ》っているのか、わからないような声で言った。四人とも、その時は、こんなのが自分たちの学校の校長だろうか、という気がして、実際なさけなかったそうである。田上が「僕《ぼく》たちは朝倉《あさくら》先生の留任《りゅうにん》さえ実現すればいいのですから、校長先生がそれを保証してくださるなら、血書の処置はお任《まか》せしましょう。」と言うと、校長は何と思ったか、急に椅子《いす》から立ちあがって、四人の顔をひとりびとり念入《ねんい》りに見まわした。そして何度《なんど》も首をふっていたが、おしまいに、ながいため息をついて、「君らの非常識にはまったくあきれてしまう。朝倉先生の退職《たいしょく》は県の方針できまったことだ。県の方針でいったんきまった以上、校長としてはどうにもならないではないか、それが君らにはわからんのか。」と言った。そして、もう一度ながいため息をついて、どたりと椅子に腰《こし》をおろしたが、いかにも思いなやんでいるように眼をつぶって、ひとりごとのように言った。「そりゃ、朝倉先生が惜《お》しい先生だということは私にもよくわかっている。いや、だれよりも私が一番よくわかっているつもりだ。だから、君らが先生の留任を願い出る気持ちには心から同情する。しかし、何しろこれは県の方針できまったことなんだから、おたがいにあきらめるよりしかたがないではないか。」

それから田上と校長との間に、二、三押《お》し問答《もんどう》があったが、校長は同じことをくりかえしてはため息をつくだけで、一向《いっこう》らちがあかない。四人のうちでも比較的《ひかくてき》気短かで、ぶっきらぼうの新賀《にいが》は、たまりかねたように言った。「では、その願書はお返しください。僕たちで直接知事さんに差し出しますから。」すると、校長はいきなり血書をわしづかみにして、大《おお》あわてでそれをかくしにつっこんだ。そしてもう一度椅子から立ちあがり、右手を顔のまえに立て、まるでばね仕掛《じか》けのようにそれを左右にふった。何か言おうとしているらしかったが、四人の耳にはただ「うん、うん」ときこえるだけだった。梅本《うめもと》の言うところでは、校長の鼻がもっとも激《はげ》しく上のほうに移動したように見えたのは、その時だったそうである。新賀はすっかりおこりだしてしまった。彼はそれまでみんなのうしろのほうに立っていたが、いきなり田上をつきのけるようにして校長の机《つくえ》のまえに寄って行き、乱暴《らんぼう》に手をさし出しながら言った。「その願書はわれわれの血でそめたものです。それをむだにはできません。返してください。」校長は、しかし、ただやたらに手をふっているだけだった。

その時、教員室との間の戸ががらりとあいて、教頭の西山《にしやま》先生がはいって来た。西山先生は、三角形のまぶたの奥《おく》に小さな眼《め》をいつも鋭《するど》く光らせている先生だったが、この時はいやにこにこしていた。手に小さな紙片《しへん》をもっていたが、それを黙《だま》って校長に渡《わた》すと、すぐまた教員室のほうにひきかえした。校長はその紙片を見て何度もうなずいた。そして、それをもみくちゃにして机の下の塵籠《ちりかご》になげこむと、今までとはうって変わった落ちつきぶりを見せ、ゆったりと椅子に腰《こし》をおろしながら言った。「そうむきになることはない。私はさっきも言ったとおり君らの気持ちには十分《じゅうぶん》同情しているんだ。君らが血を流して書いたものをまるでむだにするなんて、第一、人間としてそんなことができるものではない。幸《さいわ》い今日《きょう》は県庁に出かける用事もできたし、知事閣下に直接お目にかかれるかどうかはわからないが、学務課までにはこの願書は必ず出しておくよ。それで、今度《こんど》は私のほうから君らに願っておきたいが、どうかみんなが落ちついて教室に出るようにしてくれたまえ。変にさわいだりして知事閣下のめんぼくをきずつけるようなことになっては、何もかもぶちこわしになるんだから。いいかね。」

新賀はひょうしぬけがして三人をふりかえった。三人もおたがいに顔を見合わせているだけである。すると校長はもう一度、「いいかね、君らを信頼《しんらい》してたのんでおくよ。」と念を押し、「じゃあ、私はすぐ県庁に出かけなけりゃならんから。」と、あたふたと帽子掛《ぼうしか》けのほうに行って帽子をかぶった。そこで四人も黙ったまま、校長のあとについて室《へや》を出て来た、というのである。

四人の報告は、みんなをふき出させたり、憤慨《ふんがい》させたり、不安がらせたりした。しかし、ともかくも血書が県庁に差し出されるようになったということで、いちおう納得《なっとく》するよりほかなかった。校長が教頭から紙片を受け取ったあと、急に様子が変わったということについては、四人をはじめみんなも不審《ふしん》に思い、うまくペテンにかけられたのではないか、などというものがいたが、事情はまもなく判明した。それは、教員室で先生たちがひそかに話しあっていることが、給仕《きゅうじ》の口をとおして、いちいち生徒の耳にはいって来たからであった。

それによると、血書のことは、もう昨日のうちに警察や憲兵隊《けんぺいたい》の耳にも入り、県の学務課にも通報されていたらしい。今朝《けさ》はさっそくそのことで学務課のほうから電話がかかって来た。校長はちょうどその時四人の代表と会っている最中だったので、教頭が代《か》わってそのことを報告すると、ではいちおうおだやかにその血書を受け取るがいい。そして校長自身それをもってすぐ県庁に出頭するように、ということだった。教頭が紙片に書いて校長に渡したのは、そのことだったにちがいない、というのである。

校友会の委員たちは、その日じゅう、めいめいに校長の動静に注意した。休み時間になると、あるものは用もないのに校長室のまえの廊下《ろうか》を何度も往復し、あるものは校庭の遠いところから校長室をそれとなくのぞいて見た。しかし、校長室はいつもからっぽだった。校長は県庁に出て行ったきり、帰ったのかどうかもはっきりしなかった。

校長室がひっそりしているのにひきかえて、教員室は何となく落ちつきがなかった。三人、五人とかたまって立ち話をしている様子が、あけ放した窓から、いつも生徒たちの眼にうつった。また四年や五年の教室に出て来る先生たちの態度にも、ふだんとはかなりちがったところがあった。いつも駄《だ》じゃれをとばすのを得意《とくい》にしている先生がいやにまじめだったり、これまで教科書以外の話なんか一度もしたことのない先生が、とってつけたように、修身《しゅうしん》めいた話をしだしたり、また中には、変ににやにやしながら、「こないだ大垣《おおがき》前校長からお手紙をいただいてね。」と、その手紙の中に書いてあったという一、二の文句《もんく》を引き出して、前校長をほめ、自分と前校長の間には何か特別の関係でもあったかのようにほのめかしたりする先生もあった。すべてこういうことが何を説明しているかは、生徒たちにはむろんわかりすぎるほどわかっていた。だから休み時間になると、彼らはそれを材料にして先生たちの品定《しなさだ》めをするのに忙《いそが》しかった。こんな場合、いつも奇抜《きばつ》な思いつきをやるので人気《にんき》のある五年の森川《もりかわ》という生徒は、四年と五年の各教室をまわってその品定めをきいてあるいていたが、昼休みの時間には、もう校友会事務室の黒板に「教員適性審査《しんさ》採点表」というのを書きあげていた。校友会事務室は、生徒控《ひか》え所の横の小さな室《へや》で、間はガラス戸で仕切ってあったので、控え所からはまる見えだった。校友会の委員たち五、六名が中でわいわいさわいでいる声をききつけて、ふだんは遠慮《えんりょ》しがちな一、二年の生徒たちまでが押しよせて来たが、その採点表の左の端《はし》には、馬賊《ばぞく》、チャップリン、かまきり、あざらし、おでん、花王石《せっ》けん、長茄子《ながなす》、瓦《かわら》煎餅《せんべい》、といったような先生たちのあだ名が縦《たて》にならんでおり、それに括弧《かっこ》して受け持ち学科名が書いてあった。そして、その右に点数欄《らん》と備考欄とがあったが、点数欄には五点というのが一つあるきりで、あとはみな四点以下だった。零点《れいてん》はさすがに一つもなかった。備考欄には、「品性下劣《ひんせいげれつ》、御殿女中《ごてんじょちゅう》の如《ごと》し」とか、「駆《か》け落《お》ち三回、心中未遂《しんじゅうみすい》一回」とか、「野心《やしん》満々、惜しむらくは低能」とか、「彼いつの日にか悔《く》い改《あらた》めん」とか、「愚鈍《ぐどん》なるが如《ごと》くにして、最も警戒《けいかい》を要す」とか、そういったさまざまの文句が、いっぱい書きつめてあった。五点の評点をもらったのは「あざらし」先生だったが、その備考欄には、「性粗野《そや》にして稚気《ちき》あり、陰険《いんけん》とは認《みと》めがたし、合否《ごうひ》の判定は後日会議の結果にまつ」とあった。

この採点表の波紋は決して小さくなかった。押しよせた生徒たちにまじって、あとでは先生たちまでが代《か》わる代わるのぞきに来た。生徒たちは、採点表にのっている先生が来ると、一々《いちいち》その点数を大声で叫《さけ》んだ。中には、備考欄まで読みあげる者もあった。先生の中には、自分で自分の綽名《あだな》をよく知っている先生もあり、そうでない先生もあったが、そんなことで、どの先生もいやでも自分の綽名をはっきり知らされるという結果になった。もっとも、中学の先生で、自分にかぎって綽名はないなどと安心しているほどいい気な先生はないはずなのだから、それは大したことではなかったかもしれない。しかし、綽名といっしょに、自分の点数ときびしい評語とを知らなければならなかったということは、何といっても最近の大きな試練であったに相違《そうい》ない。ある先生は頰《ほお》をひきつらせてガラス戸のまえに棒立《ぼうだ》ちになり、ある先生は一《いっ》たん顔をまっかにしたあと、強《し》いて微笑《びしょう》をもらした。しかしどの先生も最後には、自分にはまるで関係のないことだ、といったような顔をしてその場を立ち去った。ただ「あざらし」先生だけは、その綽名が自他ともにゆるすほど有名になっていて、ごまかしがきかなかったためか、それとも、備考欄にあった通り、事実粗野にして稚気ある性格の持ち主であったためか、その大きな口を思いきり横にひろげて、よごれた上歯をむき出し、天井《てんじょう》を向いた鼻の下に灰色のあらいひげを針《はり》のように立て、内をのぞきながら、「わっはっは」と笑った。そして、「わしだけは合格の見込《みこ》みがあるちゅうのか。どうかよろしくたのむよ。」と言うと、くるりとうしろを向いて、もう一度「わっはっは」と笑い、歯をむき出したまま、むらがっている生徒たちを押しわけて帰って行った。

こんなふうで、校内はその日じゅう決して静かであったとはいえなかった。下級の教室までが何とはなしに落ちつきを失っていた。ふだんなら何でもないことにまで先生たちの神経がとがり、先生たちの神経がとがればとがるほど、生徒たちはその神経に触《さわ》ってみるのを楽しむといったふうであった。大垣前校長は、いつも先生たちに向かって、「生徒というものは、自分たちのために先生が命をすてるまでは、その先生を偉《えら》い先生だとは思わないものだ。それを覚悟《かくご》の上でなくては、真の教育はできない。」と言っていたが、その意味をほんとうに理解した先生は、朝倉先生をのぞいては、おそらく一人もいなかったろうし、今では、どの先生にも、そんな言葉は単に言葉としてでも思い出されていそうになかった。こうして先生たちは自分をへたにまもろうとして、一歩一歩と自分を生徒たちの侮辱《ぶじょく》と嘲笑《ちょうしょう》の中に追いこんでいたのである。

次郎は、学校のこんな様子を、終日いかにも寂《さび》しそうに見守っていた。彼は、花山校長の鼻の移動の話をきいてもほとんど笑わなかったし、森川の「教員適性審査採点表」を見た時には、むしろにがい顔をして、ひとりで校庭にぬけ出したほどだった。ふだんから、彼はそう出しゃばるほうではなかったが、それでも、校友会の委員会などでは、新賀や梅本とともにかなり意見を発表するほうだった。それが、昨日以来、まったく沈《ちん》黙《もく》を守りつづけている。きょうはことに新賀や梅本に対してもあまり口をきかない。今朝あたりまでは、だれもそれを気にとめなかったのだが、みんなが笑うときに笑いもせず、また先生たちの品定めや、事件のこれからの成《な》り行《ゆ》きについて、みんなが非常な関心をもって話しあっているのに、自分ひとりで校庭をぶらつきまわったりしている彼の様子が、いつまでも周囲の注意をひかないでいるはずがなかった。しかも彼が、同級生の大部分がまだ朝倉先生の顔も知らない一、二年のころから、室崎《むろざき》事件や宝鏡先生事件を通じて先生から大きな感化をうけ、その後、白鳥会の一員にも加わって、先生の心酔《しんすい》者《しゃ》の中でもその第一人者になっていることは、だれでも知っていることである。こんな時こそ彼はみんなの先頭に立って活動すべきではないか。そうした考えが、一般《いっぱん》の生徒たちの頭に浮《う》かんで来るのはごく自然であった。

「本田《ほんだ》のやつ、どうしたんだろう。いやに考えこんでばかりいるじゃないか。」

「悲観しきって、どうにもならないんだろう。」

「朝倉先生にお別れするからかい。」

「そうだよ。あいつはまるで恋人《こいびと》のように朝倉先生を慕《した》っていたからね。」

「しかし、それなら、なおさらこんな時には活躍《かつやく》しそうなものじゃないか。」

「活躍する元気がないほど打撃《だげき》をうけているとすると、大いに同情に値《あたい》するね。」

「そんなばかなことがあるもんか。何かほかにわけがあるんだよ、きっと。」

二、三人が渡《わた》り廊下《ろうか》に背《せ》をもたせてそんなことを話しているところへ、馬田がやって来て、仲間に加わった。

「何だい、わけがあるって。」

「本田のことだよ。あいつ、朝倉先生の問題だというのに、昨日から一言《ひとこと》も口をきかないのがふしぎだって話しているんだよ。」

「ふうん、本田か。……あいつはだめなやつさ。」

「どうして?」

「まず、平尾と同類項《どうるいこう》だろうね。」

「本田が?……まさか。」

「しかし、昨日からのあいつの態度が証明しているよ。なるだけいい子になろうとしているにちがいないんだ。」

「僕には、本田がそんな卑劣《ひれつ》な男だとは思えないがね。」

「ふふん。」

馬田はあざけるように笑った。

馬田は、実は昨日委員会が終わったあと、いつになく気がむしゃくしゃして家に帰って行ったのだった。次郎がみんなのどぎもをぬくような血書を書いたということが第一癪《しゃく》だったうえに、自分もついそれに署名しなければならないはめになり、いかにも次郎の尻馬《しりうま》に乗せられたような格好になってしまったのが、何としても腹におさまりかねていたのである。で、夕食をすましたら、すぐいつもの仲間にどこかに集まってもらい、血書に何とかけちをつける一方《いっぽう》、全校をあすにもストライキに導く計画を相談する肚《はら》でいた。ところが、食卓《しょくたく》について不機嫌《ふきげん》に箸《はし》をとっているうちに、ふとなぜ新賀はきょうみんなに次郎が血書を書いたことを秘密《ひみつ》にしたのだろう、という疑問が起こった。この疑問は、ふしぎに彼の気持ちを明るくした。というのは、彼は彼なりにそれに判断をくだし、何だか次郎の弱点がつかめたように思ったからである。次郎は、自分から言いだしたてまえ、どうなり血書を書くには書いたが、書いたあとで、事件の主謀者《しゅぼうしゃ》と見られるのがこわくなり、新賀に自分が書いたことを秘密にするという条件でそれを渡したにちがいない。そう彼は判断したのだった。そして、この判断はいよいよ彼を上機嫌にした。血書が大きな問題になればなるほど、次郎はしょげるにちがいない。血書にけちをつけるのもおもしろいが、それをできるだけ大《おお》げさな問題にして、次郎がいよいよしょげるのを見るのはなおいっそうおもしろいことだ。ストライキはどうせ早かれおそかれ放っておいても始まることだし、何も自分が先に立ってあせることはない。彼は、そんなふうに考えて、ひとりでほくそ笑《え》んだ。そして、きょうは、彼にしてはめずらしく早く登校して、それとなく次郎の様子に注意していたが、次郎の様子は、彼の判断を十分に裏書きしているように思えたので、彼は内心ますます得意になっていたのである。

しかし、彼は、血書が次郎によって書かれたということをだれにも発表する気にはまだなれなかった。それは、彼の自尊心《じそんしん》や競争意識が何ということなしにそれを許さない、というだけではなかった。彼にとって大事なことは、ストライキの場合のことだったが、万一《まんいち》にも、それを発表したために、次郎が捨《す》て鉢《ばち》になり、進んでストライキの主導権をにぎるような結果になってしまっては、つまらない。次郎は徹底的《てっていてき》にやっつけなければならないが、それには、彼をあくまでもストライキ反対の立場に立たせておくことが必要である。最後まで彼を反対の立場に立たせておき、いよいよストライキ決行という場合に彼が逃《に》げをうったら、その時こそ血書のことを暴露《ばくろ》すべきだ。血書まで書いて人を煽動《せんどう》しておきながら、自分だけ逃げるとは何という卑劣《ひれつ》さだ！　みんなはそう言って彼を責《せ》めるだろう。それに、どんなに彼が逃げをうとうと、学校当局や県庁が、血書を書いた本人を主謀者《しゅぼうしゃ》と認めないはずはないのだから、いよいよおもしろい。――馬田の考えはすこぶる念入りだった。彼がそれほどまでに次郎に反感を持つようになった最も大きい原因が、道江《みちえ》にあったことはいうまでもない。

馬田のあざけるような笑いを肯定《こうてい》するように、すぐだれかが言った。

「そういえば、昨日《きのう》本田は、変に人の顔ばかりのぞきながら血判をしていたが、ひょっとすると血判をごまかしたんじゃないかね。」

「血判はごまかそうたってごまかせないよ。みんなで見ているんだから。しかし、本田がそれをいやがっていたことはたしかだね。」

「それには何か特別な原因があったんじゃないかね。いつもの本田にしちゃあ、すこしおかしかったよ。」

「馬田にはそれがわかっているんじゃないのか。」

馬田は、また「ふふん」と笑った。そして、

「君らはすこし本田を買いかぶっていやしないかね。」

「そうかなあ。しかし、僕たちが入学した時のことを考えてみたまえ。五年生の鉄拳《てっけん》制裁《せいさい》にびくともしないで反抗《はんこう》したのは、本田だけだったぜ。」

みんなの頭には五年まえの雨天体操場における恐《おそ》ろしい光景がまざまざとよみがえって来た。その時の次郎の英雄的《えいゆうてき》な態度は、忘れようとしても忘れられない記憶《きおく》である。また、これはみんなが実際に見たわけではなかったが、「三つボタン」という綽名《あだな》のあった始末《しまつ》におえない五年生の室崎を相手に、次郎が死《し》に物狂《ものぐる》いのけんかをやって少しもひけをとらなかったという話は、あまりにも有名であり、雨天体操場の記憶とともに、

自然、それもみんなの頭によみがえって来ないわけはなかった。

馬田は、機《き》を見《み》るにはわりあい敏感《びんかん》なたちだった。それに、どうせ遠くないうちに何もかもわかるのだと思うと、今しいて次郎をけなす必要もないと思った。

「本田も、しかし、このごろはだいぶ思慮深《しりょぶか》くなっているからね。」

彼は、そんな謎《なぞ》のような言葉を残して、さっさとその場をはなれてしまった。

彼は、しかし、それからも、校内をほうぼう歩きまわって、上級の生徒たちが幾人《いくにん》かかたまって話しているのを見つけては、その仲間に入り、それとなくストライキを煽動《せんどう》するようなことを言ったり、次郎をけなしたりすることを忘れなかった。

その日、校長は県庁に行ったきり、ついに学校に顔を見せなかった。西山教頭が何度も電話口に呼び出され、ひる過ぎには、五年全部の学籍簿《がくせきぼ》を抱《かか》えて県庁に出かけた、ということが、給仕の口から生徒たちに伝えられた。生徒たちには、それが何を意味するかは、さっぱりわからなかった。それだけに、不安な空気はひけ時が近づくにつれ、次《し》第《だい》に濃《こ》くなって行った。

それでも、その日は、森川の教員適性審査のいたずら以上に大したできごともなく、ひけ時から二十分もたつと、校内には生徒の姿《すがた》は一人も見られなくなった。ただ先生たちだけが校長の帰りをまつために居残《いのこ》っていたが、もう話の種《たね》もつきたらしく、どの先生も、いかにも所在《しょざい》なさそうな、それでいて何となく落ち着きのない眼をして、教員室を出たりはいったりしていた。

次郎は、新賀や梅本といっしょに校門を出た。新賀と梅本とは、あんがい早く血書が県庁に届けられるようになったが、これはいいことだろうか悪いことだろうかとか、それが警察や憲兵隊の意志によったものだとすれば、おそらく結果は悲観的だろうとか、いや、警察や憲兵隊までが気にやむぐらいだから、かえって有望かもしれないとか、そういったことをしきりに話しあったが、次郎はただ道づれをしているというだけで、ほとんど相《あい》づちさえうたなかった。そして、二人に、「気分でもわるいんじゃないか。」と心配されながら別れたが、それから二丁《ちょう》ほどの街角《まちかど》まで来ると、彼は急に立ちどまって考えこんだ。街角を左にまがって少し行ったところに朝倉先生の家があるのである。

「朝倉先生が待っておいでだ。」――昨日父にそう言われたことが、彼には一日気にかかっていた。しかし、なおいっそう気にかかっていたのは、血書を書いた自分のことを先生が「かわいそうに」と言われたということだった。最初この言葉を父の口をとおしてきいた時には、それがあまりにも予期《よき》しない言葉だったために、ただ面《めん》くらっただけだった。しかし、彼にとって、朝倉先生の言葉は、とりわけそれが彼自身のことに関して発せられた場合、どんな片言隻句《へんげんせっく》でも、軽い意味をもつものではなかった。彼はそのあと二階にねころんで、ひとりでいろいろと考えてみた。言葉がありふれた簡単《かんたん》なものだっただけに、かえって意味がつかみにくかった。もしそれが世間普通《せけんふつう》の人の口をもれた言葉だったら、血を流した自分に対する同情の言葉とも解されようし、また県当局という大きな相手を向こうにまわしたことに対するあわれみの言葉とも解されよう。しかし朝倉先生がそんな甘《あま》いお座《ざ》なりを言われようはずがない。先生の愛情はもっと深いのだ。先生の言葉の奥《おく》にはいつもきびしさがある。われわれの心をむち打って一歩前進せしめないではおかないきびしさがある。先生はあるいは自分を始末《しまつ》に負《お》えない飛びあがり者だと思われたかもしれない。「かわいそうに、己《おのれ》を知らないのにもほどがある！」それが先生のお気持ちだったのではあるまいか。

そこまで考えて来た時に、ふと、隙間風《すきまかぜ》のようにつめたく彼の頭をよぎったものがあった。それは、自分たちの運動が幸いに成功して、どうなり県当局の意志を動かし得《え》たとして、先生ははたして留任を肯《がえん》じられるだろうか、という疑問であった。この疑問は彼をほとんど絶望に近い気持ちにさそいこんで行った。先生のお気質として、そんなことができるはずがない。自分は、ただ一途《いちず》に先生の留任を目《め》あてに、血書を書いたりして一所懸命《いっしょけんめい》になっているが、先生にしてみると、落ちつくところは最初からはっきりきまっていたのだ。自分はただストライキに口火《くちび》を与《あた》えるために、そして先生の最後に泥《どろ》を塗《ぬ》るために、あの血書を書いたのではなかったのか。

そう考えると、「かわいそうに」という先生の言葉の意味は、これまで考えたのとはまるでちがったものになって来た。先生は、その言葉に何もとくべつな意味をもたせようとされたのではない。ただ先生のはっきりしたご決意と自分に対する愛情とが結びついて、何の作為《さくい》もなくそんな言葉となってあらわれたまでだ。それにしても、先生のそのご決意について、自分がこれまで一度も考えてみようとさえしなかったということは、何という愚《おろ》かさだったろう。先生が自分をどう考えていられようと、その意味で、自分はたしかに己《おのれ》を知らない飛びあがり者だったにちがいないのだ！

次郎の自己反省は、昨日以来、こんなふうに次第《しだい》に深まって行くばかりだった。「かわいそうに」という言葉を、先生のごく自然の愛情の言葉だと思えば思うほど、それが深まって行くのだった。しかし、そうした自己反省の苦しみは、彼にとってはそうめずらしいことではなかった。彼は中学入学以来、とりわけ白鳥会入会後は、絶えず自己反省の苦しみを味わって来た、といっても言いすぎではなかったのである。だから、もしそれに朝倉先生の問題が直接結びついていなかったとすれば、彼は、きょう学校で、同級生たちにあやしまれるほど暗い顔はしていなかったかもしれない。彼を絶望に近いほどの気持ちにさそいこんで行ったのは、何といっても、朝倉先生の辞任《じにん》が決定的であるということに気がついたことであった。彼はそれを思うと、もう何も考える力がなかった。幼《おさな》いころ、乳母《うば》のお浜《はま》にわかれたあとのあのうつろな気持ち、母に死に別れたあとのあの萎《な》えるような気持ち、それがそのまま現実となって身にせまって来るような感じがして、きょうは朝からだれとも口をきく気になれなかったのである。

街角に立って考えこんでいた次郎は、思いきったように道を左にとった。

朝倉先生の家の玄関《げんかん》はひっそりしていた。案内を乞《こ》うと、裏口から奥《おく》さんがたすきがけのまま出て来て、

「まあ、本田さん、しばらくでしたわね。さあどうぞ。先生は書斎《しょさい》ですわ。」

次郎は、強《し》いていつもの通りの気安さをよそおって、靴《くつ》のひもをといた。

「昨日はお父《とう》さんがいらしってくだすって、きれいなお卵をたくさんいただきましたわ。……鶏《にわとり》のほうも、本田さん毎日お手伝い?」

「ええ、ときどき。」

次郎は廊下をとおって書斎に行った。朝倉先生は机の上に巻き紙《がみ》をひろげてしきりに手紙を書いていた。もう五、六通書きあげたらしく、封《ふう》をしたのが机のすみに重ねてあった。次郎が敷居《しきい》のすぐ近くにすわってお辞儀《じぎ》をすると、

「やあ、いらっしゃい。……ついでにこれだけ書いてしまうから、ちょっと失敬《しっけい》する

よ。」

次郎は縁側《えんがわ》ににじり出て、あぐらをかき、ぼんやり庭を眺《なが》めた。午後三時の日が、庭《にわ》隅《すみ》の夏蜜柑《なつみかん》の葉を銀色にてらしているのが、いやにまぶしかった。

五、六分もたつと、朝倉先生は手紙を書き終えて、自分も縁側に出て来た。

「昨日《きのう》はお父さんにいいものをいただいてありがとう。……君は当分《とうぶん》来ないのかと思っていたが、よく来てくれたね。」

「先生、僕、申しわけないことをしてしまいました。」

次郎は急いで膝《ひざ》を正《ただ》し、縁板《えんいた》に両手をついた。

「血書のことが気になるのか。」

と、朝倉先生は、ちょっと思案《しあん》していたが、

「しかし、私はうれしいんだよ。私のために血書まで書いてくれる教え子がいるのかと思うと。」

次郎は、これまでにも、しばしば、自分のまったく予期しない言葉を朝倉先生の口からきいて驚《おどろ》くことがあった。しかし、今の言葉ほど彼を驚かした言葉はなかった。これまでは、次郎が自分の考えに裏書きしてもらえると思っている時に、かえってそれを否《ひ》定《てい》されたり、何か得意になっている時に、きびしい反省を要求されたりする場合が多か

った。今のはまるでその逆だったということが、彼にとっては、この上もない驚きだったのである。

彼のこの驚きは、同時に、目《め》がしらのあつくなるような感激《かんげき》でもあった。彼はうつむいたまま、縁板《えんいた》についた手を、まるで女の子みたようにもじもじさした。朝倉先生はそれを見まもりながら、

「君のお父《とう》さんは、君のやったことを生《なま》ぐさいと言っていられたが、なるほど生ぐさいといえば生ぐさい。たしかに思慮《しりょ》の足りないやり方だし、それに文明的ではないからね。しかし人間の真実な気持ちというものは、そのあらわれ方がどうであろうと、やはりうれしいものだよ。私はそれを味わうだけは素直《すなお》に味わいたいんだ。むろん私には私の行く道があるし、君の真実な気持ちを味わったからって、その道まで変えるわけにはいかないがね。」

次郎は感激と失望の旋風《せんぷう》の中に、やっと身をささえているだけだった。あふれて来る涙《なみだ》が膝の上につっぱった腕《うで》をすべって、まだらに縁板をぬらした。

「それはそうと、――」

と、朝倉先生はわざと次郎から眼をそらしながら、

「学校の様子はどうかね。血書はやはり出したのか。」

「ええ……出しました。」

「君自身で？」

「いいえ、総務二人に新賀と梅本とが代表になったんです。」

「むろん校長先生に出したんだろうね。」

「ええ。しかし、もう県庁でも見ているんでしょう。校長先生が県庁にそれをもって行かれたそうですから。」

「そうか。」

と、朝倉先生はしばらく考えこんだ。それから、伸《の》びあがるようにして、生垣《いけがき》ごしに門のほうを見、何度も首をふっていたが、

「そうか。じゃあ君はきょうここに来るんじゃなかったね。今度のことがすっかり片づくまでは、これからも君は来ないほうがいいよ。君ばかりじゃない、新賀や梅本やそのほかの連中も同じだ。君のお父さんにも、当分お出《い》でくださらんように言っておいてくれたまえ。」

「どうしてです。」

次郎は、まだ涙のすっかりかわききれない眼を見はってたずねた。

「今の時代は、やたらに犬ばかりがふえて行く時代だからね。実は、この家のまえあ

たりにも、きょうの昼ごろから背広《せびろ》を着た犬がうろつきだしたらしいよ。」

朝倉先生の声は低かったが、めずらしく憤《いきどお》りにみちた声だった。次郎は、さっき自分が街角《まちかど》に立って考えている時、変にじろじろ自分の顔を見て、二度ほどそばを通りぬけた四十近くの男のことを思い起こした。

五　道江《みちえ》をめぐって

次郎は、まもなく、せきたてられるようにして、朝倉《あさくら》先生の門を出た。門を出るとすぐ、彼《かれ》はまえうしろを見まわした。それから、曲がり角のところまで来て左右を見、もう一度朝倉先生の門のほうをふりかえったが、来《き》しなに自分の顔をのぞいた男は、もうどこにも見えなかった。

日はまだかなり高かった。かわいた砂地の照りかえしが眼《め》にぎらついて、頭のしんが痛いようだった。彼は、何も考える気力がなく、ただいらいらした気持ちで町はずれまで来た。

町はずれからは松並木《まつなみき》の土手《どて》が広々とした青田のなかをうねってつづいている。左は、ほぼ五、六間《けん》ほどの川で、向こう岸もやはり松並木の土手である。旧藩《きゅうはん》時代のさる名高い土木家が、北山の水を町にひくために開鑿《かいさく》した水路だそうだが、いつも深さ一、二尺《しゃく》ほどの清冽《せいれつ》な水がかなりな速度で、白砂の上を走っている。その水は町に流れ入る直前に直角にまがって一丁《いっちょう》ほど東に流れ、もう一度直角に南にまがって、町はずれの橋の下をくぐっているのであるが、その角のあたりには、背丈《せたけ》ぐらいの淵《ふち》ができており、夏になると、このへんの子供たちは、よくそこで水をあびる。土手をとおって通学している中学生の中にも、学校のかえり道には、子供たちにまじって水をあびて行くものが少なくはない。次郎もおりおりその仲間に加わる一人だが、きょうは、とくべつ暑かったにもかかわらず、そこを見むきもしないで通りぬけてしまった。それから五、六分も行くと、一心橋《いっしんばし》という橋がかかっており、道をへだてて、駄菓子《だがし》やところてんなどを売る小さな茶店《ちゃみせ》がある。次郎は、その半丁ほど手まえに来たとき、今までうつむきがちになっていた顔をあげて、ふと向こうを見た。すると、橋のたもとの大きな松の木かげに、帽子《ぼうし》をわしづかみにして向こうむきに立っている一人の中学生が眼にとまった。馬田《うまだ》である。制服のボタンをすっかりはずして胸をはだけているらしく、襟《えり》が首の両がわにはねだし、腰《こし》にあてた左手のうしろに裾《すそ》がたくれあがっている。

次郎は思わず立ちどまった。馬田と言葉をかわすのが、きょうはとくべついやな気がするのだった。しかし、彼はかくれる気にはなれなかった。かくれたりするのは、相手が馬田であるだけに、よけい卑屈《ひくつ》なように思えたのである。

彼は立ちどまったまま、しばらくじっと馬田のうしろ姿《すがた》を見つめていた。すると馬田は、わしづかみにしていた帽子をふりあげて、つづけざまに二、三度、つよく自分の股《また》をなぐりつけた。それは、彼が何かやりそこないをしたり、しゃくにさわったりする時に、よくやるくせなのである。

次郎は、ふしぎにも思い、いくらか滑稽《こっけい》にも感じながら、歩きだそうとした。が、そのとき馬田のほかにもう一人、彼の眼にうつった人影《ひとかげ》があった。それは、土手のずっと向こうのほうを小走《こばし》りに走って行く女学生の姿であった。その制服姿は、もううしろから見たのではちょっとだれだか判断がつきかねるほど遠ざかっていたが、次郎にはそれが道江《みちえ》だということが一目《ひとめ》でわかった。

次郎のふみだした足はひとりでにもとにもどった。彼は棒立《ぼうだ》ちになったまま、道江から馬田へ、馬田から道江へと、何度《なんど》も視線《しせん》を往復させた。そして最後に唾《つば》をごくりと飲み、自分を落ちつけるためにかなりの努力を払《はら》ったあと、わざとのように足音をたてて歩きだした。

馬田には、しかし、次郎の足音がきこえなかったらしい。彼は相変《あいか》わらず道江のうしろ姿を見おくっていた。そして、もう一度帽子で股をなぐりつけたが、そのあと「ちぇっ」と舌《した》うちしながら、道を横ぎって茶店の中にはいって行った。次郎との距離《きょり》は、もうその時には、わずか二、三間しかなかったが、やはり首をねじって道江の姿を追っていたせいか、次郎の近づいたのにはまるで気がつかなかったらしい。

次郎は、顔を真正面《ましょうめん》にむけたまま、茶店のまえをとおった。針金《はりがね》で全身をしばられているような変に固い気持ちだった。店の中の様子《ようす》はまるで見えなかったし、馬田がどのへんにいるかは、むろんわからなかった。ただ、店先に近い水桶《みずおけ》の底に、半透明《はんとうめい》に光って沈《しず》んでいる何本かのところてんが、かすかに彼の眼をかすめただけであった。

彼は、自分のほうから馬田に言葉をかける気にはまるでなれなかったが、しかし、馬田のほうから言葉をかけられることは、十分覚悟《かくご》もしていたし、心のどこかでは、むしろ期待もしていた。ところが、茶店のまえをとおり過ぎて、四、五間行っても、だれも声をかけるものがなかった。彼は安心とも失望ともつかぬ変な気持ちになり、われしらずうしろをふりむいた。

すると、馬田が茶店のかど口《ぐち》に立って、こちらを見ていた。そのしまりのない口は冷笑《れいしょう》でゆがんでいる。次郎は、しかたなしに立ちどまった。

二人は、かなりながいこと、無言《むごん》のまま顔を見あっていた。どちらからも歩みよろうとも、言葉をかけようともしない。次郎は、しかし、そのうちに、いつまでもそうしているのがばかばかしくなって来た。彼は思いきって馬田に背《せ》を向けようとした。すると、馬田がとうとう口をきった。

「本田《ほんだ》、ずるいぞ。」

「何がずるいんだ。」

と、次郎は、また馬田のほうにまともに向きなおった。

「僕《ぼく》がここにいること、君《きみ》は知っていたんだろう。」

「知っていたさ。」

次郎はごまかさなかった。ごまかすどころか、そう答えることによって、皮肉《ひにく》な喜びをさえ味わっていたのである。

「知っていて、なぜだまって通りぬけるんだ。」

「用がないからさ。」

「なに、用がないから?」

馬田は、左肩《ひだりかた》をまえにつき出し、両肱《りょうひじ》をいからせながら、次郎のほうによって来た。帽子はやはり右手にわしづかみにしたままである。

次郎はだまって馬田の近づいて来るのを見ていた。馬田は、次郎から二、三歩のところで立ちどまったが、その左肩はまだつき出したままだった。

「用がないからって知らん顔をするのは失敬《しっけい》じゃないか。」

次郎は返事をする代《か》わりに、穴《あな》のあくほど馬田の顔を見つめた。馬田は、その眼に出っくわすと、ちょっとたじろいだふうだったが、口だけは元気よく、

「失敬だとは思わんのか。」

次郎は、それでも返事をしない。視線はやはり馬田の眼に一直線に注《そそ》がれたままである。

馬田も、それっきり口をきかなかった。二人は、かなりながいこと、にらみあったまま突《つ》っ立《た》っていた。次郎が視線も手足も微動《びどう》もさせなかったのに反して、馬田の視線はたえず波うっており、その手足はいつももじもじと動いていた。

馬田の視線がとうとう横にそれた。同時に、「ふふん」とあざけるような息が彼の鼻をもれた。次郎は、それでも一心《いっしん》に彼の顔を見つめていたが、急に何と思ったか、くるりと向きをかえ、彼を置き去りにして、すたすたと歩きだした。

松の木の間をもるひっそりした日《ひ》ざしの中に、砂地をふむ靴音《くつおと》がざくざくと異様《いよう》に高くひびいた。そのほかには何の物音《ものおと》もきこえない。

しまりのない口を半《なか》ばひらいたまま、ぽかんとして次郎のうしろ姿を見おくっていた

馬田は、次郎が十間《じっけん》以上も遠ざかったころ、つぶやくように、「ちくしょう!」と叫《さけ》んだ。そして帽子をふりあげて、力まかせに自分の股をもう一度なぐりつけた。

次郎の耳にもその音はきこえた。しかし、彼はふりむかなかった。そして、もうとうに見えなくなっている道江のあとを追うように、道をいそいだ。

道江の家は、馬田と同じく橋を渡《わた》った向こうの村にある。彼女《かのじょ》が学校の帰りに、大巻《おおまき》や本田に用があって、橋を渡らないでまっすぐこちらの土手を行くことはしばしばだが、きょうの様子は決してただごとではない。彼女はあるいは毎日のように馬田に学校の帰りをおびやかされているのではあるまいか。次郎は、ついこないだ自分の家の階段の上で、道江と馬田が出っくわした時のことを思いうかべながら、そんなふうに考えた。

家に帰りつくと、すぐ彼は、道江が来てはいないかと思って、鶏舎《けいしゃ》のほうまで行ってそれとなく彼女をさがした。しかし、来たような様子はなかった。で、彼はすぐその足で大巻をたずねた。

大巻の家は彼の家から一丁《いっちょう》とはへだたっていない。槙《まき》の立ち木をそのままくねらせた風変《ふうが》わりな門をくぐると、生垣《いけがき》がつづいている。次郎は、その生垣のすき間《ま》から茶《ちゃ》の間《ま》のほうをのぞいて見た。すると、道江と姉の敏子《としこ》とが、こちら向きに顔をならべているのが見えた。二人とも、縁板《えんいた》に足をなげ出し、障子《しょうじ》をすっかり取りはらった敷居《しきい》の上に尻《しり》をおちつけている。おりおりうなずきあったり、眉根《まゆね》をよせたりして、しきりに何か話しあっているが、声はききとれない。次郎にとってあんがいだったのは、道江の顔にちっとも興奮《こうふん》した様子が見えず、眉根をよせても、すぐそのあとから笑いに似た表情がもれていることだった。

次郎は思いきって枝折戸《しおりど》のところまで行き、その上から眼だけをのぞかせて、声をかけた。

「叔母《おば》さん、はいってもいいんですか？」

敏子は、叔母さんと呼ばれるにはまだあまりにもわかかったが、次郎は徹太郎《てつたろう》を叔父《おじ》さんと呼ぶ関係上、そう呼びならわしているのである。

「あら、次郎さん。……かまわないわ、そこからはいっていらっしゃい。」

枝折戸は手で押《お》すとわけなく開いた。次郎は、行儀《ぎょうぎ》よく二列にならんでいる朝顔鉢《あさがおばち》の間を通って、縁側《えんがわ》に腰をかけると、ぬすむように道江の顔をのぞいた。

「次郎さん、今お帰り？」

と、道江は、しかし平気《へいき》な顔をしている。

「たった今。僕、道具をうちに置くと、すぐ来たんだよ。」

「そう？　あたしもついさっき来たばかりなの。」

「僕、知っていたんだ。道江さんがこちらの土手を通るのを見ていたんだから。」

「あら、そう?」

と、道江はちょっと眼を見張って、

「どこから見ていたの?」

「すぐうしろからさ。二丁ぐらいはなれていたかな。」

「あらっ!」

と、道江は顔を真赤《まっか》にしながら、

「じゃあ、千ちゃんのいたずら見ていたのね。」

千太郎《せんたろう》というのが馬田の名前なのである。

「いたずら? 僕、馬田がどんないたずらをしていたか知らないよ。僕は、馬田が橋のところに立って道江さんが走って行くのを眺《なが》めていたので、変だと思っただけさ。」

次郎は何でもないような調子でそう言いながら、メスをあてられるまえの、ひやひやした気持ちで道江の答えをまった。しかし、道江が答えるまえに、敏子が口をはさんだ。

「千ちゃんのいたずらは、きょうだけではないらしいの。」

そう言って彼女が説明したところによると、馬田のいたずらは、もうきょうで三度目で、いつも一心橋の向こうの土手のかげにねころんだりして、道江の帰りを待《ま》ち伏《ぶ》せている。最初の時は、だしぬけに彼女を呼びとめて手紙を渡した。道江がすぐそれを投げすてると、彼はあわててそれをひろいながら、何かおどかすようなことを言った。二度目は、しつこく道江のそばにくっついて歩きながら、いろんないやらしいことを言い、村の入り口近くになっていきなり彼女の手を握《にぎ》ろうとしたが、彼女は大声をたてて逃《に》げた。そしてきょうは三度目だが、道江のほうで警戒《けいかい》していて、馬田のいるのがわかったので、すぐ橋を引きかえしてこちらに逃げて来た、というのである。

道江は敏子が話している間、さほど深刻《しんこく》な表情もしていなかった。次郎はそれが物足《ものた》りなくもあり、腹だたしくもあった。彼の家の二階で馬田と出っくわした時の様子から判断して、彼女が馬田をひどくきらっていることだけはたしかである。しかし、ただ馬田という人間をきらっているというだけではたよりない。こうしたことについては、女性の立場から、とりわけ純潔《じゅんけつ》な処女の立場から、たえがたいほどの侮辱《ぶじょく》と憤《いきどお》りとを感じなければならないはずである。彼にはそう思えてならないのだった。

「それで、道江さん、どうするつもりなんだい。これから。」

次郎は詰問《きつもん》するようにたずねた。

「一心橋を渡らないで帰ることにするわ。少しまわり道をすればいいんだから。」

「逃げてさえいりゃあ、いいという気なんだな。」

「だって、それよりほかにないでしょう。」

次郎はだまって朝顔の鉢に眼をやった。しぼんだ花が、だらりと、つるにくっついているのが、いやに彼の気持ちをいらだたせた。すると、

「次郎さんが女でしたら、どうなさる？——」

と、敏子が微笑《びしょう》しながら、

「あたし、やっぱりそっと逃げているほうが一番いいと思いますけれど。」

敏子の言葉つきには、道江と同じ意味のことを言うにしても、どことはなしに知性的なひらめきがあった。次郎には、それがはっきり感じられた。それだけに、彼の道江に対する腹だたしさはいっそうつのるのであった。彼はいかにも不服《ふふく》そうに、しばらく敏子の顔を見つめていたが、

「僕は、女にも、もっと戦う気持ちがあっていいと思うんです。」

「戦う気持ちなら、そりゃ、女にだってあるわ。」

「じゃあ、戦えばいいでしょう。逃げてばかりいないで。」

「だって——」

と、今度《こんど》は道江が眉根《まゆね》をよせて、

「あたし、そんなことできないわ。」

「どうして？」

「どうしてって、負けることわかっているじゃありませんか。男と女ですもの。」

「ばかだな、道江さんは。」

と、次郎はなげるように言ったが、

「僕、道江さんを、腕力《わんりょく》で馬田に対抗《たいこう》させようなんて、そんなこと考えているんじゃないよ。」

「では、どうしたらいいの？」

次郎はそっぽを向いて答えなかった。彼女は、馬田に対して、純潔な処女としての激《はげ》しい憤《いきどお》りどころか、自分に侮辱を加えた当の相手としてさえ、さほどの憎《にく》しみを感じていないのではないか。もし感じているとすれば、そんなよそごとのような答えができるはずがない。そう考えると、道江が馬田を「千ちゃん」という親しげな名で呼んでいることまでが腹だたしくなって来た。

「そりゃあ、事《こと》をあらだてれば、いくらでも手はあると思うの。だけど、同じ村に住んでいては、そうもいかないし、……」

と、敏子は、ちょっと間《ま》をおいて、

「第一、道江だってそんなことをしては、かえって恥《は》ずかしい思いをしなければならないでしょう。」

「道江さんには、ちっとも恥ずかしいことなんかないじゃありませんか。」

「そうはいかないわ。」

「どうしてです。」

次郎は、むきになった。敏子は笑って、

「どうしてだか、あたしにもわからないわ。だけど、世間《せけん》は、いたずらをした男よりか、いたずらをされた女のほうに、よけいにけちをつけたがるものなのよ。そんなことでお嫁《よめ》にも行けないでいる人があるってこと、次郎さんはご存じない?」

次郎は、そんな実例があるかどうかはよく知らなかった。しかし、敏子の言っている意味はよくわかった。そして、そうであればあるほど、いよいよ馬田を許しておくのが不都合《ふつごう》だという気がした。

「すると、馬田はこのままほっておくつもりですか。」

「こないだ、重田《しげた》の父から、千ちゃんのお父《とう》さんに、気をつけていただくように、話してもらってはありますの。」

「しかし、そんなこと、何の役にもたたないじゃありませんか。きょうも平気で待ち伏《ぶ》せしていたっていうんだったら。」

「ええ。でも、そんなことよりほかに、どうにもしようがないわ。」

「しかし、馬田をどうもしないで、ただ逃げまわっていたんではだめですよ。」

次郎は、そう言って、視線を道江のほうに転じながら、

「もし、馬田もまわり道したら、道江さんはどうする?」

「こまるわ、あたし。」

道江はただしょげきった顔をするだけだった。次郎は舌打《したう》ちしたくなるのをこらえながら、

「僕は、道江さんが、どうせ馬田にねらわれているんだから、堂々《どうどう》とあたりまえの道を通るほうがいいと思うね。」

「そうかしら。」

「まわり道なんかして、いたずらされたら、よけい世間にけちをつけられるよ。」

道江は答えないで敏子の顔を見た。敏子は、

「それもそうね。」

と、何度もうなずいた。そして、

「同じクラスの人が、あの村から一人でも学校に通っていれば、毎日道づれができるんだけれどねえ。……まさか、次郎さんに待ちあわしていただくわけにもいくまいし。

……」

次郎はすこし顔をあからめた。が、すぐ思いついたように、

「僕、道づれはできないけど、見張りならやります。」

「見張りって、どうするの？」

「僕、馬田と同じクラスですから、毎日いっしょに帰ろうと思えば帰れるんです。」

「千ちゃんのほうを見張るの？　でも、橋から先はだめじゃない？」

「僕も橋を渡って様子を見ていればいいんでしょう。あれから村の入り口までは見通しだから、だいじょうぶですよ。」

「毎日そんなことができて？　千ちゃん、きっと変に思うでしょう。」

「そりゃあ、思うでしょう。」

「けんかになりはしない？」

「なるかもしれません。しかし、なったっていいんです。」

「いやね、道江のために、男同士がけんかをはじめたりしちゃあ。」

「あたし、こわいわ。」

と道江も眉根《まゆね》をよせ、肩《かた》をすぼめた。

次郎は、二人の言葉から、まるでちがった刺激《しげき》をうけた。敏子の言葉からはひやりと

するものを感じ、道江の言葉には憐憫《れんびん》に似たものを感じたのである。一人の女を中にして、馬田のような男と争っている自分を想像すると、たまらないほどいやになるが、また一方《いっぽう》では、道江という女が、自分というものをどこかに置き忘れているような性格の持ち主であるだけに、放っておくに忍《しの》びないような気もするのだった。彼は二つの感情を急には始末《しまつ》しかねて、だまりこんでしまった。

「あたし、やっぱりまわり道したほうがいいと思うわ。」

道江は敏子を見て言った。

「そうね、――」

と、敏子はちょっと考えて、

「でも、それは次郎さんがおっしゃるように、かえっていけないことになるかもしれないわ。いっそ、ここのうちから学校に通うことにしては、どう?」

道江も次郎も眼《め》を見張った。

「ここからだと、次郎さんに見張っていただくにしても、かどがたたないでいいわ。次郎さんが毎日、橋を渡ったりしたんでは、何ていったって変ですものね。」

「でも、いいかしら、こちらは?」

「こちらはだいじょうぶよ。わけをお話ししたらきっと許してくださるわ。みんなで道ちゃんを大巻の子にしたいって、いつもおっしゃっているぐらいだから。きょうお留守《るす》でないと、すぐお願いしてみるんだけど、お父《とう》さんもお母《かあ》さんもご親類のご法事《ほうじ》でお出かけなの。」

「義兄《にい》さんは？」

「もうまもなく帰るころだわ。」

そう言っているところへ、ちょうど徹太郎《てつたろう》が帰って来た。茶の間にはいって来て次郎たちの顔を見ると、「よう」と声をかけ、すぐ服をぬいで真裸《まっぱだか》になり、井戸端《いどばた》に行ってじゃあじゃあ水をかぶっていたが、まもなくぬれタオルを両肩にかけてもどって来た。そして敏子に向かって、

「このごろは、次郎君とも道江さんとも、いっしょに飯《めし》をくう機会がなかったようだね。きょうは老人たちも留守だし、若いものだけでどうだい。」

「そう？　じゃあ、何にもできませんけれど、あたしすぐおしたくしますわ。……道ちゃん、さっきからのこと、自分で義兄さんにお話ししてみたらどう？」

敏子はそう言って立って行った。

「話って何だい。」

徹太郎は大して気にもとめないような調子でたずねた。道江は顔を赤らめてぐずぐず

している。

「まさか一生の大事ではあるまいね。」

徹太郎は、そう言って笑った。次郎はその瞬間《しゅんかん》ちょっと固い表情になったが、すぐ自分も笑いながら、道江に代わって始終《しじゅう》を話した。話しているうちに、彼は自分の言葉の調子が次第《しだい》に激《はげ》しくなって行くのをどうすることもできなかった。

徹太郎はきき終わって、

「ふうむ――」

と、うなるように言ったが、

「そりゃあ、道江さんがここから学校に通うのはいい。そうするほうが一番いいと思うんだ。しかし、学校の行きかえりに、次郎君が道江さんの用心棒《ようじんぼう》になるのはどうかと思うね。」

次郎は、ぐらぐらと目《め》まいがするような感じだった。徹太郎は、いつになく沈《しず》んだ調子で、

「第一、君は今そんなことに気をつかっている時ではないだろう。君の学校の問題は決して容易《ようい》ではないようだぜ。まだ噂《うわさ》だけで、はっきりしたことはきかないが、もう警察や憲兵隊《けんぺいたい》が動きだしているというじゃないか。」

次郎は、朝倉先生の家をあれほど重くるしい気持ちになって出て来ながら、馬田と道江のうしろ姿を見た瞬間から、学校の問題がまるで自分の念頭《ねんとう》から去ってしまっていたことに気がついて、愕然《がくぜん》となった。

ついこないだ、朝倉先生のことで道江と話しあった時、道江の自分に対する心づかいを、あれほど無造作《むぞうさ》に、——考えようでは侮辱とも思えるほどの無造作な態度で退《しりぞ》けた自分が、きょうは、たとえわずかな時間にせよ、道江の問題に夢中《むちゅう》になって、朝倉先生のことをまるで忘れてしまっている。何という矛盾《むじゅん》だろう。いや、何という軽薄《けいはく》さだろう。

彼は、自信を失った人のように、力なく首をたれた。徹太郎叔父《おじ》に対しても、道江に対しても、恥《は》ずかしさで胸がいっぱいである。

「何しろ、朝倉先生の退職《たいしょく》の理由が理由だし、君たちの行動を当局では極力《きょくりょく》警戒《けいかい》しているらしいんだ。万一《まんいち》ストライキにでもなったら大変《たいへん》だぜ。」

「ストライキには、僕、絶対に反対するつもりです。」

次郎はやっとそれだけ答えた。ストライキ反対の理由が、当局のためでなくて朝倉先生のためだ、ということをつけ加えたかったが、まだそれを言うだけに気持ちがおちついていなかったのである。

「それならいいけれど、――」

と、徹太郎はちょっと考えてから、

「しかし、昨日お父《とう》さんにきいたんだが、君は血書《けっしょ》を書いたっていうじゃないか。」

「ええ。……書きました。」

「それがきっと大きな問題になると思うね。」

「僕はストライキをやらないためにあれを書いたんです。みんなもその条件であれを出すことにきめたんです。」

「しかし、ストライキになってしまったら、君の考えとはまるで反対の目的で書かれたことになりそうだね。」

「勝手《かって》にそう思うなら、しかたがありません。」

「主謀者《しゅぼうしゃ》と見られてもいいというのかね。」

「よくはないんです。しかし、しかたがないでしょう。」

次郎の調子は少しとがっていた。道江の問題から遠ざかるにつれて、彼は次第に元気をとりもどして来たのだった。徹太郎は、しかし、心配そうに、

「君、やけになっているんではないかね。」

「やけになんかなりません。しかし、自分で正しいことをして退学されても、ちっと

も恥ずかしいことはないと思っているんです。」

「ふむ。」と、徹太郎は感心したようにうなずいたが、

「しかし、少し考えが足りなかったとは思わないかね。」

「思っています。あんなもの、何の役にもたたないってこと、あとになって気がついたんです。」

「うむ。しかし、無理もないね。役所というところを君らはまったく知らないんだから。」

「僕はそんな意味で考えが足りなかったとは思っていないんです。役所は正しいことを通すのがあたりまえでしょう。」

「うむ、それで?」

「それで僕たちが正しい願いだと思った事を役所に出すの、あたりまえです。考えが足りないことなんか、ちっともありません。役所がだめだから正しい願いでも遠慮《えんりょ》して出さないでおこうかなんて考える人があったら、その人こそ考えが足りないと僕は思うんです。」

次郎は、もうすっかり、いつもの彼をとりもどしていた。

「なるほど、これは痛いところを一本やられた。僕もいつのまにか現実主義者になっ

てしまっていたわけか。ははは。ところで、君の考えが足りなかったというのは、すると、どういう点かね。」

「僕、きょう――」と、次郎は、また急に眼を伏《ふ》せて、

「学校のかえりに朝倉先生をおたずねしてみたんです。そして、僕たちの願いをかりに県庁が許してくれても、それで先生が辞職《じしょく》を思いとまられることはない、ということがはっきりしたんです。先生としては、それがあたりまえです。僕、そのことにちっとも気がついていなかったんです。」

「うむ。……なるほど。」

「僕、一所懸命《いっしょけんめい》で血書を書いたんですが、――」

と、次郎はすこし声をふるわせながら、

「それは朝倉先生に恥《はじ》をかかせるだけだったんです。それに、もしそれがあべこべにストライキの口火《くちび》みたいになったりすると……」

次郎の声は、ひとりでにつまってしまった。

「うむ、君の気持ちはよくわかった。じゃあ、君はこれからストライキ食《く》いとめに全力をそそぐんだね。道江さんは、ここから学校に通うことにすればだいじょうぶだよ。土手を通らなくったって、ほかに道もあるし、馬田もそんなまわり道まではやって来ま

い。ねえ、道江さん。」

「ええ、まさか。」

と、道江は笑ったが、すぐ真顔《まがお》になり、

「次郎さん、ほんとにストライキのことがんばってくださいね。あたし、血書のことちっとも知らなかったけれど、今きいてびっくりしたわ。それでストライキの主謀者《しゅぼうしゃ》にされちゃあ、つまらないんですもの。」

次郎は何か物足りない気がしながら、それでも、いつもの道江とはかなりちがった道江をその言葉に見いだして、だまってうなずいた。すると、また道江が言った。

「あたしのことは、もうほんとにだいじょうぶよ。これまで、あたし、あんまりのんきだったと思うの。次郎さんのお話をきいて、それに気がついたわ。女も、自分のことぐらい自分で始末《しまつ》するようにならないと、だめね。」

次郎はうれしいというよりは、何か驚《おどろ》きに似たものを感じた。彼は、これまで、道江の口から、そうした自己反省的な言葉を一度もきいたことがなかったのである。

それから話は次郎の学校の問題を中心に、いろいろのことに飛んで行った。朝倉先生の門のあたりに、もう私服《しふく》の刑事《けいじ》がうろついているらしい、という次郎の話から、だんだんと花が咲《さ》いて、徹太郎は、ナチス独逸《ドイツ》やソ連の例などをひき、「軍国主義と独裁政治と秘密探偵《ひみつたんてい》とは切っても切れないものだが、日本も今にそんな国になるかもしれない。」とか、「多数の日本人は、今では政党の腐敗《ふはい》にこりて、官僚《かんりょう》政治や軍人政治を歓迎《かんげい》しているようだが、今にきっと後悔《こうかい》する時が来るだろう。」とか、また、「教育の軍隊化は教育の自殺だと思うが、教育者自身の中にかえってそれを喜んでいる者がある。それは、規律という口実《こうじつ》の下《もと》に、生徒を安易《あんい》に統御《とうぎょ》することができるからだ。」とか、そういった意味のことを、熱心に説《と》いてきかせた。しかし、そうした話は、道江にはむろんのこと、次郎にも、まださほど痛切《つうせつ》には響《ひび》かなかったらしい。

知事や校長をはじめ、諸先生や生徒たちのこともちょいちょい話題に上《のぼ》った。馬田のうわさが出たのはむろんである。次郎は、自分から馬田のことを言いだすのを控《ひか》えていたが、徹太郎が「馬田ってどんな人物だい。」とたずねたのをきっかけに、思いきり彼をこきおろした。そして最後にとくべつ力をこめて言った。

「最も軽率《けいそつ》なストライキの主張者は馬田です。朝倉先生を慕《した》う気持ちなんか微塵《みじん》もないくせに、はじめからわいわい騒《さわ》ぎまわっているんですが、それはストライキをやるのがおもしろいからなんです。こないだの委員会の時も、あいつが真先《まっさき》になってストライキを主張していました。僕の第一の敵《てき》は、だから、あいつです。あいつさえたたきつければ、ストライキは食いとめられるんです。」

すると、徹太郎は言った。

「そうだと、君はなおさら道江さんの用心棒みたいになるのを避《さ》けたほうがいいね。万一にも、君の馬田に対する気持ちの中に、ストライキ問題と道江さんの問題とがからみあっているとすると、それは君自身の人間としての値《ね》うちに関することだし、うっかりできないことだよ。とにかく馬田と同じレベルに立っての勝負はよしたがいいね。」

次郎は高いところからまっさかさまに突《つ》きおとされたような感じだった。

まもなく四人は、敏子が用意してくれた食卓《しょくたく》についたが、話はあまりはずまなかった。食事を終わると、徹太郎は散歩かたがた道江の帰りをおくって行くことにした。そとはまだ明るかった。次郎もいっしょについて出たが、彼の胸の中には、きょう一日のできごとが、おもちゃ箱《ばこ》をひっくりかえしたように、ごったがえしになっていた。彼は歩きながら、その一つ一つをひろいあげてみた。血書提出、県当局の警戒《けいかい》、校内の動揺《どうよう》、朝倉先生訪問、私服刑事、馬田とのにらみ合い、大巻訪問、とそのいずれをとってみても、彼には鉛《なまり》のように重たい感じのすることばかりであった。ただその中で、いくらか彼の気持ちを明るくするものがあったとすれば、それは、朝倉先生に意外にも血書を書いたのを許してもらったことと、道江が大巻の家で安全に保護されるようになったことであろう。もっとも、この最後のことは、なぜか彼に淡《あわ》い失望に似たものを同時に感じさせていたのである。

六　沈黙《ちんもく》をやぶって

それから二日たった。その間に四人の生徒代表は、何度《なんど》もそろって校長室をたずね、県の回答を求めた。校長は、しかし、県当局ではまだ考慮中《こうりょちゅう》だと答えるだけで、一向要《いっこうよう》領《りょう》を得なかった。

田上《たがみ》が、

「では、われわれも校長のお伴《とも》をして、われわれの気持ちを直接知事さんにお話ししたいと思いますが、どうでしょう。」

と言うと、校長は、例のとおり鼻を額《ひたい》のほうに移動させ、――もっとも、これは梅本《うめもと》がよくよく観察したところによると、鼻のつけ根に急に横皺《よこじわ》がより、鼻翼《びよく》がつり上がり気味《ぎみ》にふくらむだけのことだったが――手をやたらに横にふって答えた。

「そんな非常識なことができるものではない。校長と生徒がいっしょになって知事閣《かっ》下《か》におねがいするなんて、そんなばかなことをどうして思いつくんだ。第一、生徒がそんなことを考えているということが、知事閣下のお耳にはいったら、もうそれだけで何もかもぶちこわしになってしまうじゃないか。」

「じゃあ、僕《ぼく》たちだけで県庁に行きます。」

と、新賀《にいが》がいつものぶっきらぼうな調子で言うと、どうしたわけか、今度《こんど》はいやに落ちついた、いくぶんあざ笑うような顔つきをして答えた。

「知事閣下が君《きみ》たちにお会いくださると思うのか。……まあ、ためしにお訪《たず》ねしてみるがいい。」

しかし、何よりも彼らの反感をそそったのは、彼らと校長との会見がはじまると、用もないのに、いつも西山《にしやま》教頭がのそのそと校長室にはいって来て、壁《かべ》ぎわの長椅子《ながいす》に腰《こし》をおろすことだった。

西山教頭は古い型の英語の先生でevilという字をエヴィルと読んで、若い英語の先生たちに蔭《かげ》では「エヴィルさん」と呼ばれているほど発音の誤《あやま》りが多い。それにもかかわらず、訳解のほうでは文法がらめでびしびし生徒をいためつけるし、万事《ばんじ》に規則ずくめで冷酷《れいこく》なところがあり、生徒たちには非常にきらわれている。その先生が三角形の瞼《まぶた》の奥《おく》にいたちのような小さい眼玉《めだま》を光らせ、会見の様子《ようす》を見張っているのだから、不愉《ふゆ》快《かい》この上なしである。

しかし西山教頭は、単にはたで見張っているというだけでなく、しばしば自分でも口をきいた。大ていは校長が返事にまごついている時だったが、たまには、校長の言葉を途中《とちゅう》でさえぎったり、訂正《ていせい》したりすることもあった。それは、校長のうしろ盾《だて》となって、その立場を擁護《ようご》するためのようにも思えたが、また、あべこべに、生徒たちのまえで校長にけちをつけているようにも思えた。このことについては、校長との会見の模様《もよう》をいつもあまり話したがらない平尾《ひらお》でさえ、報告会の時にかなり激《はげ》しい口調《くちょう》で非難《ひなん》したほどであった。

校長は、知事のことというと、まるで神様あつかいだったが、その点では、西山教頭はさほどでもなかった。彼はしばしば閣下という敬語《けいご》さえ使わなかった。そしてこんなことも言った。

「君らは知事にさえお会いすれば、目的が達せられるように思っているが、朝倉《あさくら》先生の問題はそうは行かんよ。知事にだってどうにもできないことだからね。」

西山教頭に対する反感は反感として、この言葉だけは四人の代表の耳にぴんとひびいた。そして報告会のときも、とくべつ重要なこととしてみんなに伝えられた。

報告会は、校長との会見の都度《つど》、ごく簡単《かんたん》に休憩《きゅうけい》時間中に行なわれた。しかし、最後の会見——それは四人の代表がみんなにわいわい言われて、午後の授業を自分たちだけ休んでの会見だったが――のあとは、そうは行かなかった。集まった室《へや》は例によって、二階のつきあたりの五年の教室だった。そこには校友会の委員だけでなく、五年のほとんど全部と四年の一部とが押《お》しかけて来ており、廊下《ろうか》まで一《いっ》ぱいに人垣《ひとがき》をつくっていた。そして一通《ひととお》り報告がすむまでは割合《わりあい》静かだったが、そのあとは蜂《はち》の巣《す》をつついたように騒《さわ》がしかった。発言もむろんもう委員だけには限られていなかった。

「もう血書《けっしょ》を出してから、今日《きょう》でまる三日だぞ、県庁はいったい、いつまで考えているんだ。」

「校長なんか相手にするのが、そもそも間違《まちが》っている。なぜ最初から県庁にぶっつからなかったんだ。」

「代表はもっとしっかりせい。」

「代表だけじゃない。校友会の委員全部が甘《あま》いんだ。自分たちだけが血判《けっぱん》をすれば、それで全校を代表するなんて考えるのは、そもそも生意気《なまいき》だよ。」

「ぐずぐずしていて、朝倉先生の退職《たいしょく》が発表されたら、だれがいったい責任を負《お》うんだ。」

「県庁に向かってすぐ行進を起こせ。」

「行進は全校生徒でやるんだ。そのまえに授業を休んで、まず生徒大会をやれ。」

「そうなるともうストライキだが、みんなにその決心があるのか。」

「あるとも。目的が達しられなければ、どうせストライキと決まっているんじゃないか。」

「そうだ。道はもうはっきりしているんだ。」

そうした叫《さけ》びがつぎからつぎに起こって、事態はますます険悪《けんあく》になって行くばかりであった。座長の田上は、何度か手をあげたり、卓《たく》をたたいたり、時には立ちあがったりして、みんなを制止しようとしたが、まるで効果がなかった。それは廊下に陣取《じんど》っている一団が、わざとのように騒ぎたてるせいでもあった。その一団の中には、ふだん馬田《うまだ》と親しくしている生徒たちの顔が幾人《いくにん》かならんでおり、馬田は教室内ではあったが、すぐその近くの窓ぎわに席を占《し》めていたのである。

とうとうたまりかねたように新賀が立ちあがった。しかし、立ちあがっただけでは十分でないと見たのか、いきなり生徒机の上に飛びあがり、隣《とな》りあった二脚《きゃく》をふみ台にして、大きく足をふんばった。廊下も室内も急にしずかになり、みんなの視線《しせん》は一《いっ》せいに彼に注《そそ》がれた。彼はちょうど室の中央にいたので、みんなは銅像をとりまいてそれを仰《あお》いでいるような格好《かっこう》であった。彼のふみ台になった机によりかかっていた生徒たちは、眼《め》をまるくして真下《ました》から彼を見あげた。

彼は一巡《いちじゅん》みんなを見まわしたあと、——といっても、真《ま》うしろのほうには視線がとどかなかったが、——低い、ゆっくりした、しかし威圧《いあつ》するような声で言った。

「君らは、血書を出す時、ストライキは絶対にやらんという約束《やくそく》をしたのを、もう忘れたのか。」

「だれがそんな約束をしたんだ。僕らは知らんぞ。」

だれかが廊下のほうから言った。

「君はだれだ。」

と、新賀は声のしたほうにじっと眼をすえ、

「この会は校友会の委員会だ。だから僕は委員諸君《しょくん》にたずねている。委員以外のものはだまっていてくれたまえ。」

廊下のほうにぶつぶつ言う声がきこえ、室内もいくらかざわめきたった。新賀は、しかし、平然《へいぜん》として、

「どうだ、委員諸君、君らは約束を忘れたのか。」

だれも答えるものがない。沈黙《ちんもく》の中にみんなの眼だけがやたらに動いた。

とりわけ動いたのは馬田の眼だった。彼は新賀が立ちあがった瞬間《しゅんかん》から、冷笑《れいしょう》するような、それでいて変に落ちつかない眼をして、あちらこちらを見まわしていたが、沈黙

がつづくにつれ、それが次第にはげしくなり、しまいには、顔をねじ向けて廊下の仲間の一団を見た。そして何かうなずくような格好《かっこう》をしたあと、わざとのように天井《てんじょう》を見、いかにもはぐらかすような調子で言った。

「そんな約束なんか、どうだっていいじゃないか。」

「ふざけるな！」

と、新賀は一喝《いっかつ》して馬田をねめつけた。馬田もみんなの手まえ、さすがにきっとなって、

「ふざけるなとは何だ。僕はまじめだぞ。」

「いったん結んだ約束を、どうでもいいなんて、まじめで言えるか。」

「言える。目的にそわない約束は無視《むし》したほうがいいんだ。」

「そうだ！」

と、廊下のほうで二、三人が一せいに叫んだ。新賀はそのほうにちょっと眼をやったが、すぐ、また馬田を見、割合《わりあい》おだやかな調子で、

「君はストライキをやれば、かならず目的が達せられると思うのか。」

「そりゃ、やってみなくちゃわからん。しかし、少なくとも机の上で書いた血染《ちぞ》めの文章なんかよりゃ有効だよ。」

一瞬《いっしゅん》、新賀の顔が紅潮《こうちょう》した。しかし、彼はそのためにひどく興奮《こうふん》したようには見えなかった。彼は相変《あいか》わらず馬田の顔をまともに見つめながら、

「じゃあ、なぜ君は血判《けっぱん》までしてストライキをやらないという約束をしたんだ。」

「僕はそんな約束のための血判をしたんじゃない。血染めの文章に一応敬意《いちおうけいい》を表《ひょう》しただけなんだ。」

「馬田！」

と、その時、新賀のすぐうしろのほうから、べつの声がきこえた。声の主《ぬし》は次郎《じろう》だった。彼はそう叫んで立ちあがったが、自分のまんまえに新賀の尻《しり》がおっかぶさってみんなの顔が見えなかったらしく、机と机との間を泳ぐようにしてまえに出た。そして少しそり身《み》になって両手を腰《こし》にあて、えぐるような視線を馬田のほうになげた。

みんなは片唾《かたず》をのんで彼を見まもった。彼に好意をもつものも、反感をいだくものも、彼が数日来の沈黙をやぶったということに好奇《こうき》の眼をかがやかしたのである。

「君は――」

と、次郎は気味《きみ》のわるいほど底にこもった声で言った。

「君は、新賀が血判をするまえにあれほど念《ねん》をおして言ったことを、きいていなかったのか。」

「きいていたよ。」

馬田はそっぽをむいて投げるように答えた。硬《こわ》ばった冷笑が、しかし、彼の落ち着かない気持ちを裏切っている。

「きいていて、それをはじめから無視していたのか。」

「まあそうだね。どうせ血染めの文章なんか役にたたないってこと、僕にははじめっからわかっていたんだから。」

「すると、君の血判はうその血判だったんだね。」

「血判はうそじゃないよ。血染めの文章に敬意を表したのはほんとうだからね。」

「君はただそれだけのために血判をしたのか。」

「そうだよ。」

「君がいま言ってることは本気だろうね。」

「むろん本気だよ。」

「それで君はみんなを侮辱《ぶじょく》しているとは思わんのか。」

「思わんね。僕はあべこべにみんなを尊敬《そんけい》しているつもりなんだ。」

「尊敬している？　約束をふみにじって何が尊敬だ。」

「僕は、みんなの目的を達するようにするのが、ほんとうの尊敬だと思っているよ。」

廊下のほうから、

「そうだそうだ！」

「うまいぞ！」

「馬田、しっかり！」

などと声援《せいえん》がおくられた。

が、みんなの視線がそのほうにひきつけられたとたん、教室の床板《ゆかいた》にすさまじい音がして、周囲のガラス戸がびりびりとふるえた。それは新賀が今までつっ立っていた机の上からだしぬけに飛びおりた音だった。彼は飛びおりたその足で、まっすぐに馬田のほうにつき進んだ。そして、そのまんまえに仁王立《におうだ》ちになって、言った。

「君はいま、みんなを尊敬していると言ったね。」

「うむ、言ったよ。」

と、馬田もほとんど無意識に立ちあがった。そのひょろ長いからだが、いくぶんくねってゆれている。

「じゃあ僕はどうだ。僕も君の尊敬している一人か。」

「むろんだよ。」

「ばかにするな！」

新賀はこぶしをふりあげて馬田をなぐろうとした。しかし、もうその時には、次郎が二人の間に割《わ》りこんでいた。彼は新賀をうしろにおしもどしながら、

「なぐるのはよせ。どんなに腹がたっても、僕らが暴力を用いたら、何もかもおしまいだ。」

「うむ。」

と、新賀はあんがいおとなしくうなずいて、自分のもとの席にもどったが、いかにもぐったりしたように、そのまま眼をつぶり、両手で額《ひたい》をささえた。それはいつもにない彼の姿勢《しせい》だった。

次郎は、そのあと、また馬田のほうに向きなおって何か言いだしそうなふうだったが、しばらく考えたあと、思いかえしたように廊下に背《せ》を向け、馬田に対したのとはまるでちがった、しみじみとした調子で言った。

「僕は諸君にあやまらなければならないことがある。僕は、やっと、今それに気がついたんだ。」

いくらかざわつきかけていた空気が、それでまたしずかになった。

「僕たちは、いま、ストライキをやるかやらんかという問題で争っている。しかし、考えてみると、これほど無意味な争いはない。この無意味な争いの原因は――」

言いかけると、廊下のほうからだれかがまた叫《さけ》んだ。

「無意味とは何だ。」

次郎はすこし顔をねじ向けて、

「朝倉先生の留任《りゅうにん》とストライキとはまったく無関係だという意味だ。」

「もっとはっきり言え。ストライキをやってもだめだというのか。」

「むろんそうだ。」

「やってみないで、どうしてそれがわかるんだ。」

「朝倉先生の人格がわかれば、それもわかる。先生は、――」

と、次郎は顔を正面にもどし、

「実は、われわれの願書が県庁できさとどけられても、留任する意志は全然持っていられない。僕は、おととい先生をおたずねして、直接先生の口からそれをきいて来たんだ。」

教室の中でも、廊下でも、さわがしく私語《しご》がはじまった。

「すると、平尾君が最初主張したとおり、何もやらないほうが賢明《けんめい》だったというのか。」

そう言ったのは梅本だった。みんなの眼が一《いっ》せいに平尾をさがした。平尾は座長席のすぐ近くの机にほおづえをついて、眼をつぶっていた。

次郎もそのほうに眼をやって、ちょっと答えに躊躇《ちゅうちょ》したが、すぐ梅本を見て答えた。

「結果からいうとその通りだ。しかし、僕たちは願書を出したことを後悔《こうかい》する必要はない。願書は、僕たちの希望を表明するただ一つの手段だったんだ。結果を予想して、僕たちに残されたただ一つの手段までも捨ててしまうのは、賢明どころか、道義上《どうぎじょう》のなまけ者だと僕は信ずる。」

平尾のほうにまた視線が集まった。平尾は、しかし、相変わらず眼をつぶったままである。

「えらいぞ、本田《ほんだ》。」

と、少し間《ま》をおいて、だれかがとん狂《きょう》な声で野次《やじ》をとばした。つづいて、

「しかし残された手段は願書だけではないぞ！」

「そうだ！　ストライキという最も有効な手段を逃《に》げるやつこそ、道義上のなまけ者だ。」

次郎は首をねじて、しばらくそのほうをにらんでいたが、しまいに、からだごと向きなおって、

「ちがう！　ストライキは一種の脅迫《きょうはく》だ。脅迫は断じて正しい手段ではない。それこ

そ道義上のなまけ者の用うる手段だ。それに――」

と、彼は一瞬《いっしゅん》馬田のほうを見たあと、

「ストライキの煽動者《せんどうしゃ》にとっては、それは正しい目的のための手段でさえないんだ。彼らはただストライキ遊びをやりたいというのが、要するに彼らの本心なんだ。彼らはただ、さわぎたがっている。僕は、諸君が朝倉先生留任運動の美名に欺《あざむ》かれて、彼らの劣情《れつじょう》の犠牲《ぎせい》にならないように、あえてこの機会に警告《けいこく》する。」

「よけいなおせっかいだ。」

馬田の相棒《あいぼう》の一人が叫《さけ》んだ。しかし、そのほかにはだれも何とも言うものがなかった。それは、次郎のいった言葉に同意したというよりも、むしろ彼の気魄《きはく》に気圧《けお》されているかのようであった。入学当時の彼の英雄的行為《えいゆうてきこうい》が、ここでもみんなの心理に作用していたことはいうまでもない。

しばらく沈黙がつづいた。次郎は廊下にならんでいる馬田の仲間の顔を、ひとりびとり念入《ねんい》りに見たあと、また教室の中心のほうにむきをかえ、いくらか沈《しず》んだ調子で言った。

「しかし、今から考えると、僕たちの願書も決して完全であったとはいえない。実は、白状《はくじょう》すると、あの願書は僕が書いたんだ。僕が書いたことを秘密《ひみつ》にしてもらったのは、あの時新賀が説明したとおり、あの願書が僕一人の意志でなくてみんなの総意だと信じていたからだ。しかし、それは僕の思いちがいだった。何よりいけなかったのは、僕があの願書を血で書いたことだ。僕は、あれを書く時には、それが最善《さいぜん》の道だと信じきっていた。血をもって願う、それ以上の願いようはない、諸君もこれならきっと共鳴《きょうめい》してくれるだろう。そう僕は信じていたのだ。そして諸君が何のぞうさもなく血判をしてくれた時には、僕は実にうれしかった。僕の考えは誤《あやま》っていなかった、ストライキなどという脅迫的《きょうはくてき》な手段に訴《うった》えて、朝倉先生の人格をきずつけるようなことは、だれも好んではいないのだ。そう僕は思って実にうれしかったのだ。しかし、さっきからの様子を見ているうちに、僕はとんでもない思《おも》い違《ちが》いをしていたことに気がついて、恥《は》ずかしくてならない。もし僕が、あの願書を墨《すみ》で書いていたとしたら、諸君ははたしてあの時あんなにたやすく僕の考えに同意してくれただろうか。おそらくそうではなかったろう。諸君はもっと自由にめいめいの意見を述べたにちがいないのだ。そうだとすると、僕があの願書を血で書いたということは、諸君の自由な意見を封《ふう》じ、諸君の血判までを強要したということになるのだ。その証拠《しょうこ》がきょうのこの会議にはっきりあらわれている。その意味で、僕の血書はやはりストライキと同様、一種の脅迫だったのだ。脅迫によって結ばれた約束が破《やぶ》れるのは当然だ。そしてその結果が、たった今馬田と新賀との間に行なわれたような、脅迫と脅迫とのせりあいになるのも当然だ。僕は、諸君に、僕の無自覚によって、すべてのそうした原因を作ったことを心からあやまる。」

静まりきった、しかし底深く動揺《どうよう》する海のような空気が全体を支配した。みんなの表情はまちまちだった。しかしそれは、おどろきと、あやしみと、好奇《こうき》と、そしてえたいのしれない感激《かんげき》との、いろいろの割合における混合以外の何ものでもなかった。

その時まで、額《ひたい》を両手でささえ眼をつぶったままじっと動かないでいた新賀も、いつのまにか首をさしのべ、眉根《まゆね》をよせて、うかがうように次郎の顔を見つめていた。梅本は両腕《りょううで》を組み、のけぞり気味《ぎみ》に首をまっすぐに立てて次郎を見ていたが、その眼は怒《いか》った人の眼のように鋭《するど》く光っていた。大山《おおやま》の顔からは、さすがにその満月のような和《なご》やかさは失われていなかった。しかし、それでも、口を半《なか》ば開き、眼をぱちぱちさしていた様子は、決してふだんの彼ではなかった。

ただひとり、全然無表情だったといえるのは平尾だった。眼をつぶり、ほおづえをついたままの彼の姿勢は、まるで次郎の言葉をきいていなかったかのようにさえ思えた。もしそれが彼の作為《さくい》の結果だったとすれば、彼は、作為の技術においても、級中の首席を占《し》めるだけの力量《りきりょう》をそなえていたといえるであろう。

平尾とは反対に、最も目立《めだ》った、しかも他の生徒たちとはまるでちがった種類の表情をしていたのは馬田だった。彼はそのしまりのない口をいよいよしまりなくしていた。これまで彼の顔にうかんでいた彼独特の冷笑は、あとかたもなく消え、眼だけがいかにも忙《いそが》しそうに、次郎と廊下の仲間たちの間を往復していた。それは、仲間たちの顔から一途《いちず》に何かをよみとろうとする努力のように思われた。

次郎は、みんなの沈黙の中に、なかば眼をふせ、しばらく身《み》じろぎもしないで立っていたが、また急に馬田のほうに向きなおって、

「馬田！　君は、しかし、まさかあの血書に脅迫《きょうはく》を感じたのではあるまいね。」

今の場合、馬田にとって、これほど皮肉《ひにく》な質問はなかった。そうだと答えても、そうでないと答えても自分の立場がなくなるような気がするのだった。彼は答えなかった。答えるかわりに、両腕を組み、うそぶくように天井を見た。

「僕は、君が答えたくない気持ちもよくわかる。」

と、次郎は少し声をおとして、

「だから、強《し》いて答えを求めようとは思わない。しかし、君はおそらく、脅迫されて血判をしたなどとは絶対に言いたくないだろう。僕自身としても、君の血判が君の自由な意志でおされたものだと信じたいんだ。そう信ずることが君の名誉《めいよ》でもあるし、僕もそれだけ責任がかるくなるわけだからね。だが、それならそれで、その時の君の血判の

意味をあくまで尊重《そんちょう》してもらいたいんだ。今になって、血書にいちおうの敬意を表《ひょう》するための血判だったなどと、いいかげんなことを言うのは、断じて君の名誉ではあるまい。もし君が脅迫されて約束したというのならしかたがない。またもし、その約束が正しくない約束だったとするなら、それもしかたがない。しかし、もしそうでなかったら、男子がいったん血をもって結んだ約束だ、あくまでそれを守りぬくのが君の名誉ではないかね。僕は同級生の一人として君に忠告する。いや、お願いする、どうか約束を守ってくれたまえ。君自身の名誉のために、そして僕たちの尊敬する朝倉先生の名誉のために、いや、朝倉先生がいつも僕たちに言われた人間としての正しさを守るために、僕は心から君にそれをお願いしたいのだ。」

次郎は、そう言いながら一心《いっしん》に馬田の顔の動きを見つめていた。しかし彼の気持ちは、彼の言葉が終わる少しまえごろから、廊下にいた生徒たちのざわめきによっていくぶんかきみだされがちであった。しかもそのざわめきは、これまでとはちがって、彼の言葉に対する反応からではなく、生徒たちの顔の動きから判断すると、廊下の、教室からはまったく見えないところにその原因があるらしかった。それがいっそう彼の気持ちをかきみだしていたのである。

馬田も同様であった。彼ははじめのうち、次郎の言葉に対して非常に複雑《ふくざつ》な反応を示していたが、廊下のざわめきに気がつくと、とかくそのほうに気をとられがちになった。そして次郎の最後に言った言葉も、次郎が期待したほどには強く彼の心にひびかなかったらしいのである。

ざわめきの原因は、次郎の言葉が終わると、すぐわかった。

「道をあけろ。」

そんな声が、隣《となり》の教室のまえあたりから、まずきこえた。すると、入り口をふさいでいた生徒たちは、いかにも不服《ふふく》そうな顔をしながら、つぎつぎにうしろのほうを押《お》して、いくらかの空間をつくった。

やがてあらわれたのは配属将校《はいぞくしょうこう》の曽根少佐《そねしょうさ》だった。そのあとから西山教頭がはいって来た。ふたりともフェルトのスリッパをはいている。拍車《はくしゃ》のついた長靴《ながぐつ》でいつもがらがら音をたてて廊下をあるく曽根少佐としては、それはまったく異例《いれい》なことであった。

生徒間には、曽根少佐は「ひげ」と「がま」のあだ名でとおっていた。鼻下《びか》にすばらしく長いひげをたくわえ、その尖端《せんたん》をカイゼル流にもみあげたのが、うしろからでもはっきり見えるくらいなので、ほかにもひげの多い先生が何人かいたにもかかわらず、少佐赴任《ふにん》以来、「ひげ」といえばもう少佐にきまったようなものであった。しかし、このあだ名はあまりにも平凡《へいぼん》であり、それに第一少佐本人がそう呼ばれるのをむしろ得意《とくい》にしていたようなふうもあったので、有名なわりに生徒たちの興味をひかず、このごろでは、「がま」のほうがよほど人気《にんき》があるようである。「がま」の由来《ゆらい》は、校庭で蟇《がま》を見つけた一生徒が、しみじみそれを観察しながら、「蟇の顔って配属将校そっくりだな。」と言ったことにはじまるらしい。上下からおしつけたような顔に、大きな眼玉がぎろりととび出し、耳まで割れたような口が、ものを言うたびにぱくぱくと開くところなど、なるほど、生徒が蟇を見て少佐を連想したのに無理はなさそうである。

少佐は、はいってくるとすぐ、視線を次郎にそそいだ。次郎はその時まで、まだ立ったままでいたのである。それから、つかつかと教壇《きょうだん》に上がり、座長席の田上を見おろしてたずねた。

「今何か話をしていたのはだれだったかね。」

「僕です。」

田上が答えるまえに次郎が答えた。

「ああ、君か。君は本田だったね。」

「そうです。」

「君は今、約束を守れとかしきりに言っていたようだが、その約束というのは何かね。」

次郎は答えなかった。答えてわるい約束ではないと思ったが、答えれば、自然、ストライキ主張者のことを言わなければならないと思ったからである。

「先生に言っては悪いような約束かね。」

曽根少佐は相手から眼をそらして上眼《うわめ》をつかい、ぱちぱちまばたきをしながらたずねた。これは少佐が生徒を糺問《きゅうもん》する時におりおり見せる表情で、少佐自身では、それで自分の顔つきが非常に和《やわ》らいで見えると思っているらしいのである。

「悪い約束なんかしません。」

「じゃあ、かくさないで言ったらいいだろう。」

次郎はやはり答えなかった。

曽根少佐は、しばらく次郎の顔を見つめたあと、西山教頭と顔を見合わせ、何かうなずきあった。すると西山教頭は、その三角形のまぶたの奥《おく》に、いかにも沈痛《ちんつう》らしく眼を光らせ、一《ひと》わたりみんなを見まわした。それから右手をラッパのようにして口にあて、いくらか眼をおとして、「えへん」と大きな咳《せき》をした。そして何か秘密なことでも打ち明けるように、声をひそめて話しだした。

「実は、曽根先生が配属将校としてのお立場から、今度の君らの行動について、いろいろとご心配くだすっていたので、きょうはさっきから、私と二人きりで、とくとご相談をしてみたわけだが、だんだん先生のお話を承《うけたまわ》っていると、君らのこれからの行動次第《しだい》では、容易《ようい》ならん結果になりはしないかと心配される。それで、これは少佐のお立場上ごむりかとは思ったが、私たち二人が、ひとまず学校という立場をはなれ、まったくの個人として、君らと肚《はら》をわって話し合ってみたい、そういうことに私からお願いして、実は校長先生にもご相談しないでこの席にやって来たわけだ。どうか、そのつもりで私たちの話もきいてもらいたいし、また、君らのほうでも、言いたいことがあったら、何でもかくさず言ってもらいたいと思う。」

そういう前置きをして、西山教頭の話したことは、要するに次のようなことであった。

――時代は満州事変を契機《けいき》として急転回しつつある。革新《かくしん》のためには多少の犠牲《ぎせい》はやむを得ない。そうした犠牲を否定《ひてい》する人があるが、それは古い考えにとらわれているからである。どんな人格者であろうと、古い考えにとらわれて新しい時代を理解しなければ、葬《ほうむ》られるのが当然である。

――青年は革新の原動力であり、新しい時代の創造者である。時代の動きに鈍感《どんかん》であっては青年の意義はない。青年は純情《じゅんじょう》だといわれるが、その純情も本末《ほんまつ》を誤《あやま》ると、むしろ有害である。師弟《してい》の情誼《じょうぎ》のために純情を傾《かたむ》けるのは美しいには美しい。しかし、それは新しい時代の創造ということにくらべると、私情でしかない。青年の純情はまず第一に時代の創造のために傾けらるべきである。万一《まんいち》にも本末を転倒《てんとう》するものがあれば、それらの青年も時代の犠牲者になることを覚悟《かくご》しなければならないだろう。

西山教頭は、一席の講演《こうえん》でもやるような調子で、以上のような意味の事を述べたが、一度も「朝倉先生」という言葉をつかわないで朝倉先生の問題にふれようとするところに、その苦心があったらしく思われた。そして最後にこんなことを言って腰《こし》をおろした。

「今言ったような根本的《こんぽんてき》なことは、実は校長先生から、もうとうに君ら全部に対してお話があっているのが当然だと思うが、残念ながら、これまでにそんな機会がなかったらしいので、念のため私から話した次第だ。とにかく、時代ということを忘れないで、十分思慮《しりょ》ある行動に出てもらいたい。とりわけ軍人志望の諸君はよほど自重《じちょう》して、一言《いちげん》一行《いっこう》をつつしまないと、せっかくの志望がだめになるかもしれない。このことについては、あとで曽根少佐からもお話しくださるだろうと思うが、特に留意《りゅうい》を促《うなが》しておきたい。」

西山教頭が腰をおろすと、曽根少佐がすぐそのあとをうけて言った。

「根本的なことは、今、西山先生の言われたことでつきていると思うから、自分としては、もう何も言うことはない。ただ、君らの参考のために打ち明け話をすると、実は自分はこの三、四日非常に立場に困っているんだ。というのは、自分は本校に配属されている以上、むろん本校職員の一人だが、身分はあくまでも軍人である。したがって、軍の命令なり要求なりを拒《こば》むわけにはいかない。そこに苦しいところがあるんだ。たとえば、憲兵隊《けんぺいたい》から君らの動静について報告を求められたとする。本校職員たる曽根としては、できるだけ君らの不利になることは報告したくないが、軍人としての責任上、報告せざるを得《え》ない。現にきょうも、憲兵隊では、もう君らがこうして集まっていることを知って、さっきからたびたび電話でいろんなことを自分にたずねて来ている。実際困ったことだ。もっとも、困るといっても、これまでは大したこともなかった。血書の陳《ちん》情《じょう》をしたという以外に、まだこれといって不穏《ふおん》な言動があったということもきいていないし、自分としては、あくまでも、今度の問題は師弟の情誼《じょうぎ》の問題で思想問題ではない、という立場で報告することができたんだ。しかし、今後の情況《じょうきょう》いかんではそうはいかないだろうと思う。なにぶん、憲兵隊では、はじめっからこれを思想問題だと見て、重大視しているようだし、君らの行動に多少でもそういう徴候《ちょうこう》があれば、自分として、それをかくしておくわけにはいかんのだからね。ことに、西山先生もさっき言われたことだが、軍人志望の者は自重《じちょう》しなくちゃいかん。実をいうと、軍人志望者はこういう会合に顔を出しているということだけでも問題になるんだ。なお、軍人志望のものでなくても、いずれはみんな軍隊の飯《めし》を食《く》わなければならんし、その場合、幹部《かんぶ》候補《こうほ》生《せい》になるには、やはり中学時代の履歴《りれき》がものをいうのだから、自重するにこした事はない。」

話が終わるまで、生徒たちはあんがい静粛《せいしゅく》だった。しかし、だれも心から感心してきいていたようではなかった。軽蔑《けいべつ》と反感をいだきながら、騒《さわ》いだりしては損《そん》だから黙《だま》っている、といったふうであった。

新賀をはじめ、そのほかの軍人志望者たちは、緊張《きんちょう》するというよりか、むしろてれくさそうな顔をしていた。

「教員適性審査表《しんさひょう》」を作った森川《もりかわ》も、軍人志望の一人だったが、彼は小さな手帳に、西山教頭が曽根少佐のひげの塵《ちり》をはらっている漫画《まんが》を描《か》き、その横に「思想善導楽屋《ぜんどうがくや》の巻」と題していた。

みんなの中で、最も真剣《しんけん》な顔をしていたのは、おそらく次郎だったろう。彼は、曽根少佐の話が終わったあと、西山教頭が、「では、これから君らの考えもききたい」と言ったのを機会に、すぐ立ちあがって言った。

「先生、質問があります。」

「うむ、何だ。」

「革新《かくしん》のためなら暴力を用いてもいいんですか。」

「いいということはない。しかし、国家のためにやむを得ない場合もあるだろう。」

「自分でやむを得ないと思ったら、それでいいんですか。」

西山教頭は答えにまごついた。すると曽根少佐がどなるように言った。

「ほんとうに国家のためと信ずるなら、いいにきまっている。」

次郎は皮肉なほど落ちついて、

「学校のためだったら、どうでしょう。やはりいいんですか。」

「それもほんとうに学校のためになるなら、いいとも。少しぐらいやるがいい。」

曽根少佐は、これまでに何度か生徒にビンタをくらわしたことがあるのである。

「じゃあ、ストライキはどうでしょう。」

生徒たちは、はっとしたように、一せいに視線を次郎に集中した。曽根少佐は眼玉《めだま》をぎょろりと光らして、

「ストライキ？　それがどうしたというんだ。」

「僕はストライキは一種の脅迫《きょうはく》だと思います。つまり形のちがった暴力です。学校革《かく》新《しん》のためなら、暴力を用いてもいいとすると、ストライキもいいんじゃありませんか。」

「ばかなことを言うんじゃない。ストライキは多数をたのむ卑怯者《ひきょうもの》のやることだ。そんなことで革新なんか絶対にできるものではない。」

「しかし、たった一人の年老《としお》いた総理大臣に、何人もの軍人がピストルを向けるほど

卑怯ではないと思います。」

「だまれ！　貴様《きさま》は赤だな。それでおおかたストライキがやりたいんだろう。」

「赤じゃありません。ストライキには絶対反対です。」

「じゃあ、なぜ今のようなことを言うんだ。」

「僕は暴力を否定したいんです。朝倉先生のお考えを正しいと信じたいんです。……西山先生。――」

と、次郎は急に西山教頭のほうに向きなおり、

「先生も曽根先生と同じお考えですか。」

「むろん、そうだ。」

そうは答えながら、西山教頭は落ちつかない顔をしている。

「じゃあ、朝倉先生がいつも僕たちに言われていることは間違《まちが》いだとお考えですか。」

「私は朝倉先生が君らにどんなことを言われていたか知らない。かりに知っていても、君らのまえでほかの先生のことを批評《ひひょう》しようとは思わないよ。」

生徒たちの多数が、言い合わしたように一度に吹《ふ》きだした。次郎は、しかし、笑うどころか、まるで氷のような眼をして西山教頭をにらみながら、

「朝倉先生はいつも暴力を否定されたんです。そして、まえの大垣《おおがき》校長先生と同じよ

うに、校訓《こうくん》の大慈悲《だいじひ》の精神を僕たちに説《と》かれたんです。」

西山教頭はにがい顔をしている。すると曽根少佐がいかにも大《おお》ぎょうに、

「そうだ、その慈悲だ。大慈悲のためには、仏様《ほとけさま》でも、剣をふるわれるんだ。君はお不動《ふどう》さんの像を見たことがあるだろう。」

次郎は、しばらく曽根少佐の顔を見つめていたが、吐《は》き出《だ》すように言った。

「先生のお考えはもうわかっています。僕は西山先生におたずねしているんです。」

「もうよせ。」

と、この時新賀がだしぬけに立ちあがって、次郎のまえに立ちふさがるようにしながら、その両肩《りょうかた》に手をかけた。そして、座長席の田上をふりかえり、

「田上。きょうはもう閉会にしたほうがいいんじゃないか。……どうだ、諸君、それがいいだろう。」

「賛成」とさけぶ声が四、五か所からきこえた。田上はすぐ閉会を宣《せん》した。みんなは、教壇《きょうだん》の上で顔を見合わせている西山教頭と曽根少佐を残して、ぞろぞろと立ちあがった。

次郎はもうその時には机の上に顔をふせて泣いていたが、新賀と梅本とが、両側から抱《だ》くようにして彼を室外につれ出した。

階段から下の廊下にかけて、生徒たちは、いつのまにかどっどっと歩調をそろえて歩

きながら、どら声《ごえ》をはりあげて校歌をうたいだしていた。

七　父兄会《ふけいかい》

生徒たちが、学校で、多少劇的ではあるが、この上もなく無作法《ぶさほう》な会合をやっていたのとほとんど同じ時刻《じこく》に、すぐ隣《となり》の県庁の二階の一室では、大人《おとな》たちがおたがいに相手の肚《はら》をさぐりあいながら、表面はしごく礼儀正《れいぎただ》しい物の言い方で、生徒たちのことについて「懇談《こんだん》」を重ねていたのだった。

この席につらなったのは、学校関係の県庁の役人数名、花山《はなやま》校長、それに二十数名の父兄たちであったが、そのほかに、警察と憲兵隊《けんぺいたい》のかただといって特別に紹介《しょうかい》された私《し》服《ふく》の人が二人、県庁の役人たちのうしろに、始終《しじゅう》さぐるような眼《め》をして陣取《じんど》っていた。

主催者《しゅさいしゃ》は、実際はとにかくとして、名目上《めいもくじょう》は花山校長だった。そのあいさつによると、本来なら五年全部の父兄に学校に集まってもらわねばならないところだが、それではかえって生徒を刺激《しげき》する恐《おそ》れもあり、結果がおもしろくないと思ったので、県当局のご好意に甘《あま》えてこの一室を拝借《はいしゃく》し、ひとまずごく少数の父兄だけに集まってもらって、内密《ないみつ》に懇談することにしたというのである。

校長のあいさつが終わると、すぐ、一父兄から、今日《きょう》集まった父兄はどういう標準によって選び出されたのか、という、ちょっときわどい質問が出たが、これに対しては、校長はあんがいまごつきもせず、むしろそうした質問を期待して答弁《とうべん》を用意してでもいたかのように、いくぶん調子づいて答えた。

「それは県ご当局とも十分お打ち合わせいたしました結果、学業の成績も相当《そうとう》で、校内で何かの役割《やくわり》をもっている生徒の父兄の中から、各方面の有力な方々を、というような標準でお願いいたしましたような次第《しだい》です。むろん皆《みな》さんのほかにもそういうお方がまだいられると思いますが、あまり多人数になりましてもどうかと存じましたし、なお急いでお集まり願う必要もありましたので、だいたい数を二十名程度《ていど》にして、なるべく近くにお住まいの方々だけにご案内を差し上げましたようなわけで……」

俊亮《しゅんすけ》もその席につらなった一人だったが、彼《かれ》はどう考えても、自分が社会的に有力な地位にある人間だとは思えなかった。馬田《うまだ》の父も来ていた。彼は県会議員だったので、その点では有力な代表者であったかもしれない。しかし、学業成績のよい生徒の父兄であるとは、おそらく彼自身でも考えていなかったろう。列席した父兄の名簿《めいぼ》が謄写版《とうしゃばん》ずりにして渡《わた》されていたが、その中には、平尾《ひらお》、田上《たがみ》、新賀《にいが》、梅本《うめもと》、大山《おおやま》、そのほか、よかれあしかれ教師側の注目をひいている、おもだった生徒の父兄の名がならんでいた。そしてどの父兄の顔にも困惑《こんわく》の色がうかんでおり、中には、「ただ今の校長先生のお言葉の通りですと、ほかの方のことは存じませんが、私だけは、どの点から考えましても、この席につらなる資格がなさそうに思えますが、あるいはどなたかのまちがいではありますまいか。」と、真実不思議そうな顔をしてたずねたものもあった。みんなの中で、校長の言ったすべての条件を完全に具備《ぐび》している人があったとすれば、それはおそらく平尾の父だけだったろう。彼は弁護士《べんごし》で、次期の最も有力な市長候補だと噂《うわさ》されている人だったのである。

校長の説明のあとで、まだ三十歳《さい》には間《ま》のありそうな、色の白い、いかにも才子《さいし》らしい顔をした学務課長が立ちあがって言った。

「実は、先生の留任《りゅうにん》運動というようなことは、本来なら学校だけで処理していただくべき性質のものですが、何しろ、生徒からの願書が校長さんだけにあてたのでなく、知事あてにもなっていますし、なお朝倉教諭退職《あさくらきょうゆたいしょく》の理由については、県として直接皆さんの御了解《ごりょうかい》を得ておくほうがいい、という事情もありますので、私どももこの席に顔を出さしていただくことになったわけであります。何だか変な会合だとお感じの方もおありのことと存じますが、その点あらかじめお含《ふく》みを願っておきます。」

そういう前置きをして、課長は、最初のうちはいかにも周囲をはばかるように声をひそめ、あとではむしろ煽動演説《せんどうえんぜつ》でもやっているように興奮《こうふん》した調子で、県が朝倉教諭に辞表《じひょう》提出を要求するにいたった事情を説明したが、その事情というのは、要するに教諭の「失言」であり、「教育者として慎重《しんちょう》を欠いた時局批判《ひはん》」であり、「自由主義的反軍思想」であり、そして「生徒を反国家思想に導くおそれのある教育態度」であった。そして最後に次のようなことを言って腰《こし》をおろした。

「かようなわけで、朝倉教諭には全然同情の余地《よち》がなく、退職はすでに決定的のことになっておりまして、どんな運動も絶対に無効であります。そうした事情を、みなさんが父兄としての立場から、各家庭でとくと生徒にお話しくださることが、この際何よりもたいせつではないかと存じます。それでも生徒のほうで運動をやめないといたしますと、それは朝倉教諭の思想にかぶれた思想運動と認《みと》めるほかありません。そうなりましては、事《こと》はきわめて重大でありまして、時節《じせつ》がら、むろん学校だけでは処置ができなくなりますし、あるいは思わぬ犠牲者《ぎせいしゃ》を生徒の中から多数出すような結果にならないとも限らないのであります。さきほどの校長のお言葉によりますと、皆さんは校内で何かの役割をもっている生徒の父兄であられるとのことでしたが、そういう生徒は、自然それだけ他の生徒に対する影響力《えいきょうりょく》も大きいわけでありますから、特に皆さんのお骨折《ほねお》りをお願いしたいと存ずるのであります。もし皆さんのお骨折りによりまして、一般《いっぱん》の父兄の方々には少しも心配をおかけしないで事件が解決する、というふうにでもなりますと、まことに結構《けっこう》であります。県といたしましては、実は、内々《ないない》そういうことを皆さんにご期待申しあげて、お集まりを願ったようなわけでありますから、どうかそのおつもりで、ご懇談をお願いいいたしたいと存じます。」

父兄の中からは、しばらくだれも発言するものがなかった。「他の生徒に対する影響力」という課長の言葉は、いい意味にも悪い意味にもとれ、自分の子供の成績がさほどでもないのを知っている父兄にとっては、それがいよいよ不安の種《たね》になるのだった。

「平尾さん、いかがでしょう。あなたのご令息《れいそく》は成績はいつも一番であられるそうですし、校友会の総務もやっていられると承《うけたまわ》っていますが、あなたのような方から最初に何かご意見を出していただけば、他の方のご参考にもなると存じますが……」

課長が、しばらくして、意味ありげに平尾の父をうながした。すると、平尾の父は、

「いやあ――」

と、両手で白髪《はくはつ》まじりの頭をうしろになで、ちょっと馬田の父の顔を見た。それから、かけていた金《きん》ぶち眼鏡《めがね》をはずし、指先でしきりに眼のくぼみをこすりながら、いかにも言いしぶるように、とぎれとぎれに言った。

「私のせがれは、今度《こんど》の問題では生徒代表の一人に加わって、校長先生にいろいろご無理なことをお願いにあがっているようで、まことに申しわけない次第《しだい》です。しかし、本人が私に話しましたところによりますと、これは決して本人自ら進んでやっていることではないようでありまして、……率直《そっちょく》に申しあげますと、実は本人は最初から今度の事には絶対反対だったのですが、校友会の総務におされている関係上、むりやりに表面に立たされているというようなわけで、……こう申しますと、何だかいいわけがましくなりますが、私は何もそれで責任をのがれようというのではありません。本人の意志であろうとなかろうと、いったん本人が代表たることを引き受けました以上、それだけの責任は取らせせなければなるまいかと、それは私も覚悟《かくご》いたしているのです。」

彼はそこまで言って眼をこするのをやめ、眼鏡をとりあげてそれをかけると、一《ひと》わたりみんなの顔を見まわした。そして今度は急に声に力を入れて、

「ただ、私がせがれのことを申しあげますのは、今度の問題がよほど巧妙《こうみょう》に仕組まれていて、おそらくたいていの生徒は、自分でも気づかないうちに、とんでもないところに引きずって行かれるのではないかと、それを心配いたすからです。元来《がんらい》、私のせがれは、……親の口からこんなことを申してはお耳ざわりかと存じますが、……どちらかというと万事《ばんじ》につけ思慮深《しりょぶか》いほうで、今度の問題でも、先ほど申しますとおり、最初から

慎重《しんちょう》に考えて反対をとなえたのですが、どうもその反対を押《お》しとおすわけにはいかない事情がある。と申しますのは、留任運動の急先鋒《きゅうせんぽう》、……それは朝倉先生と何か思想的に深い関係をもっている四、五名の生徒だということですが……その急先鋒の生徒たちが表向きに主張していることが、しごくもっともらしい主張で、だれも正面から反対のできないようなことらしいのです。つまり、自分たちは自分たちの真情《しんじょう》を披瀝《ひれき》するだけで、なにも不穏《ふおん》な行動に出ようとしているのではない。むしろストライキなどのような、不穏な行動に出るのを防ぐために、血書《けっしょ》を書き血判《けっぱん》を求めたのだ。もしそれにも反対する生徒があったら、その生徒こそかえって全生徒を不穏な行動にかりたてる者ではないか、というのだそうです。なるほど血書や血判などということは、おだやかではないにしても、生徒の分《ぶん》をこえた行動だとは必ずしもいえない、青年としては、そのぐらいのことをしないでは、本気で留任運動をやったような気がしないだろう、とも考えられますし、それもいけないとなると、自然、もっと悪い方法で感情のはけ口《ぐち》を求める、というようなことにもなるかと存じます。そんなようなわけで、私のせがれも、正面から反対もできず、つい代表の一人に加わったというようなわけですが、……ところで、それでは、ストライキのような不穏な行動がそれで実際にくいとめられそうかというと、どうもそうではないらしい。それどころか、血書や血判までして願っているのに、それを容《い》れてくれない、おめおめと引っこんでおれるか、といったような気分が次第《しだい》に濃厚《のうこう》になって来るらしいのです。私の考えるところでは、ここが非常にかんじんな点で、どうも最初からそうした青年心理をねらって、血書とか血判とかいうことが仕組まれているのではないか、という気がいたすのです。せがれが毎日学校で生徒の動きを見て来ての話によりますと、急先鋒の生徒たちは、表《おもて》だった会合の席ではあくまでストライキに反対をとなえながら、蔭《かげ》ではひとりびとりの生徒をつかまえて悲憤慷慨《ひふんこうがい》したり、ひそひそとストライキの時期や方法などを話したりしているそうですが、そういうことをききますと、いよいよ私の想像があたっているように思えてならないのです。とにかく、今度の問題は、私の見るところでは、決して単純《たんじゅん》な性質のものではありません。大多数の生徒は、純真《じゅんしん》な留任運動だと信じてやっているのかもしれませんが、中心になって動いている数名の生徒たちは、決してそうではないと存じます。何でも、その生徒たちは頭もいいし、読書力もあり、いろんな方面の思想にもふれているそうですが、そのうえ、背後《はいご》から糸をひいている人物もあるらしく想像されますので、われわれ父兄といたしましても、うっかりしておれないかと存じます。」

平尾の父は言い終わって眼鏡をはずし、謄写刷《とうしゃず》りの父兄名簿を眼のまえすれすれに近づけて、左右に視線《しせん》を動かした。すると、馬田の父が、

「ちょっとおうかがいいたしますが――」

と、いんぎんな、しかしどこかにとげのある調子でたずねた。

「お話の通りですと、中心になって動いている生徒はごく少数のようですが、もしおさしつかえなかったら、その名前をはっきり言っていただきたいのですが。」

「名前までは、実は、私、たしかめておりませんので……」

と、平尾の父はいかにも当惑《とうわく》したように頭をかいた。

「ご令息《れいそく》のお口から、それをおききにはなりませんでしたか。」

「私も、実は、その名前がはっきりすればいいと思いまして、一度たずねてみたこともありますが、せがれのほうでは、それだけは親にも言いたくないと申すものですから、しいてはたずねないことにしています。あの年輩《ねんぱい》では、こういうことには妙《みょう》に義理《ぎり》固《がた》いものでして、これは、みなさんにもご経験のあることだと存じますが……ははは。」

馬田の父は笑わなかった。ほかの父兄たちも、にこりともしないで黙《だま》りこんでいる。何だか平尾の父の笑い声がにげ場《ば》を失って、とまどいしているという感じだった。

「みなさん、いかがでしょう――」

と、課長がとりなすように、

「ただ今の平尾さんのお話でよほど真相《しんそう》がはっきりして来たようですが、みなさんからも、ご存じの事実なり、ご判断なりをご腹蔵《ふくぞう》なくお聞かせ願えれば、なおいっそうはっきりすると存じますが。」

みんなはおたがいに顔を見合わせただけで、やはり黙っている。俊亮は、最初から、腕組《うでぐ》みをして眼をつぶり、少しのけぞりかげんに椅子《いす》の背にもたれていたが、この時、ちょっと眼をひらいて課長を見た。しかし、すぐまた眼をつぶってしまった。

「馬田さん、何か……」

課長はこびるような笑い顔をして、馬田の父を見た。

「いや、私はきょうは何も知らないで参ったようなわけで。……さきほどからいろいろと承《うけたまわ》って、内々《ないない》おどろいている次第です。」

「朝倉教諭のことが問題になっていたことは、むろんご存じだったろうと思いますが。」

「……」

「ええ、それは非公式にいろんな方面からきいてはいました。しかし生徒がそのために血書を書いたり、血判をしたりしたことなんか、まったく初耳《はつみみ》です。せがれは、そんなことについては、私には何も言わないものですから……」

そう言って、彼はちょっと首をかしげたが、

「しかし、とにかく、これは何とかして早くおさまりをつけなければなりますまい。

私も及《およ》ばずながらできるだけのことはいたします。きょう帰りましたら、さっそくせがれに十分言いきかせまして、少なくとも私のせがれだけは、責任をもってこの運動から手をひかせましょう。」

「どうか、ぜひ、そんなぐあいにおねがいいたします。みなさんがめいめいにそんなぐあいにしていただくと、あるいはひとりでに解決するのではないかとも存じますので……」

馬田の父はまた首をかしげた。そして、じろりと花山校長の顔を見たあと、みんなを見まわし、皮肉《ひにく》な調子で言った。

「どうでしょう、みなさん。さきほどからの課長のお言葉では、どうやら、きょう集まった私ども父兄の肩《かた》に全責任がかかっていそうに見えますが、そのつもりでご相談いたすことにいたしましては。」

「いや、そういうわけでは……」

課長はあわてて言葉をはさんだが、馬田の父は、それに頓着《とんちゃく》せず、

「しかし、それにしましても、学校のほうで、この事件について、これまでどんなふうに生徒を指導していただいたか、それをくわしくうかがっておきませんと、ぐあいがわるいと存じますが……」

父兄の中には大きくうなずいたものも一、二名あったが、大多数は何か気《き》まずそうに視線をおとしていた。俊亮は相変《あいか》わらず黙然《もくねん》と眼をとじたままである。

「ごもっともで、ごもっともで――」

と、花山校長は半《なか》ば腰《こし》をうかすようにして、

「実は、そのことにつきましては、生徒を集めまして、私からとくと訓戒《くんかい》する手筈《てはず》にいたしておりますが、まだ、ちょうどよい機会がありませんので……」

「機会がないとおっしゃいますと?」

「実は、県ご当局との打ち合わせや何かで……」

「すると、生徒のほうはまだ放ってあるというわけですね。」

「いや、四人の代表とは毎日会っておりますので、その四人を通じて、私の考えはほかの生徒たちにも伝わっておるはずでございます。」

「校長としてはそれで十分だとおっしゃるのですね。」

「いや、そういうわけではありません。しかし、今のところ、多数の生徒を集めたりしますと、それがかえって悪い結果にならないとも限りませんので。……これは実は県ご当局からのご注意もありましたことで。」

「しかし、生徒のほうでは勝手《かって》に集まっているだろうと思いますが、どうでしょう。」

「はい、それは、……校友会の委員だけでは、いつも自由に集まれるようになっておりますので。」

「その集まりにも、校長さんはまだ一度もお顔をお見せになっておりませんのでしょうか。」

「それも実は、県当局のご意見で、ひとまずほかの教師が出て、懇談的に生徒の考えをきいてみよう、ということになっておりますようなわけで……」

父兄たちは、にが笑いをおしかくすのに骨が折れるらしかった。俊亮も、さすがに眼を見ひらいて、あきれたように校長の顔を見た。平尾の父は眼鏡をはずして眼をこすっており、馬田の父は憤然《ふんぜん》として課長の顔を見た。すると課長が言った。

「そのことについては、事件の性質上、この場合、配属将校《はいぞくしょうこう》にご苦労をお願いするのが一番適切《てきせつ》ではないかと考えまして、実は西山《にしやま》教頭とお二人で、十分説得していただくようにお頼《たの》みしてあるのです。多分、きょうあたり、お二人でその席に顔を出されたのではないかと存じますが。」

この時、よれよれの浴衣《ゆかた》に古ぼけた袴《はかま》といういでたちではあるが、何となく気品《きひん》のある眼鼻《めはな》だちをした白髯《はくぜん》の老人が、だしぬけに立ちあがって言った。

「私は田上と申す者で、五年級にお世話になっている田上一郎《いちろう》の祖父でございます。

先ほどからだんだんお話を承《うけたまわ》りまして、きょうのお集まりのご趣旨《しゅし》は、もう十分わかりましたことですし、この上は学校と父兄とよく協力いたしまして、それぞれの立場で、できるだけのことをいたすよりほかないと存じます。それにつきまして、私は平尾さんにちょっとおうかがいしておきたいのですが、さきほどのあなたのお言葉で、急先鋒になっている数名の生徒があって、それが何か思想的な背景《はいけい》をもって動いているというように承ったのでございますが、その数名の生徒の中に、私の孫が加わっているというようなことはありますまいか。もしご存じでしたら、ご遠慮《えんりょ》なくそう言っていただきたいのですが。」

「それは、さっき馬田さんにも申しました通り……」

「なるほど、ご令息が名前を秘密《ひみつ》になさるということも、いちおううなずけないことはありません。しかし、私の孫もご令息と同様、校友会の総務とかに選ばれていますし、自然、何かのことがお耳にはいっているのではないかと存じますが……」

「いや、いっこう。」

「はっきり言うのが気《き》の毒《どく》だとか、あるいは、万一《まんいち》ちがっていたらあとがめんどうだ、とかいうようなことで、おっしゃっていただけないのではありますまいね。」

「いいえ、決してそんなわけでは……」

「こういう場合には、多少疑《うたが》わしいことでありましても、おたがいに見たまま聞いたままを、ざっくばらんに話しあってみるほうが、かえってよろしいかと存じますが。」

「ごもっともです、実は、それで、私も私の知っている限りのことを申しあげたようなわけで……」

田上老人はまだ納得《なっとく》しかねるといった顔つきをして、立ったままでいる。

すると俊亮が、今までとじていた眼を見ひらいて、微笑《びしょう》しながら言った。

「田上さん、そのことなら、あなたのお孫さんはおそらくご心配ありますまい。何でしたら、私、よくたしかめた上で、お知らせ申しあげてもいいのですが。」

「あなたが？　失礼ですが、あなたはどなたで……」

と、田上老人は自分のまえの名簿をひきよせた。

「本田《ほんだ》ですが……」

「ああ、本田さん。……すると、何ですか、あなたはこの件について何かくわしいことをご存じのお方で？」

「くわしいというほどのことは存じていませんが、平尾さんのおっしゃった急先鋒のうち、一人だけはよく存じていますので。」

「ほう。」

と、田上老人は、眼をかがやかした。しかし、今度はその名前を発表せよとは言わない。みんなはさっきから一心《いっしん》に俊亮の顔を見つめている。

俊亮はにこにこしながら、

「その一人というのは私のせがれで、実は血書を書いた本人です。」

「ほう。」

田上老人はまたほうと言った。そして自分がまだ立ったままでいたのに気がついたらしく、いそいで腰をおろしたが、視線は俊亮に注《そそ》いだままであった。みんなの視線も動かなかった。石のような沈黙《ちんもく》の中で、俊亮だけがあたりまえの息をしている。

「血書を書くなんて、どうもなま臭《ぐさ》くて、私はそれを知りました時は、あまりいい気持ちはいたしませんでしたが、しかし、せがれにとりましては、それが精一《せいいっ》ぱいの良心的な仕事だったらしく思われましたので、むりにやぶいて捨てろとも言いかねたのです。その血書がもとで、各方面に大変《たいへん》なご心配をおかけするようなことになりまして、私といたしましては、ちょっと意外にも感じ、恐縮《きょうしゅく》もいたしているようなわけです。」

俊亮は、しかし、心から恐縮しているような様子《ようす》には見えなかった。

父兄たちの視線がつぎつぎに俊亮をはなれて課長と校長に注がれた。二人は、その時、頬《ほお》をすれすれによせて、何かささやきあっていたが、しばらくして、課長が言った。

「本田さん、よく思いきっておっしゃっていただきました。父兄の方から進んでそういうことを打ちあけていただくということは、決して生徒の不利にはならないと存じます。その点につきましては、県といたしましても、学校といたしましても、十分考慮いたしまして、すべてを処理して行く考えでございますから、どうか御安心を願います。」

俊亮は苦笑《くしょう》しながら、

「私はべつに思いきってお話しいたしたわけでもなく、また、お話しいたしましたことが、せがれの不利になるとか有利になるとか、そんなことを考えていたわけでもありませんが……」

「いや、お気持ちはよくわかっています。」

と、課長はひとりでしきりにうなずいた。そして両手を鼻の先でもみながら、しばらく眼をおとしていたが、ふと考えついたように、

「で、いかがでしょう。本田さん。私は、この事件をおだやかに解決するには、ともかくもあの血書を撤回《てっかい》してもらわなければならないと思いますが、ご令息によくお話しくだすって、そういう方向に導いていただくわけにはまいりますまいか。」

「それは私にはうけあいかねます。」

俊亮の言葉は、みんなをはっとさせたほど、はっきりしていた。

「むろん、課長さんのお言葉は間違《まちが》いなくせがれに伝えるつもりではいますが。」

「お伝えくださるだけでなく、あなたから説得《せっとく》していただくというわけにはまいりませんか。」

「ご希望であれば説得もいたしましょう。しかし、それには限度があります。せがれの良心を眠《ねむ》らせるような説得は私にはできかねますので。」

「すると、あなた自身、血書を撤回することが、ご令息の良心にそむくとでもお考えでしょうか。」

「いや、必ずしもそうだとは考えていません。しかし、こう申しては何ですが、今度の問題につきましては、せがれは、最初からあくまでも良心的に動いているように思えますし、その点では、親の私でさえ頭がさがるような気がいたしますので、私は、最後まで、せがれ自身の良心に訴《うった》えて行動させたいと思っているのです。むろん、まだ中学生のことで、いろいろ小さな点で思慮《しりょ》の足《た》りないところもありましょう。事実、本人もあとで後悔《こうかい》したりしたこともあるようです。しかし根本《こんぽん》の筋道《すじみち》さえ誤《あやま》っていなければ、小さなあやまちはかえって反省の機会になっていいことだと思いますので、あまり立ち入ったことは言わない方針でいるのです。」

課長は校長と顔を見合わせた。うしろにいた警察と憲兵隊の二人は、何かささやきあいながら、名簿と俊亮の顔とを何度も見くらべている。父兄たちの表情はまちまちで、ある者は心配そうに俊亮の顔をのぞき、ある者は急に腕組みをして居《い》ずまいを正《ただ》し、またある者は自分の顔をかくすようにして警察と憲兵隊の二人を見た。

しばらく重い沈黙がつづいたあと、課長は少し興奮した調子で言った。

「ご家庭での教育のご方針については、私どもから立ち入ってとやかく申しあげる筋ではありませんが、今度の問題について、ご令息が根本の筋道を誤っていられないとお考えになるのは、どういうものでしょうか。先ほど私からくわしく申しあげましたような事情がおわかりくだされば、そうは考えられないと存じますが……」

「私は、せがれが朝倉先生をお慕《した》い申しあげるのは当然だと思いますし、またその気持ちに少しも濁《にご》ったところはないと信じておりますので……」

「しかし、それは朝倉教諭《きょうゆ》がりっぱな教育者であるということを前提にされてのことでしょう。」

「むろんそうです。私は、朝倉先生ほどの教育者は、今の日本にはまったく珍《めずら》しいとさえ考えているのです。」

「すると、私が教諭の人物について申しあげたことは、うそだとお考えでしょうか。」

俊亮はまた苦笑しながら、

「あなたが故意《こい》にうそをおっしゃったとは考えていません。判断のちがいだと思っているのです。」

「教諭が失言したというのは、たしかな事実ですが、それについてはどうお考えですか。」

「失言というお言葉が、実は、私には腑《ふ》におちないのですが……」

「すると教諭の言ったことは正しいとお考えですね。」

「きわめて正しい警世《けいせい》の言葉だと思っています。」

「警世の言葉ですって？」

「そうです。国民が自分の判断力をねむらせて、権力に追随《ついずい》する危険を戒《いまし》めた、警世の言葉だと思っているのです。」

「その奥《おく》に反軍思想があるとはお考えになりませんか。」

「そうは考えません。反暴力思想があるとは考えていますが。」

憲兵隊員が県の属官に何か耳うちした。すると属官がまた課長に耳うちした。課長は上気《じょうき》した顔をしてそれをきいていたが、二、三度かるくうなずいたあと、何か決心がつかないらしく、じっと眼をおとして考えこんだ。すると平尾の父が、

「本田さん、いかがでしょう――」

と、気《き》づまりな空気をほぐすように、いかにもわざとらしい、くだけた調子で言葉をはさんだ。

「問題の根本の見方については、いろいろ意見もありましょうが、さきほどあなたご自身でもお認めのとおり、血書とか血判とかいうことは、とにかくおだやかではありませんし、それに第一、知事さんを相手にしているという点が、中学生らしくない、非常にませたやり方で、背後《はいご》に何か思想的な関係がありはしないか、というような疑問も、自然、そういうところから生じて来るのではないかと思います。で、いかがでしょう。あの陳情書《ちんじょうしょ》だけは、ともかくもいちおう撤回させるように、おたがいに尽力《じんりょく》してみましては。」

「承知《しょうち》いたしました。」

と、俊亮はあんがいあっさりと答えたが、

「ただ、さきほど課長さんにも申しあげましたように、それにはある限度がありますので、その点はあらかじめご承知おき願います。」

「その限度とおっしゃる意味は？」

「実は、せがれ自身、今では、血書を書いたのを多少恥《は》じているようにも見うけますので、本人だけなら、むろん喜んで撤回する気になるかもしれません。しかし、あの血書は、もうせがれ一人のものではなくなっていますし、自分が書いたから自分の勝手になる、というものではありません。ことに、たくさんの生徒が血判までやっているとしますと、今さら撤回するなどとせがれが言いだしましたら、どういう結果になりますか、そこいらのことは、せがれ自身に慎重《しんちょう》に考えさせたいと思います。」

「なるほど、ご令息としては、そりゃ、ずいぶん言いだしにくいことでしょう。しかし、そこを押しきってもらうことが、今の場合必要なことですし、またそれがご令息の責任ではないか、と思いますが……」

俊亮は、けげんそうに相手の顔を見た。が、すぐ、

「せがれはたぶん、結果をますます悪いほうへ導くような事は、したがらないだろうと思います。そこはせがれの良心を信じてくだすってもいいと思いますが。」

今度は平尾の父がけげんそうな眼をした。そして何か言おうとしたが、ちょうどその時、道一つへだてた中学校の正門《せいもん》のあたりから、にわかに、さわがしいどなり声や、やけに声をはりあげた校歌の合唱がきこえて来た。

みんなの注意はそのほうにひかれた。中には席を立って窓から下を見おろすものもあった。花山校長もその一人だったが、その顔つきは変に硬《こわ》ばって血《ち》の気《け》がなかった。

生徒たちは、しかし、計画的に集団行動に出ているようなふうには思えなかった。彼

らは校門を出ると次第にばらばらになりながら、いかにも興奮した調子でお互《たが》いに何か言いあっていた。

少しおくれて、次郎が左右から二人の生徒にたすけられるようにして出て来るのが、俊亮の眼にとまった。俊亮は席についたまま顔だけを窓のほうにねじむけていたが、校門がちょうどその窓から見とおしになっていたので、それが偶然《ぐうぜん》よく見えたのである。彼も、さすがにはっとしたように、椅子《いす》から立ちあがって窓ぎわに行った。そして、腕組みをして三人の様子を見まもりながら、何度も首をかしげた。

八　水　泳

「もうこうなれば、朝倉《あさくら》先生の辞職《じしょく》は、一日も早く発表されるほうがいいと思うよ。」

次郎は、まだ興奮《こうふん》からさめきらない眼《め》で、じっと空を見つめながら言った。

一心橋《いっしんばし》から二丁《ちょう》ほど北に行ったところに、とくべつ大きい黒松《くろまつ》が根をはっており、その根の一部をそぎおとして、流れのほうに斜《なな》めに道がついているが、そこは馬の水飼場《みずかいば》になっている。次郎たちは、その水飼場のおり口の熊笹《くまざさ》の上に仰向《あおむ》けにねころんで、何か思い出しては、ぽつりぽつりと口をききあっていた。やはり次郎がまん中で、新賀《にいが》が右から、梅本《うめもと》が左から、たえず次郎の顔をのぞくようにしている。

「そうだ。そうなると、やつらのストライキの口実《こうじつ》もなくなるんだ。」

梅本が言うと、

「しかし、しゃくだなあ。」

と、新賀は両手の拳《こぶし》を力一《ちからいっ》ぱい空につきあげた。

三人はそれっきり黙《だま》りこんだ。

松の梢《こずえ》にかすかに風が鳴っているのが、雲の音のように遠くきこえる。次郎は相変《あいか》わらず空の一点に眼をこらしていたが、

「ほんとうは、僕《ぼく》、ストライキがやってみたくなったんだよ。」

新賀と梅本とは、何かにはじかれたように、半《なか》ば身をおこして次郎を見た。

次郎は、すると、まぶしそうに眼をつぶった。が、またすぐ空を見ながら、ひとりごとのように、

「しかし、朝倉先生の辞令《じれい》が出ないうちには、それがやれない。やると、先生の顔に泥《どろ》をぬることになるからね。」

新賀も梅本も、ただ顔を見合わせただけだった。

「先生に早くこの土地を去ってもらうといいんだがなあ。」

「本田《ほんだ》！」

と、新賀は次郎の胸に手をあててゆすぶりながら、

「君《きみ》は、いったい何を考えているんだい。」

「ストライキをやる時期と方法だよ。」

「何のためのストライキだ。」

「学校浄化《じょうか》のためさ。朝倉先生の問題はもうすんだ。それとは関係なしにやるんだ。問題がまるでちがって来たんだから。」

「おい！」と新賀は怒《おこ》ったように、

「君はとうとう馬田《うまだ》に負けたな。」

「馬田に負けた？　どうして？」

次郎はやにわにからだを起こし、新賀と向きあった。

「君は、馬田が、留任《りゅうにん》運動をきっかけにストライキをやって、校長やほかの先生を排《はい》斥《せき》しようと言った時、それを不純《ふじゅん》だといって攻撃《こうげき》したんじゃないか。」

「むろんさ。それがどうしたんだ。」

「攻撃しておいて、今度《こんど》は君がその不純なことをやろうというのか。」

「ちがう。留任運動とは関係がないんだ。僕、さっきそう言ったんじゃないか。」

「そんなこと通用せんよ。現に関係あるんだから。」

「ない。僕の気持ちには、それは全然ないんだ。」

「君の気持ちにはなくっても、留任運動に失敗したあとですぐストライキをやれば、だれだって関係があると思うよ。」

「そんなことわかってるよ。だから僕はストライキの時期と方法をどうしたらいいか、それを考えているんだ。僕は朝倉先生を見送って学校がいちおう落ちついてからにしたいと思ってる。もうまもなく夏休みだから、どうせ来学期さ。ゆっくり考えてやるんだ。やる以上は根強くやりたいからね。」

そう言って次郎は微笑《びしょう》した。つめたい微笑だった。その微笑の底には、彼の幼《おさな》いころの血が、ながいあいだの彼の努力を裏切って無気味《ぶきみ》によみがえっていた。正木《まさき》の庭の築《つき》山《やま》のかげで、若い地鶏《じどり》が老レグホンに戦いをいどむのをじっと見つめていた時の、あの熱いとも冷たいとも知れない血が。

「しかし、本田――」

といつのまにか、からだをにじらせ、二人の間に顔をつき出していた梅本が言った。

「それでは君の暴力否定《ひてい》の主張はどうなるんだ。」

「それもこれから考えてみるさ。」

「これから考えてみる?」

「うむ、ゆっくり考えてみるよ。」

「今さら、何を考えるんだ。」

「僕には、ストライキが暴力でない場合もありそうな気がするんだ。少なくとも、やむを得《え》ない、いや、必要な暴力というものが、この世の中にはありそうに思える。」

「そりゃあ、あるだろう。警官がどろぼうをふん縛《じば》るんだって、そうだからね。しかし、学校を浄化するためにストライキに訴《うった》えるのは無茶《むちゃ》だよ。」

「それ以外に方法がなくても、無茶かね。」

「ほかに方法がない事があるものか。第一、今の校長はストライキを必要とするほどの相手ではないぜ。」

次郎は苦笑《くしょう》しながら、

「僕は花山《はなやま》校長なんかを相手にしているんではない。あんなの、ほって置いたって、そのうちひとりでに消えてなくなるんだ。僕は、むしろ、校長はかわいそうだとさえ思っている。」

「じゃあ、相手はだれだい。」

「だれでもない、学校さ。」

「学校？」

「強《し》いていえば、教頭と配属将校《はいぞくしょうこう》に代表されている現在の学校だ。」

新賀が眼を光らした。そして穴《あな》のあくほど次郎の顔を見つめていたが、

「君は、きょうのことがそれほど無念《むねん》だったのか。」

「うむ、無念だったよ。」

「それを女々《めめ》しいとは思わんのか。」

「女々しい？　なぜだ。」

「教頭も配属将校も、君の将来を棒《ぼう》にふって争うほどの人間ではない。そんなのにとらわれるのは女々しいよ。」

「君は、僕があの二人を相手にストライキをやろうとしている、とでも思っているのか。」

「本心はそうだろう。」

「馬鹿《ばか》いえ。相手はあくまで学校だ。いや、学校というよりか、あの二人を通じて学校全体を脅迫《きょうはく》している大きな権力だ。その権力から僕たちは学校を救わなければならないんだ。」

新賀を見つめている次郎の眼《め》は、何かにつかれたように動かなかった。

「なあんだ、そんなことを考えていたのか。」

と、新賀は茶化《ちゃか》すように笑って、

「よせ。そんな夢《ゆめ》みたようなことを言ったってしかたがない。みんなに気ちがいあつかいにされるだけだ。」

「君自身でも僕を気ちがいあつかいにするのか。」

「するよ。」

新賀はまた笑った。すると、次郎はそっぽを向きながら、

「ふん。君は軍人志望だからね。」

「おい！」新賀は顔を真赤《まっか》にして、

「そんなことを言うのは侮辱《ぶじょく》だぜ。」

「侮辱に値《あたい》するものは遠慮《えんりょ》なく侮辱するし、攻撃に値するものは堂々《どうどう》と攻撃するさ。僕はもうそうきめたんだ。」

次郎は、しかし、何か苦しそうだった。彼は新賀から眼をそらして梅本を見たが、梅本の眼がじっと自分を見つめているのにでっくわすと、急にまた熊笹の上に仰向《あおむ》けにひっくりかえり、大空に向かってふうと大きな息を吐《は》いた。

「君、そんなことを言って朝倉先生にすまないとは思わないのか。それでは白鳥会の精神はどうなるんだ。」

梅本が泣くように言った。次郎は眼をつぶって答えない。が、しばらくして、

「すまない気もするよ。しかし、戦いはやはり必要だ。戦わなければ朝倉先生の抱《いだ》いていられる信念や思想もまもれないからね。そして戦う以上はストライキぐらいやってもいいように思うんだ。朝倉先生は、右翼《うよく》の暴力に対してストライキを左翼《さよく》の暴力だと言って非難《ひなん》されていたが、しかし、ガンジーの非協力や、絶食は、先生も認《みと》めていられたようだ。僕はそれと同じ意味でストライキをやりたいと思っているんだ。」

言うことが大げさすぎる、と新賀はそう思ったが、今度は笑わなかった。何か笑えないものを次郎の気持ちに感じたのである。

梅本は心配そうに首を何度《なんど》もかしげていた。それに気づくと、次郎はまた起きあがって、

「僕の言うこと変なんかね。」

「変じゃないけれど、少し考えすぎているよ。」

「考えすぎている？　しかし、学校が不正に屈服《くっぷく》するか否《いな》かの問題だぜ。いや正義が世の中に行なわれるか否かの問題だぜ。僕たちは、正義のために、権力に対して反省を

要求しなければならないんだ。だから――」

「よし、わかった。」と、新賀がどなるように、次郎の言葉をさえぎった。

「君の言っている理屈《りくつ》はよくわかった。しかし、いざストライキという場合、みんなが君のいうような理屈で動くと思うかね。いや君自身、教頭や配属将校に対する感情をぬきにして、純粋《じゅんすい》にそうした道理《どうり》で動けると思うかね。」

次郎は、はっとしたように眼を見はった。

そう言われると、頬骨《ほおぼね》の高い、三角形の眼をした西山《にしやま》教頭の顔と、蟇《がま》にひげを生やしたような曽根少佐《そねしょうさ》の顔とが、いつも憎々《にくにく》しく自分の眼にちらついている。二人の顔を思い出さないでは、自分はさっきから一言《ひとこと》も口をきいていなかったのではないか。――

彼はひとりでに眼を伏《ふ》せた。彼の膝《ひざ》の周囲には熊笹の葉が入りみだれ、へしまげられている、その葉が、彼が息をするごとにかすかな音をたてて動いていた。そしてその二つ三つが、間《ま》をおいてつぎつぎにぴんとはね起きた。彼は見るともなくそれを見ていたが、ふいに顔を上げて、

「僕、何だかわけがわからなくなった。もっとゆっくり考えてみるよ。」

「うむ、僕ももっと考えてみる。」

新賀が言うと、梅本も、

「そうだ。いそいできめることはない。おたがいによく考えてみるんだね。」

新賀は、次郎の気をひくように、

「どうだい、水をあびようか。」

三人はすぐ立ちあがった。次郎は裸《はだか》になりながら、

「みそぎでもやるようだね。」

と、皮肉《ひにく》に笑った。すると梅本が、

「みそぎはまあいいが、みたまふりというのは実際滑稽《こっけい》だそうだ。」

「い、い、い、みたまふりって何だい。」

「みそぎのあとか先かに、静坐《せいざ》をして眼をつぶり、何か唱《とな》えながら、両手を組みあわして、ふるんだってさ。そのうちに、僕たちの学校でもそれがはじまるだろう。師範《しはん》学校ではもうはじめたっていうから。」

三人は笑いながら流れに飛びこんだ。水は浅かった。深いところで腰《こし》の辺までしかなかった。それでも清冽《せいれつ》な水と白砂の感触《かんしょく》は、学校での今日の不快な印象を洗い流すのに十分役にたった。

次郎は何度も水にもぐり、息のつづくかぎり流れに身を任《まか》せた。彼は、そんなことをくりかえしながら、ひとりでめずらしく人生哲学《てつがく》めいたことを考えていた。しばらくぶ

りで、彼は、彼が兄の恭一《きょういち》や大沢《おおさわ》といっしょに筑後川《ちくごがわ》の上流をさまよって以来、彼の心を支配しがちであった「無計画の計画」とか、「摂理《せつり》」とかいう言葉を思い出していたのである。

彼はまた、春月亭《しゅんげつてい》のお内儀《かみ》に侮辱されて、人間の道義《どうぎ》というものに絶望しかけていたとき、朝倉先生にきいたミケランゼロの話を思いおこしていた。苔《こけ》むした大理石の中に「擒《とりこ》にされていた」女神《めがみ》の像を、鑿《のみ》をふるって「救いだし」た芸術家の心は、清冽な水や白砂とともに彼の気持ちを次第《しだい》に落ちつけて行くらしかった。

「おうい、本田ア。」

彼が水から首をもたげると、新賀が大声で彼を呼んでいるのがきこえた。次郎は、その時、水飼場《みずかいば》から百メートル以上も下流にいたのである。

見ると水飼場の岸には、俊亮《しゅんすけ》がふんどし一つになって立っており、こちらを向いてにこにこ笑っている。

次郎はちょっとあっけにとられた。そして急いで流れをさかのぼりかけたが、もうその時には、俊亮もざぶりと水に飛びこんでいた。

「父《とう》さん、どうしたんです。」

近づくと、次郎がたずねた。

「県庁に行ってかえりがけだよ。お前たちが泳いでいるのを見つけたもんだから、つい父《とう》さんも泳いでみたくなってね。」

俊亮は、そのふっくらした真白《まっしろ》なからだを、胸まで水にひたして答えた。

「県庁で何があったんです？」

「お前たちのことで呼び出されたのさ。」

「僕たちのことで？　県庁に？」

次郎だけでなく、新賀も梅本も眼を見はった。

「きょうはお前のおかげで、私も重要な父兄《ふけい》の一人になったよ。呼び出されたのは二十名ばかりだったがね。」

俊亮は笑いながら、県庁での「懇談《こんだん》」の様子《ようす》をかくさず話してきかした。ただ、血書《けっしょ》撤回《てっかい》のことで課長との間にとりかわした問答については、あまりくわしいことは言わなかった。

「県庁のほうでは、私からお前によく話して、血書を撤回させるようにしてもらいたい、と言っていたんだが、それはもうお前ひとりの自由にはなるまいし、第一、撤回するのがいいことか、わるいことか、私には見当《けんとう》がつかなかったので、いいかげんに答えておいたよ。」

そう言ったきりだった。

話をきいていて、新賀と梅本とがすぐ心配になりだしたのは次郎のこれからの立場だった。二人は俊亮のような父を持っている次郎の幸福を内心うらやみながらも、次郎が血書を書いた本人だということを、そんな席上で平気《へいき》で発表してしまった俊亮に対して、何か不平らしいものを感じないではいられなかったのである。

次郎は二人とはまるでちがったことを考えていた。彼は何よりも県庁のやり方を卑劣《ひれつ》だと思った。それがむやみに腹だたしく、さっきからどうなりおさまりかけていた権力に対する反抗心《はんこうしん》が、それでまたむくむくと頭をもたげだしていたのだった。

俊亮は、しじゅう次郎の様子に注意しながら話していたが、話し終わると、これで何もかもすんだ、というような顔をして言った。

「今日は風がないので県庁の二階も暑かったよ。しかし、やっとせいせいした。やはり水はいいね。」

次郎も、新賀も、梅本も水にひたったまま、むっつりしていた。水面にならんだ四つの顔がただ眼だけを動かしている。

しばらくして、新賀が何かふと思いついたように梅本に言った。

「血書は、こうなると、やはりおとなしく撤回したほうがいいんじゃないかね。どうせもう役にはたたないし、……」

「そうだ。僕も今そんなことを考えていたところだ。本田からは言いだしにくいだろうから、僕たち二人でみんなに相談してみよう。」

すると次郎が、

「僕は不賛成だ。」

と、おこったように言って、俊亮の顔を見た。

俊亮は、しかし、三人の言葉を聞いていなかったかのように、急に水から上半身をあらわし、

「おっ、少し冷えすぎたようだ。次郎はもっとあびて行くかね。父《とう》さんは先に帰るよ。」

そう言ってさっさと水を出た。

次郎は、新賀と梅本の顔を見て、ちょっとためらったふうだったが、すぐ、

「僕、さきに失敬《しっけい》するよ。」

新賀も、梅本も、何か意味ありげに、大きくうなずいた。

まもなく俊亮と次郎とはならんで土手《どて》をあるいていた。水を出たばかりで汗《あせ》は出なかったが、顔にあたる空気はいやに熱かった。

歩きながら、今度は次郎が、きょう学校での会合の様子を話しだした。彼の調子はかなり興奮していた。俊亮は、しかし、「うん、うん」とかろくあいづちを打つだけだった。西山教頭と曽根少佐とが委員会の席に乗りこんで来たことを話した時には、

「ほう、そうか。やっぱり配属将校がね。」

と、ちょっと興味をひかれたようなふうだったが、そのあとは、またうん、うんと答えるだけで、次郎にはまるで張り合いがなかった。

それでも、話してしまったら何か言ってくれるだろうと、次郎は期待していた。しかし俊亮は、

「先生二人を置き去りにするなんて、お前たちも心臓が強いね。」

と、笑ったきりだった。

次郎はとうとうたまりかねたように言った。

「配属将校が生徒をおどかしたり、県庁が父兄をおどかしたりするの、ほっておいてもいいんですか。」

「放っておいていけなければ、どうするんだい。」

次郎は、さすがに、自分が主唱してストライキをやるんだ、とは言いかねた。

ざくざくと砂をふむ靴音《くつおと》だけがしばらくつづき、二人はもうそろそろ汗をかきはじめ

ていた。すると、俊亮がだしぬけに言った。

「お前は、きょうは一本立《いっぽんだ》ちができなかったようだね。」

次郎は何のことだかわからないで、父の横顔を仰《あお》いだ。

「きょうは、お前たちが学校の門を出て来るのを県庁の二階から見ていたんだよ。」

次郎は、新賀と梅本とに左右から支えられ、泣きづらをして校門を出た時の自分の姿《すがた》を想像して、顔があがらなかった。

すると、しばらくしてまた俊亮が、

「一本立ちのできない人間が血書を書くなんて、少し出すぎたことだったね。」

俊亮の言葉の調子には、少しも冗談《じょうだん》めいたところがなかった。次郎は何か恐怖《きょうふ》に似たものをさえ感じたのだった。

「しかし、何《なに》ごとにせよ、精一《せいいっ》ぱいやってみるのはいいことだ。そうしているうちに、だんだんとほんとうに一本立ちのできる人間になれるだろう。きょうはまあよかったよ。」

俊亮は、そう言って急に柔《やわ》らいだ調子になり、

「それはそうと、お前は小さいころ、父《とう》さんとはじめて水泳をやった時のことを覚えているのかい。」

「覚えています。」

五つの時、里子《さとご》から帰って、まだちっとも家に落ちつかないでいた自分を、父が大川に水泳につれて行ってくれた時の喜びは、次郎にとって忘れようとしても忘れられない記憶《きおく》だった。それは彼に、曲がりなりにも、家庭に希望を抱《いだ》かせた最初の機会だったのである。

（しかし、父は、なんで、だしぬけにそんなことを自分にたずねるのだろう。）

彼は、ふしぎそうに、もう一度父の顔を仰いだ。

「あれからもう十二、三年にもなるだろうが、おまえといっしょに水を浴びたのは、あれ以来きょうがはじめてじゃないかね。」

なるほど考えてみるとはじめてである。次郎は、しかし、そんなことを言う父がいよいよふしぎでならなかった。

「実は、きょう、県庁の二階からおまえのしおれきった姿を見て、妙《みょう》におまえのことが気になり、心配しながら帰って来ていたんだ。すると、水飼場《みずかいば》の近くで、水に頭をつっこんで泳いでいる人がある。顔をあげたのを見るとおまえだ。私は、その時、どうしたのか、まるで忘れていた十二、三年まえのことをふいと思い出してね。それで、つい私も飛びこんでみたくなったんだ。」

次郎は、しみじみとした父の愛情が全身にしみとおるのを感じた。

「二人がいっしょに水泳をやるということが、きょうは妙に運命みたように私には感じられて来たよ。十二、三年まえ、おまえがお浜《はま》のところからむりやりにつれもどされた時、それからきょう、——たった二度だが、それがふしぎに、おまえがしょんぼりしている時、ばかりだったのでね。」

いつもの俊亮だと、そんなことを言うときには、少なくとも微笑《びしょう》ぐらいはもらすのであったが、きょうはあくまでも生真面目《きまじめ》な顔をしている。それが次郎をいっそうしんみりさせ、これまで経験したことのない愛情の重みを彼に感じさせた。

彼はだまって父について歩くよりほかなかった。

土手をおりて鶏舎《けいしゃ》がすぐまえに見えだしたころ、俊亮がまた思い出したように言った。

「それはそうと、もうむだ玉をうつのはよしたほうがいいね。むだ玉は血書だけでたくさんだ。時代はどうせ行くところまで行くだろうし、おまえたちが今じたばたしたところで、どうにもなるものではないからね。」

次郎は、理屈《りくつ》を言えば何か言えるような気がした。しかし、ただだまってうなずいた。父の愛情が今は理屈をぬきにして、彼にすべてを納得《なっとく》させたのである。

彼のその日の日記には、しかし、つぎの文句《もんく》が記されていた。

「――父はいつも愛情をとおして道理を説《と》き、道理の埒内《らちない》で愛情を表現することを忘れない。しかし、わが子の安全を希《ねが》うのが親としての情であるかぎり、時として父の説く道理にも、いくらかのゆがみがないとは限らない。もし父の言うように、時代に反抗するいっさいの努力がむだ玉だとするならば、朝倉先生もまたむだ玉をうたれたことになるのではないか。」

九　二つの敵《てき》

次郎は、この一週間ばかり、考えぶかくすごして来た。

血書撤回《けっしょてっかい》のことは、すぐその翌日、新賀《にいが》と梅本《うめもと》とによって校友会の委員会に持ち出されたが、わけなく否決された。ストライキ派が、それを撤回されてはストライキの口実《こうじつ》がなくなると思っているところへ、反対派の一人が、「血書をひっこめたら、われわれの朝倉《あさくら》先生に対する気持ちまでひっこめたことになるんだ。」とどなったので、ほとんど問題にならなかったのである。

それでも、新賀と梅本とは、決《けつ》をとるまで、しきりに次郎のこれからの危険な立場を

述べたてて賛成を求めた。これには、ストライキ反対派の中に同感の意を表《ひょう》したものも多少あった。しかし、次郎本人が、

「血書は私情で書いたものではない。それを私情でひっこめることは絶対に不賛成だ。」

と、強く言いきったので、新賀も梅本も、結局あきらめるよりしかたがなかったのである。

血書撤回の問題がかたづくと、すぐまたストライキ問題がむしかえされた。馬田《うまだ》一派に言わせると、

「少数の父兄《ふけい》が県庁に呼び出されたということは、すでに少数の生徒が犠牲者《ぎせいしゃ》に予定されているということを意味する。だから、一日も早く、全校生徒で責任を負《お》うような態勢《たいせい》をととのえなければならない。」

というのであった。これに対し、次郎はきっとなって言った。

「われわれは、たった今、血書撤回を否決したばかりではないか。血書を撤回しないかぎり、ストライキをやらないというわれわれの約束《やくそく》は、決して消滅《しょうめつ》してはいないはずだ。」

言ってしまって、彼《かれ》自身、何か詭弁《きべん》を弄《ろう》したような気がして、あぶなく苦笑《くしょう》するとこ

ろだった。しかし相手はそれでわけなく沈黙《ちんもく》してしまい、その代《か》わりに生徒大会の問題をもち出した。その理由とするところは、

「とにかく今度《こんど》の問題は、もう校友会の委員だけできめるには、あまりにも大きすぎる。こうした問題について、一度も生徒大会を開かないのは不都合《ふつごう》だ。」

という、ごくぼんやりしたことだった。しかし、その底意《そこい》が、生徒大会の興奮《こうふん》した空気をストライキに導こうとするにあったことは、明らかであった。それに対しても、次郎は、

「そんなことは有害無益《ゆうがいむえき》だ。」

と、言って正面から反対した。

「なぜ有害無益だ。」

「定見《ていけん》のない、無責任な群集は、ただ興奮するだけだ。」

「何？　定見のない無責任な群集？　君は全校生徒を侮辱《ぶじょく》する気か。」

「侮辱する気はない。事実そうにちがいないから、そう言ったまでだ。」

「まだ集まってもみないで、どうしてそんな断定がくだせるんだ。」

「それは諸君《しょくん》自身のこれまでの態度が証明している。選ばれた委員だけが集まってさえ理性を失いがちなのに、生徒大会が冷静でありうると思うのか。」

これには満場騒然《そうぜん》となった。すると次郎は、にたりと冷たい微笑《びしょう》をもらし、みんなを見まわしたあと、

「そうれ、すぐそのとおりになるんではないか。」

それから急に顔をひきしめ、少し沈《しず》んだ声で言った。

「現在僕《ぼく》たちに残された道は、朝倉先生の教え子らしい態度と方法で、先生をお見おくりすることだけなんだ。そりゃあ、僕だって、諸君と同じように、興奮したくもなる。……しかし興奮してさわぎを大きくするだけ、僕たちは僕たちの敗北を大きくすることになるんだ。今はただ先生をきずつけない方法を考えることが、僕たちにとって一番大事なことではないかね。」

次郎の声は、その時いくぶんふるえており、眼《め》に涙《なみだ》がにじんでいそうに思われた。

みんなは、つい、しいんとなってしまった。そして生徒大会のことも、それで立ち消えになってしまったのである。

生徒大会のことがどうなり片づくと、次郎は機を失せず、

「朝倉先生の問題に関するかぎり、校友会の委員会はもう今日《きょう》で打ち切りにしたい。で、今日のうちに先生送別の方法について考えておこうではないか。」

と提案した。

これには、新賀や梅本でさえ、さすがに変な顔をした。むろん馬田一派はここだとばかり猛烈《もうれつ》に反撃《はんげき》してきた。

「血書を撤回しない以上、留任《りゅうにん》運動は今でもつづいているということがわからんのか。」

「委員会なくして何が留任運動だ。」

「血書万能《ばんのう》の夢《ゆめ》も大ていにしろ。」

「おもてで留任運動、うらで送別会の計画、僕たちにはわけがわからんよ。」

「こんどは送別の辞《じ》でも書きたいのだろう。」

「なあに、送別の辞は血書より早くできているんだよ。」

そんな罵声《ばせい》やら、冷《ひ》やかしやらが、ほうぼうから起こった。しかし、そこいらまではまだいいほうであった。あとでは、次郎を真正面《ましょうめん》から、偽善者《ぎぜんしゃ》だ、卑怯者《ひきょうもの》だ、裏切り者だ、とののしり、彼に退場を要求するものさえ出て来た。

次郎は、しかし、そうした罵声の中で、微塵《みじん》も興奮した様子《ようす》を見せなかった。こうした場合にいかにふるまうべきかを、彼は彼の幼《おさな》いころの生活からみごとに学びとっていたのである。彼は罵声が発せられるごとに、しずかにそのほうに眼を転じて、無言《むごん》のままじっとその声の主を見つめた。その眼は冷然と光っており、相手が視線《しせん》をそらすまでは微動《びどう》だもしなかった。五人、十人、十五人、と彼がこうしてつぎつぎに相手を見つめて行くうちに、室内は次第《しだい》に静かになって来た。そして、しまいには、息づまるような沈黙《ちんもく》の中に石像のようにつっ立っている彼をかこんで、無数の眼が、あるものはおびえたように、あるものは強《し》いて冷笑《れいしょう》するように、またあるものはあやしむように、光っているだけであった。

次郎は、その様子を見すますと、おもむろに言った。

「君らが何のためにそんなひどいことを言うのか、僕にはよくわかっている。むろん、君らの中には、僕が処罰《しょばつ》をおそれて卑怯《ひきょう》になったと、本気にそう思って怒《おこ》っているものもいるだろう。そういう人に対しては、今は何も言わない。僕が何を考えているかは、これからの僕自身の行動で説明するよりほかにはないからだ。また君らの中には、べつに深い考えもなく、お調子にのって面白半分《おもしろはんぶん》に野次《やじ》をとばしているものもいるだろう。僕はそういう人に対しては何も言いたくない。僕はそういう人を軽蔑《けいべつ》するだけだ。ただ僕は、僕をストライキの邪魔者《じゃまもの》だと思って僕に対抗《たいこう》している一部の諸君に対しては、一言《ひとこと》言いっておきたいことがあるんだ。」

彼はそう言って、馬田をはじめ、その一派の有力な生徒たちの顔をつぎつぎに見まわした。

だれも彼をまともに見かえすものがない。

「僕は昨日《きのう》まで諸君のまえで暴力を否定《ひてい》して来たが、――」

と、彼の沈痛《ちんつう》な声が気味《きみ》わるくみんなの鼓膜《こまく》をうった。

「もしも諸君が、今日も僕がそんなふうに考えており、そしてどんな場合にも僕が暴力を用いないと思ったら、それは見当《けんとう》ちがいだ。僕は、不条理《ふじょうり》を正すために、ほかに方法がないとすれば、暴力もまたやむを得《え》ないと考えるようになったんだ。諸君は朝倉先生のためにストライキをやりたいと言っている。しかしそれは朝倉先生のためでなくかえって朝倉先生にそむくことになる。それは明らかに不条理だ。だから諸君が、あくまで諸君の主張を押《お》し通《とお》そうとするなら、僕は諸君に対して暴力をもってのぞむよりほかはない。僕は諸君と血闘《けっとう》をすることも辞しないつもりだ。僕は、実をいうと、子供のころから暴力によって僕の意志を貫《つらぬ》いて来た。そして朝倉先生の教えをうけて以来、それを心から恥《は》じていたんだ。しかし最近、――そうだ、つい昨日からのことだが、僕はそれがすべての場合恥ずべきことではないという気がして来たんだ。僕の今の気持ちでは、僕は暴力に訴《うった》えて諸君と戦うことに何の矛盾《むじゅん》も感じてはいない。僕はいつまでも口先《くちさき》で諸君と争っていることがめんどうくさくなって来たんだ。どうだ、もうこのへんで、最後の手段に訴えて朝倉先生の問題にけりをつけようではないか。……念《ねん》のために言っておくが、僕はひとりだ。これは僕ひとりで決心したことだからね。しかし、僕ひとりだからといって遠慮《えんりょ》してもらっては困る。僕の相手は何人あっても構《かま》わないんだ。」

次郎のけんまくに圧倒《あっとう》されて、馬田一派はおたがいに顔を見あうことさえできなかった。

「どうだ、馬田！」

と、次郎は真正面から馬田をにらみつけ、

「まず君の決心をきこう。」

馬田は頰《ほお》をひきつらせた。そしてやっとのこと、

「ふふん。」と、あざけるように天井《てんじょう》を見た。

「卑怯者！」

次郎は一喝《いっかつ》して、つかつかと馬田に近づいた。動揺《どうよう》が波のように室内を流れた。

「よせ！」

そう叫《さけ》んで次郎をうしろから羽《は》がいじめにしたものがあった。それは新賀だった。同時に梅本、田上《たがみ》、大山《おおやま》などの四、五名が、次郎のまえに立ちふさがっていた。大山の満月のような顔には、その時、どこかとぼけたようなところがあった。それは眼《め》玉《だま》をぱちくりさせていたからであったらしい。

「とにかく本田《ほんだ》の言うようにいちおう解決しようではないか。本田が暴力に訴えることのよしあしは別として、言っていることは正しいし、おたがいに約束《やくそく》もしたことなんだから。」

新賀が次郎を羽がいじめにしたままで言った。だれも何とも言わない。

「どうだ、みんな不賛成か。」

新賀がもう一度うながした。

「賛成！」

梅本と田上がほとんど同時に叫んだ。

「よかろう。」

ちょっとおくれて大山が間《ま》のぬけたように言った。つづいてほうぼうから賛成の声がきこえた。

ストライキ問題は、こうして、次郎のほとんど脅迫《きょうはく》ともいえるような態度で、強引《ごういん》に片づけられてしまった。そしてそのあとは野次《やじ》一つとばず、熱のさめたあとの変につかれた気分で、朝倉先生送別の方法が議せられたが、それは、校友会からおくる規定の餞《せん》別《べつ》のほかに、特に生徒一人あたり一円ずつを醵出《きょしゅつ》して何か記念品をおくること、送別式後、校友会委員を中心に有志の生徒を加え、他の先生をまじえないで送別会を開くこと、会場は校外の適当な場所で、できれば川上の実乗院を選ぶこと、等であった。川上の実乗院というのは、町から一里《いちり》半《はん》ほど北方の、谷川にそった景色《けしき》のいい真言宗《しんごんしゅう》の寺であるが、そこは、もう七、八年もまえ、前々校長の時代に彼らの先輩《せんぱい》が大ストライキをやった時、食糧《しょくりょう》その他の必要品を用意して十日以上もたてこもったという、中学生にとっては特別因縁《いんねん》のある寺なのである。

実乗院のことを言いだしたのは馬田であった。次郎は、馬田の未練《みれん》さに腹もたち、情《なさけ》なくも思ったが、どうせ朝倉先生は、生徒だけでやる送別会に顔を出されるはずがない、ことに会場がいわくつきの実乗院であってみればなおさらのことだ、と思ったので、強いて反対もせず、すべてを成《な》り行《ゆ》きに任《まか》していたのであった。

とにかく、こうして朝倉先生の問題に関するかぎり、校友会の委員会は、その日を最後にして沈黙《ちんもく》することになり、四人の代表が校長室に出はいりすることもまったくなくなった。花山《はなやま》校長は、むろんそれで大助かりだったし、県当局としても、自分たちのもくろんだ父兄会のききめがあったものとして非常に喜んだ。もっとも、血書撤回が実現しなかったのは、まだいくらか不安の種《たね》になって残っており、本田父子に対する疑惑《ぎわく》は少しも解消しなかった。しかし、大勢《たいせい》がこうなった以上、大したことはあるまいということで、血書は握《にぎ》りつぶしの肚《はら》をきめ、ただ朝倉教諭《きょうゆ》退職《たいしょく》発令の直後を学校の内外で十分警戒《けいかい》しようということになったのである。

もっとも、西山《にしやま》教頭と配属将校《はいぞくしょうこう》とは、校長や県当局ほど楽観的ではなかった。二人に言わせると、すべては生徒たちの「戦術」であった。生徒たちは何か重大な方針を決定しているが、事前にそれを妨害《ぼうがい》されるのをおそれて、わざと平穏《へいおん》を装《よそお》っている。その証《しょう》拠《こ》には、留任運動の急先鋒《きゅうせんぽう》であった生徒たちの沈黙にもかかわらず、何でもない生徒たちは、かえって以前よりざわついており、何となく不安らしい表情をしている、というのである。

なるほど、そう疑ってみれば見られないこともなかった。というのは、校友会の委員会が開かれなくなってからは、休み時間になると、校庭といわず、廊下《ろうか》といわず、あちらこちらに十人二十人と集まって何か話しあっており、先生の姿《すがた》が近づくと急に散らばったり、だまりこんでしまって変に白い眼で先生の通りすぎるのを見送ったり、また中には、とん狂《きょう》な声を出してみんなを笑わせたりすることが多かったし、授業時間中でも、ばたばたと廊下をあるく生徒の足音が頻繁《ひんぱん》にきこえ、どの教室でも、生徒たちは茶化《ちゃか》したような眼つきをして先生の顔をのぞき、平気《へいき》で私語《しご》する、といったようなふうになって来たからである。

一般《いっぱん》の生徒の中には、委員会の腑甲斐《ふがい》なさを真剣《しんけん》になって怒っているものもあった。

血書の効果を一種の好奇心《こうきしん》をもって期待していたのが、だめだと知って緊張感《きんちょうかん》を失い、急にだらけた気分になったものもあった。また中には、問題がどう片づこうと、そんなことには大した興味を持たず、ともかくもこの騒《さわ》ぎで、学校や先生をばかにしてもいい時節が到来《とうらい》したような気になり、むやみとふざけたまねをするものもあった。

こうしたいろいろの種類の生徒たちの間に、共通の話題になったのは次郎のことであった。

「本田は軟化《なんか》した。自分で血書を書いておきながら、県庁で父兄会があってからは、一所懸命《いっしょけんめい》でみんなをなだめにかかったそうだ。」

そういう噂《うわさ》がだれいうともなく下級生の間にまで伝わって来た。それだけならまだよかった。

「本田には恋人《こいびと》がある。彼が血書を書いたのも、その恋人に自分の勇気のあるところを見せたかったからだそうだ。」

「その恋人というのが気の弱い女で、このごろでは本田が退学されそうだというので、悲観しているらしい。本田が軟化《なんか》したのもそのためだそうだ。」

「いや、そんなはずはない。その女は本田の親類だが、いつも本田の顔を見るのもきらいだと言っているそうだから、本田が退学されたって悲観するはずがない。」

「しかし、とにかく、本田の態度がその女に動かされていることだけはたしからしい。」

「あるいはそうかもしれん。いやに考えこんだり、気ちがいのように人にくってかかったり、意見がぐらぐら変わったりするところは、まったく変だ。」

「けしからん奴《やつ》だ。制裁《せいさい》してやれ。」

「そのうち、きっと何かはじまるだろう。」

噂は、こうして尾鰭《おひれ》をつけ、それが生徒たちのざわめきに輪をかけることになって来たのだった。

こうした噂は、むろん次郎の耳にもはいらないわけはなかった。彼はそれが馬田一派の宣伝だと思うと、無性《むしょう》に腹がたった。しかし今は何もかも朝倉先生のためにがまんする気で、だれにも弁解《べんかい》一つせず、新賀や梅本がそんな噂を打ち消すために骨を折っているときいた時にも、彼のほうから、放っといてくれるように頼《たの》んだぐらいであった。

事件が片づいてから、彼は毎日時間どおりに登校し、時間どおりに家にかえった。校内ではいつも沈黙がちであり、孤独《こどく》であった。帰り道には、きまって朝倉先生をたずねてみたいという衝動《しょうどう》に駆《か》られたが、それが先生の立場をわるくすることになりはしないかと気づかって、いつも自制した。そして、家に帰るとすぐ、畑や鶏舎《けいしゃ》の手伝いをやり、夜は、しばらくほってあった学課の勉強や、その他の読書に専念《せんねん》した。

「泰山鳴動《たいざんめいどう》して鼠一匹《ねずみいっぴき》も出なかったね。」——ある日、彼は俊三《しゅんぞう》にそんなふうにひやかされた。

「しかたがないよ。」

「ずいぶん評判がわるいね。」

「僕がかい。」

「そうさ、いろんなこと言っているぜ。」

「ふん……」

「知ってる?」

「知ってるさ。」

「何でも?」

「知ってるよ、何でも。」

「だって恋人があるってことまで言っているんだぜ。多分道江《みちえ》さんのことだろうと思うんだが。」

「ふん……」

次郎は顔を赤くしながらも、軽蔑《けいべつ》するように言った。

「それも知っていたんかい。」

「知っていたよ。」

「言わしとくさ。よくがまんしてるね。」

「だって、そんなこと、だまっていていいんかなあ。」

「わるくたって、しかたがないさ。どうせ馬田なんかが言いふらしたんだろう。僕は当分《とうぶん》あいつらを相手にせんよ。」

「相手にしてはわるいんかい。」

「僕には考えがあるんだ。」

次郎はめんどうくさそうだった。

「どんな考えだい。」

「うるさいね。今にわかるよ。」

俊三はぬすむように次郎の顔を見て、にやりと笑った。そしてすぐ蚊帳《かや》にもぐりこんだが、枕《まくら》に頭をつけながら、彼は小声《こごえ》で口ずさんだ。

「英雄《えいゆう》の心緒《しんしょ》みだれて麻《あさ》の如《ごと》しイ」

次郎は腹の底から俊三に対する憎《にく》しみの情がわいて来るのを感じた。それは彼が子供のころ俊三に対して抱《いだ》いていた敵意《てきい》とはまるで質のちがった、新しい憎しみの情だった。

彼はその感情をおさえるために、ひらいた本の同じページを見つめたまま、蚊《か》にさされながら、ながいこと机《つくえ》によりかかっていなければならなかった。そしてやっと気持をおちつけ、このごろには珍《めずら》しいほどの長い日記を書いたが、その中にはつぎのような一節があった。

＊

「……僕は今、無数の敵に囲《かこ》まれているような感じがする。そのために僕の内部には、子供のころの闘争心《とうそうしん》や、策謀《さくぼう》や、偽《ぎ》善《ぜん》や、残忍性《ざんにんせい》や、その他ありとあらゆる悪徳が、ふたたび芽を出しはじめたらしい。しかも、僕は、そうした悪徳に身を任せることに一種の快感をさえ覚《おぼ》えはじめている。恐《おそ》ろしいことだ。僕はこの誘惑《ゆうわく》に打《う》ち克《か》たなければならない。もし僕がこの誘惑に打ち克つことができないなら、僕は、父の子として、朝倉先生の教え子として、これまで持ちつづけて来た誇《ほこ》りと喜びとを捨ててしまわなければならないだろう。それは僕の全生命を捨てることを意味するのだ。

だが、僕ははたしてこの誘惑に打ち克つことができるのか。今の気持ちでは不安でしかたがない。現に今夜《こんや》も、あぶなく俊三におどりかかって、のど首をしめつけてやりたくなったのではないか。学校でだって、変な眼で僕を見たり、なぞのような言葉で遠くから僕をひやかしたりする生徒を、そのまま見のがしておくのは実際たえがたいことだ。僕は朝倉先生の教えをうけて以来、敵という観念を否定《ひてい》しつづけて来た。そして愛と調和と、そしてそれに出発した創造のみが人間の生活にとって有用だと信じて来た。だがそれは僕の頭の中だけのことでしかなかったのだ。僕は現に、僕の周囲にまざまざとたくさんの敵を感じている。僕が子供のころに感じていたのと同じように、ごくわずかな人間をのぞいては、すべての人間が敵のように感じられるのだ。そして、敵と感じたものに対しては徹底的《てっていてき》に戦わないではいられないのが、僕の運命づけられた性格だ。それが呪《のろ》わしい性格であることは僕自身でよく知っている。しかし、僕が僕の幼いころの運命を僕自身で抹殺《まっさつ》することができないかぎり、あるいはそれを無力にするだけの新しい運命が僕にひらけて来ないかぎり、それをどうすることもできないのが現実の僕の性格だ。それは僕にとって本能だとさえいえるのだ。

その本能が、今、僕の内部にむくむくと頭をもたげつつある。僕は僕にとってその本能こそ最大の敵だと思うのだが、そう思うのは僕の頭でしかない。僕の胸は、血は、それにすぐにも味方したがるのだ。ではどうすればいいのか、どうすればその本能に打ち克ちうるのか。

だが、僕はまた一方《いっぽう》で考える。人間ははたして人間を絶対に敵としてはならないものかどうかと。神でさえ悪魔《あくま》という敵をもっているではないか。「汝《なんじ》の敵を愛せよ」と教えた聖者でさえ、すでにその中に敵という言葉を用いているではないか。「その行ないを悪《にく》んでその人を悪まず」といっても、人なくして行ないがない限り、行ないをにくむことは、やがてその人を敵とすることになるのではないか。愛と調和と、そしてそれに出発した創造のみが人生にとって有用であるということが真理であるとしても、いや、それが真理であればあるほど、その真理にさからうものを敵として戦うことが必要になって来るのではないか。現に、その真理を僕たちに説《と》かれた朝倉先生自身、すでにそうした戦いを戦われているのだ。僕はそう思わざるを得ない。

では、僕が現在、周囲に無数の敵を感じつつあるということは、いったいどうなのだ。それはいいことなのか、わるいことなのか。僕はそれをいいことだとは絶対にいいきれない。なぜなら、僕の内部には、それと同時に僕の幼いころのあらゆる悪魔が再び芽を出しはじめ、そのために僕の生命はうずまき、濁《にご》り、いっさいの誇りと喜びとを見失ってしまいそうだからだ。かといって、僕はそれをあながちわるいことだともいいきれない。なぜなら、不正と戦わないでは、愛と調和と創造との世界は生まれてこないし、そしてそうした世界なしには、生命の誇りも喜びもあり得ないからだ。僕はこのことについてもっと深く考えてみなければならない。

だが、とりあえず僕はどうすればいいのだ。僕の周囲には、日に日に敵がその数を増しつつある。肉親の弟でさえも今はもう僕の敵になっている。しかも不正はすべて彼らのほうにあるのだ。

それは断じて僕のほうにはない。僕は彼らと戦う権利があると信ずる。そして、そうであればあるほど僕は恐ろしい。僕が野獣《やじゅう》になる危険がそれだけ多いからだ。それは大きな矛盾《むじゅん》だが、その矛盾が現に僕の心の中にあるのだから、しかたがない。

この場合、僕としてとりうる道はただ一つしかないようだ。それは、僕の怒りを最も重要なところに集中することだ。敵の中の最も大きな敵を選んでそれと戦うことだ。ちょうど昔《むかし》の武士が雑兵《ぞうひょう》を相手とせず、まっしぐらに敵の大将に近づいて、一騎打《いっきう》ちの勝負をいどんだように。ではどこに怒りの焦点《しょうてん》を定めるのか。だれを最も大きな敵として選ぶのか。それは、むろん、俊三であってはならない。また、むろん、僕を白眼視《はくがんし》し冷笑している多くの生徒たちであってもならない。彼らが僕に対してどんなひどい侮辱を加えようとも、それはしょせん不正の泡《あわ》でしかないからだ。不正の根元《こんげん》はべつにある。僕が僕の最大の敵として僕の怒りを集中するのは、その根元に向かってでなければならないのだ。

ではその根元は？　それは、いうまでもなく、僕たちから朝倉先生を奪《うば》った権力だ。僕は僕の最大の敵をこの権力に見いだす。僕はあるいは一生を通じてこの敵と戦わなければならないかもしれない。なぜなら、この権力は僕たちの学園において不正を働いただけでなく、日本の民族に対して不正を働き、そして将来もながく働こうとしているからだ。

だが、僕にはもう一つ選ばなければならない怒りの焦点《しょうてん》がある。それは前者ほど大きな、そして永久な敵ではないかもしれない。しかし、僕の現在の生活にとっては、決して単なる不正の泡《あわ》として見すごすことのできない敵である。それは馬田だ。僕は彼を僕の敵として選ぶことについて、ある躊躇《ちゅうちょ》を感じないではない。しかし、今はその感情をぬきにして、彼を敵にするよりほかはない。それは、現在僕の身辺にまきちらされている不正の泡は、ほとんどすべて彼から出ているからだ。

僕は僕の敵をこの二つのほかに選んでもならないし、そのうちの一つを敵から省《はぶ》いてもならない。僕は、この二つを敵に選ぶことによってのみ、僕の現在の危機をきりぬけることができると信ずる。僕のこの考えは間違《まちが》っているかもしれない。しかし現在のところ僕はそれ以上のことを考えることができないのだ。僕はたしかに僕のベストをつくしている！」

＊

こんな日記を書いたあとの次郎は、ほとんどふだんの次郎と変わりがなかった。彼はしずかに寝《ね》た。俊三のいびきもさして苦《く》にはならなかった。そして翌日からの彼の学校での態度には、どこかに昂然《こうぜん》たるところがあるように思われた。

そのうちに、彼は、ある朝、兄の恭一《きょういち》と大沢《おおさわ》から連名の絵はがきをうけとった。それには、

「いよいよ夏休みだ。すぐ帰省《きせい》したいと思ったが、四年まえの筑後川《ちくごがわ》上流探検のことを思い出し、今度は地図をもって、もう一度あの辺を歩きまわってみようということになった。隠棲《いんせい》の剣客《けんかく》のような感じのした白野《しろの》老人と、快活《かいかつ》で親切だった日田《ひた》町の田添《たぞえ》夫人とは、ぜひお訪《たず》ねして、あの時のお礼を申し述べたいと思っている。君《きみ》もいっしょだといっそう面白いのだが、しかたがない。いずれ帰省したら、くわしく報告する。」

とあった。次郎の胸には、懐旧《かいきゅう》の情がしみじみと湧《わ》いた。わら小屋にねていたのを村の青年たちに叩《たた》き起《お》こされて、白野老人の家につれて行かれたときのことや、田添夫人に見送られて筑後川を下った時のことが、お伽《とぎ》の世界のように思いおこされた。それは彼の現在の世界とはあまりにもかけはなれた世界であった。

「無計画の計画。」

彼は思わずつぶやいた。あの時の思い出ときってもきれない因縁《いんねん》のあるその言葉が、彼の頭の中に、何かほのぼのとした光を流しこんだのである。同時に、彼は、無性《むしょう》に恭一と大沢との帰省《きせい》が待ちどおしくなって来た。

（朝倉先生の問題については、二人には、ついうっかりしてまだ何にも知らしていない。帰って来たらさぞおどろくだろう。僕たちのとった態度についてもきっと何か不平を言うに違いない。）

一方ではそんなことを考えながらも、彼には、二人の帰省が、すべてを解決する鍵《かぎ》のように思われて来たのだった。

一〇　掲示台《けいじだい》

朝倉《あさくら》先生の退職《たいしょく》の辞令《じれい》が、掲示板に書かれて正式に発表されたのは、それから三日目の正午すこしまえだった。生徒の中には、すでにその朝の新聞を見て知っていたものもあり、それが全校につたわっていたので、昼休みになってその掲示を見ても、べつにおどろきはしなかった。ただ掲示板のまえに集まって、わざとのようにわいわいさわぐだけだった。

次郎は掲示を見に行く気にもなれず、校庭の白楊《ポプラ》のかげにただひとり寝《ね》ころんで、じっと空をながめた。空には雲ひとひらもなく、白い光がみなぎっていた。風もなかった。彼は孤独《こどく》のさびしさがしみじみと湧《わ》いてくるのを感じた。彼の眼《め》はひとりでにとじた。眼をとじると、しかし、掲示台のまえの生徒たちの軽薄《けいはく》なさわぎがいやに耳につきだしたので、彼はまた思いきり大きく眼を見ひらいて空を見つめた。

（きょうは是《ぜ》が非《ひ》でも朝倉先生をおたずねしてみよう。）

空を見つめながら、彼はそう思った。

（もう荷造りをはじめていられるかもしれない。）

そんなことも考えた。すると、がらんとした先生の家の様子《ようす》が眼にうかんで来て、何か、たえられないような気になった。同時に、思い出されたのは、宝鏡先生の転任の時に、新賀《にいが》と二人で荷造りの手伝いに行った日のことだった。

（あの時も、いやにさびしい気がした。しかし今のさびしさとは、それはまるで質のちがったさびしさだった。すまないことだが、自分はあの時、宝鏡先生を乞食《こじき》でもあわれむような気持ちで、あわれんでいたのだ。今は、あべこべに、自分こそあわれまるべき位置にある！……それにしても、同じ先生でありながら、いや、同じ人間でありながら、朝倉先生と宝鏡先生とでは、どうしてこうもちがうものか。）

彼は、今さらのように、人間がめいめいの生活態度によって、いかに自分の人間としての価値《かち》を上下しているかを考え、粛然《しゅくぜん》とならざるを得《え》なかった。

しかし、彼のこの気持ちは、そうながくはつづかなかった。というのは、彼の心の片隅《かたすみ》に、いつとはなしに一点の黒い影《かげ》が動きだし、たちまちのうちに彼の気持ち全体をかきみだしてしまったからである。それは、ちょうど、清水の底にひそんでいた小魚が、急ににごりをたてて泳ぎだし、縦横《じゅうおう》にはねまわったようなものであった。

運命！　それは、彼が意識すると否《いな》とにかかわらず、いつも彼の心の底に巣食《すく》っている問題であるが、それが今濁《にご》り水《みず》のように、彼の心におおいかぶさって来たのである。

（宝鏡先生には宝鏡先生の運命があり、朝倉先生には朝倉先生の運命があるのだ。かりに宝鏡先生が朝倉先生ほどのまじめな生活態度をとったとしても、朝倉先生と同じ人間価値を発揮《はっき》し得たとは思えない。いや、朝倉先生のような真面目《まじめ》な態度をとり得なかったところに、すでに宝鏡先生の運命があったのではないか。祖先から伝わる血、天分《てんぶん》、それを運命でないとだれがいいうるのか。ひとり祖先からつたわる血や天分だけではない。物《もの》ごころつくまでの生活環境《かんきょう》だって同じだ。苗《なえ》の時に曲げられた木の幹《みき》を、だれが完全に真直《まっすぐ》にすることができるのだ。）

ここまで考えて来た彼は、もう彼自身の幼年時代の、憎悪《ぞうお》と、策略《さくりゃく》と、偽善《ぎぜん》と、闘争《とうそう》とに駆《か》りたてられていたころの生活を思い出した。そして、それを彼の最近の心境とてらし合わせて、思わず身《み》ぶるいした。

（もし、自分がこないだ日記に書いたことが、自分の幼年時代に根をおろした運命のいたずらにすぎないとすると――）

彼はなぜかやにわに起きあがって、あたりを見まわした。近くにはだれもいなかった。掲示台のまえには、相変《あいか》わらず生徒たちがむらがってさわいでいる。彼はそのほうにちょっと眼をやったが、すぐ視線《しせん》を転じて、見るともなく、玄関《げんかん》の左側になっている生徒《せいと》監室《かんしつ》の窓を見た。ながいこと朝倉先生が生徒監主任として机《つくえ》をすえていた、そのすぐうしろの窓なのである。

彼は一瞬《いっしゅん》はっとした。もうさっきから自分を見ていたらしい四つの眼に出っくわしたからである。ひとりは曽根《そね》少佐《しょうさ》、もうひとりは西山《にしやま》教頭だった。

彼はあぶなく眼をそらすところだった。が、彼の本能的な反抗心《はんこうしん》がそれをゆるさなかった。こうした場合、眼をそらすことは、彼にとって、敗北と屈従《くつじゅう》以外の何ものをも意味しなかったのである。

無表情ともいえるほどの冷たい眼が、またたき一つせず、窓わくの中にならんでいる四つの眼に、ながいこと注《そそ》がれていた。四つの眼もまた、彼を凝視《ぎょうし》したままほとんど動かなかった。ただ、おりおり小声《こごえ》で何か話しあうらしい唇《くちびる》の動きや、うなずきあいによって、その表情にいくらかの変化を見せているだけであった。

二分間近くの時間がそのままますぎたが、そのあと、西山教頭の姿《すがた》が急に窓から消えた。すると、曽根少佐は、その蟇《がま》のような口を、だしぬけに横にひろげ、白い大きな歯並《はなみ》をカイゼルひげの下に光らせた。にやりと笑ったのである。

次郎の眼は、やはり無表情のまま、つめたくそれを見つめていた。すると少佐は、今度《こんど》は窓から上半身をのり出し、右手を高くあげて彼を手招《てまね》きしながら、叫《さけ》んだ。

「本田《ほんだ》ア、ちょっとここまで来い。」

次郎は、しかし、立ちあがらなかった。立ちあがる代《か》わりに眼をそらした。

「おうい、本田ア——」

もう一度少佐が叫んだ。

「僕《ぼく》ですか。」

と、次郎は、はじめて気がついたような顔をして、少佐を見た。

「そうだ。ここでいいんだ。ちょっと来い。」

少佐はあごの先で窓下の地べたを指した。次郎はやっと腰《こし》をあげたが、いかにも無精《ぶしょう》らしくのそのそと歩きだした。

「呼ばれたら、いつも駆《か》け足《あし》だ。」

次郎が窓下に来ると、少佐は叱《しか》るように言ったが、すぐ笑顔《えがお》になり、

「どうしてあんなところに一人でねころんでいたんだ。」

「ねむたかったからです。」

「ひるねか、ふうむ。」

と、少佐は上眼《うわめ》をつかい、まぶたをぱちぱちさせた。それから急に真顔《まがお》になり、

「どうだ、感想は？」

「感想って何です。」

「掲示を見たんだろう、朝倉先生の。」

「見ません。」

「見ない？」

「ええ見ません。」

少佐はちょっと考えていたが、

「どうして見ないんだ。朝倉先生の退職の辞令が出たんだぜ。」

「わかっているんです。」

次郎の声は、いくぶんふるえていた。

「そうか、ふうむ――」

と、少佐はまた上眼《うわめ》をつかい、しばらくまぶたをぱちぱちさせていたが、急に窓わくにほおづえをつき、声をひそめて言った。

「君《きみ》の気持ちはよくわかるよ。わしは十分同情もしているんだ。しかし、事情が事情だし、こうなった以上は、さっぱりあきらめるほうが賢明《けんめい》だよ。どうだい、授業が終わったら、帰りにわしのうちに遊びに来ないか。煎餅《せんべい》でもかじりながら、ゆっくり話してみたいことがあるんだが。」

次郎は、返事をする代わりに、穴《あな》のあくほど少佐の顔を見つめた。少佐はそれをどうとったのか、ほおづえをついたまま、両手でしきりにカイゼルひげをひねりながら、眼をほそめて笑った。

次郎は、しかし、いつまでたっても返事をしない。

「実はね――」

と、少佐は、いかにもうしろをはばかるように、いっそう声をひそめ、

「このごろわしあてにちょいちょい投書が来るんだが、それが大てい君に関係したこ

とばかりなんだ。その中には、君が女に関係があるようなことを書いたのもある。まさか君にそんなことはあるまいと思うが、とにかくおもしろくないことだ。いちおう君の弁明《べんめい》もきいておきたいと思っている。むろん、わしあての投書は、それを学校の問題にしようとしまいと、わしの勝手《かって》だから、まだどの先生にも話してないんだ。どうだい、そんなこともあるし、よかったらやって来ないか。」

次郎は、曽根少佐が自分に対する好意からそんなことを言っている、とはむろん思わなかった。

（ついさっきまで、西山教頭と二人で自分のほうを見ながら、何を話しあっていたのだ。）

彼は、そう反問してやりたいぐらいだった。

「ご用はそれだけですか。」

彼はまともに少佐を見あげてたずねた。皮肉《ひにく》以上のつめたさである。

「う、ううむ、――」

と、少佐は、それまでひねりつづけていたひげから、急に指をはなした。その指は、ばねのとまった機械人形の指でもあるかのように、ひげの先端《せんたん》にぴたりととまって動かなかった。

次郎は平然《へいぜん》として返事をまっている。

「そうだよ。用事はそれだけだよ。しかしぜひにとは言わん。来たくなけりゃあ、来なくてもいいんだ。」

少佐自身では、怒《おこ》った調子の中に、言外《げんがい》の意味をふくませたつもりで言った。次郎には、しかし、かえってそれが滑稽《こっけい》にきこえた。彼は内心ひそかに勝利感を味わいながら、

「きょうは、僕おたずねできません。」

「どうして?」

「朝倉先生をおたずねするんです。」

少佐の眼がぎろりと光り、カイゼルひげがぴりぴりとふるえた。次郎は、少佐の顔は笑っている時よりも怒っている時のほうがよほど好感がもてる、と思った。

「そうか、じゃ好きなようにせい。」

少佐は言いすてて窓をはなれた。床板《ゆかいた》をふむ靴音《くつおと》があらあらしくひびいて、少佐の姿が消えると、次郎は、すぐ、もとの白楊《ポプラ》の根元に向かって歩きだした。

彼は、しかし、そこに行きつくまえに、掲示台のまえがいやに静かになっているのに気がついて、思わずそのほうを見た。生徒たちのたくさんの眼が、もうさっきから、じっと自分を見つめていたらしい。彼は思わず眼をそらした。が、すぐ立ちどまって、き

っとそのほうを見かえした。たくさんの眼のなかには、急いで彼の視線をさけたものもあった。が、多くの眼はやはり動かなかった。その中には馬田《うまだ》の眼もあった。その眼にはかすかな笑いさえ浮《う》かんでいるように、次郎には思えたのである。

次郎はしばらくつっ立っていたが、まもなく思いきったように、掲示台に向かってまっすぐに歩きだした。

彼を見つめていた生徒たちは、すると何かにおどろいたように、いっそう眼を見はった。しかし、それはほんの一瞬だった。次の瞬間《しゅんかん》からは、彼らの視線は次第《しだい》にそれだし、次郎が彼らの群《むれ》から十歩ほどのところまで来た時には、もうだれも彼を見ているものはなかった。中には、そしらぬ顔をして掲示台のまえを立ち去るものもあった。馬田もそのひとりだったが、彼は仲間のひとりと肩《かた》をくみ、わざとらしい笑い声をたてながら、次郎の来たほうとは反対のほうに立ち去ったのであった。

次郎は、何か異様《いよう》な、つめたい怒《いか》り、とでもいったような感じにとらわれたが、ちらと馬田のうしろ姿を見ただけで、すぐ掲示板のほうに眼をやった。辞令の文句《もんく》は宝鏡先生の時とまったく同じだった。

「願《ねがい》ニ依《よ》リ本職ヲ免《めん》ズ」

何という簡単《かんたん》な、型にはまった文句だろう。どんなに自分たちの尊敬《そんけい》している先生でも、辞表《じひょう》を出せば、ただこの文句一つでわけなく片づけられて行くのだ。そう思って彼はむしょうに腹がたった。

しかし、次郎の気持ちをいっそう刺激《しげき》したのは、先生の転任や退職の場合には、その辞令の発表と同時に、いつも送別式の日時が発表される例になっているのに、それについては何の掲示も出ていないことだった。

「おい、君――」

と、彼はあわてたように、彼の一番近くに立っていた生徒の肩をいきなりゆすぶってたずねた。

「朝倉先生の送別式はいつあるんだい。」

「知らないよ、僕、そんなこと。」

肩をゆすぶられた生徒は、おこったように答えた。

「これまでは、辞令の発表といっしょに掲示が出たんじゃなかったかね。」

「そうだったかね。」

「どうして今度は出ないんだろう。」

「まだきまってないからだろう。」

相手は、まるでそれを問題にしていなかったらしかった。

らいだった。

次郎はしかたなしにそう答えたものの、心の中では、相手を低能《ていのう》だと罵《ののし》りたくなるく

「そうかなあ。」

(学校は朝倉先生の送別式をおそれている。それで、何とかして、それをやらない工《く》夫《ふう》をしているんだ。)

彼には、そう疑《うたが》えてならなかったのである。

まもなく午後の課業がはじまった。次郎たちのクラスは武道《ぶどう》の時間だった。彼は剣道《けんどう》場《じょう》に入って面《めん》をかぶりながら、入学後はじめて朝倉先生を知ったのが、ちょうど剣道の時間の直前だったことを思い出し、何か物悲《ものがな》しい気持ちにさそいこまれた。あの時、自分が、剣道は何のために稽古《けいこ》をするのか、という質問を出したのに対して、先生は、言《げん》下《か》に、「見事に死ぬためだ」と答えられ、その意味を懇々《こんこん》と教えてくだすったが、それがほんとうに理解できたのは、いつごろのことだったろう。彼はそんなことを考えながら、稽古の相手を選ぶために向こうの側の列を見た。すると、正面に大山《おおやま》がおり、そのすぐ隣《となり》に馬田がいた。

(よし、相手は馬田だ!)

彼は一瞬《いっしゅん》そう思った。が、同時に彼は胸にひやりとするものを感じた。

（卑怯者！　それでおまえは朝倉先生の言われた剣道修行の意味がわかっているといえるのか。馬田と戦うにしても、道はべつにあるはずだ。）

まもなく稽古《けいこ》はじめの合い図《あず》で立ちあがったが、彼が選んだ相手は、正面の大山だった。大山はそののんびりした性格どおり、太刀筋《たちすじ》に極《きわ》めて鷹揚《おうよう》なところがあった。しかし決してへたではなかった。すきだらけのように見えてあんがいすきがなく、大きくふりおろす太刀先にはきびしい力がこもっていた。次郎の太刀はその俊敏《しゅんびん》さにおいて級中第一の評があり、大山のそれとはいい対照をなしていた。勝負では次郎のほうにいつも勝ち味があったが、しかし次郎本人は、かえって大山の太刀筋をうらやましくも思い、尊敬もしていた。

次郎は大山を相手に選んで、救われたような気持ちだった。「見事に死ぬ」稽古の相手を、もし生徒の中から選ぶとすれば、それは大山だろう、という気にさえなったのだった。大山の満月のような顔は、面をかぶるとその特徴《とくちょう》を失い、眼玉《めだま》だけが鋭《するど》く光るのだったが、その鋭い光の中にもどこかにあたたかさがただよっているのを、次郎はいつも感じていた。それが今日はとくべつはっきりと感じられたのである。

二人は、その時間ぶっとおしで、相手をかえずに戦った。稽古やめの合い図があった時には、さすがに二人ともへとへとにつかれていた。

二人は、汗《あせ》みずくになった剣道着をぬぎ、柔道場《じゅうどうじょう》に通ずる廊下《ろうか》の横に設《もう》けてあるシャワーでからだを洗うと、すがすがしい気持ちになって、いっしょに校門を出た。大山の満月のような顔が、すこし赤味《あかみ》をおびて光っていた。次郎の眼には、それがいかにもゆたかで新鮮《しんせん》だった。

「きょうはいい稽古になったよ。」

歩きながら次郎が言った。

「しかし、つかれたね。ぶっとおしだもの。」

大山が笑いながら答えた。

「君に面をとられると、ぼうっとなるほど痛いが、しかし、あのぐらい痛いとかえって気持ちがいいね。」

「そうか。」と、大山は間《ま》がぬけたように答えたが、

「君の小手《こて》も痛いね。それによくはいるよ。きょうは三対一ぐらいだったかもしれん。」

「そんなことはないだろう。」

次郎は否定《ひてい》しながらも、自信はあった。少なくとも二対一ぐらいの差はたしかにあったと思った。しかし、その自信は、彼にとって決して愉快《ゆかい》な自信ではなかった。小手《こて》取

りの名人、――そう考えると、それがそのまま自分の弱点のような気がしたのである。

彼の気持ちは、また少しずつかげりはじめた。かげりはじめると、きょうの不愉快《ふゆかい》なできごとがつぎつぎに思い出された。曽根少佐のこと、馬田のこと、そして何よりも朝倉先生の送別式について何の掲示も出ていなかったこと。

彼は、曽根少佐や馬田のことを、大山に話す気には少しもなれなかった。しかし、朝倉先生の送別式のことだけは、思い出すと、どうしても黙《だま》っていられなかった。

「きょうの掲示、君は変だとは思わなかった?」

「掲示? 朝倉先生のあれかい。」

「うむ、いつもは送別式のこともいっしょに出るんだろう。」

「そうだね――」

と、大山は首をかしげたが、

「うむ、いつもは出るようだ。」

「今度はどうして出ないんだろう。」

「さあ、どうしてだかね。たぶん、まだ日がきまっていないんじゃないかな。」

さっき掲示台のまえで生徒の一人が答えたのと同じ答えだった。次郎は、しかし、今度は大山を低能だとは思わなかった。大山を低能だと思うまえに、自分だけが無用《むよう》に学校を疑っているんではないか、と思った。だれも何とも思っていないのに、自分だけがどうしてこうも疑うのか。そう思ったとたん、ふたたび彼の頭に浮かんで来たのは、運命という言葉であった。

彼ははっとして思わず立ちどまった。大山も立ちどまって彼をふりかえったが、その顔は相変わらず満月のように明るかった。次郎はその顔を穴のあくほど見入《みい》って、ふかいため息をついた。

「どうしたい？」

大山の眼玉がぱちくりと動いた。

「うむ――」

次郎はそれだけ言ってまた歩きだした。大山も黙って歩きだした。二人はそれっきり、しばらく口をききあわなかった。

朝倉先生の家に行く曲がり角まで来ると、次郎は立ちどまって、

「僕、失敬《しっけい》する。こっちに用があるんだ。」

すると大山も立ちどまって、

「朝倉先生のうちにいくんか。」

「そうだよ。」

次郎はためらいながら答えた。

「そんなら、僕も行こう。」

大山は先に立って歩きだしそうにした。次郎は、大山といっしょに朝倉先生をたずねるのが決していやではなかった。しかし、今日はなぜかひとりでたずねてみたかったのである。で、彼はつっ立ったまま、返事をしぶっていた。

すると大山は、また眼をぱちくりさせながら、

「きょうは、僕いっしょに行ってはわるいんか。そんなら、あすにするよ。僕はただあいさつするだけなんだから。――じゃあ、さよなら。」

水の流れるような自然さだった。次郎は大山のうしろ姿を見おくりながら、すまないというよりか、むしろ、うらやましいという気でいっぱいだった。そして、なぜ今まで大山を白鳥会にさそいこまなかったろう、もし彼のような生徒がその一員に加わっていたとすれば、自分は、新賀や、梅本《うめもと》や、そのほかの生徒たちからはとうてい学ぶことのできないものを、これまでに学んでいたであろうのに、と思った。

一一　最後の訪問

朝倉《あさくら》先生の家では、奥《おく》さんが留守《るす》らしく、案内を乞《こ》うと奥のほうから先生の声がきこえたので、次郎《じろう》はさっさと上がって行った。予想していたとおり荷造りはもうすっかりすんでいた。そしてその大部分はすでに発送されたあとらしく、いく梱《こり》かの荷が小《こ》ぢんまりと一《ひと》ところに積んであり、がらんとなった部屋部屋《へやべや》は掃除《そうじ》まできれいに行きとどいていた。庭先にも藁《わらぎ》切れ一つちらかっていない。ただ古ぼけた畳《たたみ》に、物を置いてあったあとだけがいやにきわだって新しく見えた。

朝倉先生は、いつもの部屋で次郎を迎《むか》えたが、そこには、これまで二階の白鳥会の読書室にあった大きなテーブルがすえてあり、そのまわりに座ぶとんが二、三枚しいてあるきりだった。次郎がはいって来るまで、先生はひとりで読書していたらしく、王陽明《おうようめい》の伝習録《でんしゅうろく》がテーブルの上にふせてあった。

「やっと発表になったよ。」

次郎を見ると、先生はすぐそう言って笑った。次郎は、お辞儀《じぎ》をしたきり、顔をふせてだまっていた。玄関《げんかん》をあがってここまで来る間に見た家の中の光景《こうけい》が、彼《かれ》の気持ちをはげしくゆすぶっていたのである。

「掲示《けいじ》はもう出たのかい。」

「はい。」

「とにかく変なさわぎにならなくてよかったね。」

「はい。」

「君《きみ》に大変《たいへん》骨を折ってもらったそうで、ありがとう。」

次郎はやっとまともに先生の顔を見た。先生もまともに次郎を見ていた。深く澄《す》んだ眼《め》の底から、愛情が白百合《しらゆり》のように匂《にお》って来るのを感じながら、次郎はたずねた。

「僕《ぼく》たちのやっていたこと、先生にもわかっていたんですか。」

「わかっていたよ、あらましのことは。」

「どうしておわかりだったんです。だれか生徒がおたずねしたんですか。」

「生徒は来ない。しかし、君のお父《とう》さんが何度《なんど》も来てくだすったんでね。」

「父が？……そうですか。」

次郎はちょっと意外だった。しかし、考えてみると、ありそうなことではあった。

「来ていただいては君のためによくないと思って、何度もそう申したんだが、お父さんは、「だいじょうぶだ。次郎も本筋《ほんすじ》だけは大してまちがっていないようだから」とおっしゃって、まるでとりあわれなかったんだ。」

次郎の眼はまたひとりでに伏《ふ》さった。重苦しいほどの幸福感で、急に胸がいっぱいになったのだった。

「荷物がこんなに早く片づいたのも、君のお父さんに何かとお世話を焼いていただいたおかげなんだよ。ながいことこの家に住んでいたんで、がらくたもだいぶたまっていたが、それも君のお父さんが一切《いっさい》引きうけて、古道具屋に売ってくだすったんだ。あんなことにもお心得《こころえ》があるんだね。」

次郎は幼《おさな》いころに経験した自分の家の売《う》り立《た》ての日のことを思い起こし、ちょっとほろにがい気持ちになったが、一方《いっぽう》では、そんな場合の父の超然《ちょうぜん》とした顔つきを想像して、何かユーモラスなものを感じた。

「父はそんなことには以前からなれているんです。」

「そうかね。元来《がんらい》商売のおじょうずなほうでもなさそうだが。」

「商売はへたです。ですから、きっと安く売ってしまったんでしょう。」

二人は声をたてて笑った。

「安くも高くも、とにかくがらくたの始末《しまつ》をつけていただいて助かったよ。それで、あとは、このテーブルと二階の君たちの文庫の始末なんだがね。」

「文庫はまだあのままですか。」

「あれは君たちのものなんだから。」

「でも僕たちの本はごくわずかしかないんです。たいていは先生のご本でしょう。」

「私にはもういらない本ばかりだ。あのまま残しておいて、これまでどおり君たちに読んでもらいたいと思っている。しかし、この家に残しておくわけにはいかんし、どこか適当なところに運んでもらわなくちゃならないんだ。どうだい、いっそ君の家に運んでは。」

「僕のうちにですか。」

次郎は眼を見はった。

「実は君のお父《とう》さんにも、ちょっとそのことをお話ししてみたんだが、べつに反対もされなかったようだ。しかし、君の考えをきいてみてからにしたいと言っていられた。……部屋はあるそうじゃないか。」

「二階を弟と二人で勉強部屋にしているんですが、それよりほかにはないんです。」

「その部屋は広いんだろう。」

「ええ、一間《ひとま》きりの総二階ですから、ばかに広いんです。しかし、天井《てんじょう》も何もない物置きみたいなところです。」

「天井なんか、どうだっていいよ、広くさえありゃあ。……このテーブルぐらいすえてもゆっくりなんだろう。」

「ええ、このぐらいのテーブルなら三つぐらいだいじょうぶです。しかし、みんなには不便《ふべん》でしょう、少し遠いんですから。」

「栴檀橋《せんだんばし》の近くなら、遠くたって知れたもんだ。学校からせいぜい三十分ぐらいじゃないかね。それにあの辺は空気もいいし、場所としてはここよりかかえっていいだろう。」

次郎にとっては、これは、しかし、かろがろしく返事のできることではなかった。白鳥会の文庫も、それが朝倉先生と直接に結びついていたればこそ意味があったのだ。それを自分の家に運んでみたところで、指導の中心を失った今となっては、大して用をなさないであろう。単に小さな図書館の役目をするだけのことなら、わざわざ遠い郊外まで行かなくても、もっと完全なのがこの町にもあるのだから。むろん白鳥会の命脈《めいみゃく》はたやしたくない。それには一定の集会所がほしいし、集会所を持つとすれば、この文庫も生きてくる。しかし、自分の家がはたしてその集会所に一番適したところであるかどうか。かりに適したところであるとしても、それをみんなに諮《はか》らないで、文庫だけを先に運んでしまうのはどういうものだろうか。彼はそんなふうに考えて、急には返事ができなかったのである。

朝倉先生も、何かちょっと思案《しあん》していたが、

「君、白鳥会は何とかしてつづけていってくれるだろうね。」

「それはむろんです。」

「しかし、君も、もうまもなく卒業だね。」

「ええ。」

次郎は心細そうに答えた。

「君や、新賀《にいが》、梅本《うめもと》がいる間はだいじょうぶだと思うが、四年以下の会員は、まだ何といっても、ほんとうの気持ちをつかんでいないので、来年あたりからのことを考えると、何だか心《こころ》もとなくなるね。」

朝倉先生にしては珍《めずら》しく沈《しず》んだ調子だった。次郎は返事をしないで、かすかなため息をついた。

「それで私は、だれか私に代《か》わって世話をやいてくれる人がほしいと思っているんだ。」

「そうしていただくと、僕たちも心強いです。しかし、そんな先生がありましょう

か。」

「学校の先生にはない。しかし、先生でなくてもいいわけだ。いや、先生でないほうがかえっていいんだよ。一つの学校に籍《せき》をおいている先生が中心になると、どうしても会員がその学校の生徒だけに限られることになるからね。」

次郎は、けげんそうな眼をして、朝倉先生を見た。

「実は、私は、これまでほかの学校の生徒たちにも加わってもらいたかったんだ。単に学生ばかりではない。働いている一般《いっぱん》の青年たちにも加わってもらったら、君たちのためにもどんなにいいだろう、と、いつもそう考えていた。身分とか、階級とか、職業とか、所属の団体とか、そういったものをいっさい超越《ちょうえつ》して、いろんな種類の人たちが、人間として真剣《しんけん》にぶっつかりあう。そんなところまで行かなくちゃあ、白鳥会も本《ほん》ものではないからね。しかし、そこまでは私も手がのびなかったんだ。手がのびなかったというのは、各方面にまじめな青年を求める機会がなかったというのではない。まじめな青年は幾人《いくにん》も見つかったし、誘《さそ》いこんでもみたさ。しかし誘いこまれるほうでは、やはり中学の先生と生徒の集まりだ、という先入観があるものだから、つい尻《しり》ごみしてしまうのだ。で、私はこの機会に、どこの学校にも直接関係のない人にお世話を願ったらと思っている。」

「しかし、先生のあとをついでやろうというほどの自信のある人がありましょうか。」

「自分でそんな自信があると名乗って出る人はまさかあるまい。しかし、もし私がこの人ならばと信じて頼《たの》んだとしたら、君らはその人を中心に気持ちよく白鳥会をつづけて行けるかね。」

「そりゃ行けますとも。そうなればみんなもきっと喜ぶでしょう。」

「もしその人が君のお父《とう》さんだとしたら?」

「え?」

「私は、君のお父さんに君たちの文庫をおあずけすると同時に、ぜひそのこともお願いしたいと思っているんだよ。」

「そんなこと、だめです。父は承知《しょうち》しません。僕も不賛成です。」

次郎は何も考える余裕《よゆう》がないほど狼狽《ろうばい》していた。で、ほとんど反射的《はんしゃてき》にそんな言葉が彼の口からつぎつぎに爆発《ばくはつ》したのである。

朝倉先生は、微笑《びしょう》しながら、

「君はお父さんをそんなに信用しないのかね。」

「だって、父は人を教えた経験なんかまるでないんです。本もそうたくさんは読んでいないんです。」

「問題は教育者としての経験じゃない。本を読んで得た知識なんかじゃむろんない。大事なのは人間だよ。」

「だって、……」

「君はお父さんを人間として信用しているはずだと思うが……」

「そりゃあ、……そりゃあ信用しています。」

次郎はどぎまぎして答えた。

「じゃあ、君が不賛成をとなえる理由はないよ。」

「僕、しかし、あんまり突飛《とっぴ》だと思います。」

「ちっとも突飛じゃあない。これほどあたりまえのことはないよ。」

「でも、みんなに笑われます。」

「君は君自身のお父さんだということにこだわっているからいけない。第三者として考えてみれば何でもないよ。新賀や梅本はきっと喜ぶだろうと思うね。……二人とも君のお父さんを知っているんだろう。」

「ええ、知ってはいます。」

次郎は気のりのしない返事をしながら、これまでに二人が何度も父にあい、そのたびごとにいい印象をうけたらしく、次郎に対してしばしば彼らの羨望《せんぼう》の気持ちをもらしたことを思いおこしていた。

「とにかく私にまかしておくさ。まもなくお父《とう》さんも見えるだろう。」

「今日《きょう》、父が来るんですか。」

「来ていただくようにお約束《やくそく》がしてあるんだ。」

ちょうど廊下《ろうか》に足音がきこえたが、それは奥さんが帰って来たのだった。次郎を見ると、

「あら、いらっしゃい。おひとり？　お父さんはどうなすって？　ごいっしょではありませんでしたの？」

「僕、学校のかえりなんです。」

「あら、そう。」

と、奥さんは朝倉先生のほうを向いて、

「ごあいさつまわり、すっかりすましてまいりましたの。やっぱりおひるぬきになりましたわ。」

「そうか、それはよかった。しかし、おかげで私もおひるぬきさ。」

「あら、おしたくはあちらにしておきましたのに。」

「わかっていたよ。しかし、あまり腹もへらなかったのでね。」

「じゃあ、果物《くだもの》でも。……今、帰りに買って来たのがありますから。」

と、奥さんは次郎のほうにちょっと眼をやりながら、

「あのう、本田《ほんだ》さんのお宅《たく》だけは、あすにのばしましたの。今日お父さんにいらしていただくのに、行きちがいになってもつまりませんので……」

「いいとも。私もどうせおうかがいしなけりゃならないし、都合《つごう》ではだれかに留守居《るすい》を頼んで、いっしょに行くことにしよう。私は、あす一日あれば、一般《いっぱん》のあいさつまわりは済《す》ませるつもりだ。そのあとで、夕方の散歩がてら、ゆっくりおうかがいするのもかえっていいね。」

次郎は、きいていてうれしかった。また、先生夫妻の手さばきのいいのに感心もした。が同時に、彼の頭に浮《う》かんで来たのは学校の送別式のことだった。彼は、先生夫妻をびっくりさせるほどの性急《せいきゅう》さでたずねた。

「すると、先生、学校の送別式はいつなんです。」

先生夫妻は顔を見合わせた。次郎は二人の眼つきから、直感的にある秘密《ひみつ》を見て取ったような気がした。彼はいよいよせきこんだような調子になり、

「まだ学校からは何ともいってこないんですか。」

「何ともいってこないことはないさ。」

朝倉先生は考えぶかく答えて、眼をふせたが、すぐ笑顔《えがお》になり、

「実は、私のほうで、まだはっきりした返事を学校にしていないんだよ。」

「どうしてです。」

「いつがいいか、それがまだ私にもはっきりしないのでね。」

「でも、ほかの方へのごあいさつまわりは、もうきまっているんでしょう。」

「そうだ。それは早くすましておくほうがいいんだから。」

「学校のほうはおそいほうがいいんですか。」

「おそいほうがいいというわけでもないが、なるだけうるさいことがないようにしたいと思ってね。」

次郎の頭には、馬田《うまだ》が提案した実乗院での送別会のことが浮かんで来た。

「もうだれか先生の送別会のことをいって来たんですか。」

「ああ、二、三日まえ、馬田とほかに二、三人、だしぬけにやって来て、そんな話をしていたよ。変なことを思いついたもんだね。」

「それはお断わりになったんでしょう。」

「むろん断わったさ。しかし、あの連中も罪《つみ》が深いね。まだ辞令《じれい》も出ないうちに、送別会の交渉《こうしょう》に来るなんて。しかも場所が実乗院と来ている。」

朝倉先生は奥さんと顔見合わせて愉快《ゆかい》そうに笑った。次郎は苦笑《くしょう》しながら、

「あんなこと、いけないと思ったんですが、どうせ先生がお断わりになるだろうと思って、僕もいいかげんに賛成しておいたんです。」

「まあ、まあ。」

奥さんはハンカチに口をあてて、しんからおかしそうに笑った。

「しかし、それをお断わりになったんなら、もうほかにうるさいことはないんでしょう。」

「そうでもなさそうだ。うるさいのは生徒ばかりではないからね。とにかく送別式は私の出発の日にやってもらいたいと思っている。式がすんだら、すぐその足で駅に行けるような時間にね。」

「え？」

と、次郎はおどろいたように朝倉先生の顔を見つめ、それから、奥さんのほうに視線《しせん》を転じた。しかし、二人ともすました顔をしている。

「いったい、いつごろご出発です。」

「あさって。」

と、朝倉先生は奥さんを顧《かえり》みて、

「だいじょうぶ、あさってはたてるだろう。」

「ええ、お二階の文庫さえ片づけば。」

次郎は眼をまるくして二人を見くらべていたが、急にくってかかるように言った。

「すると、僕たち白鳥会員はいつお別れの会をすればいいんです。」

「べつにあらたまってそんな必要もないだろう。」

「先生！」

と、次郎は泣き声になり、

「それは無茶《むちゃ》です。僕たちは、まだ、先生がこれからどんなお仕事をされるか、まるで知ってないんです。どこへ行かれるかも知ってないんです。」

「何をするかは、私自身にもまだはっきりわかっていない。行く先はひとまず東京だ。みんなには君からそう言っておいてくれたまえ。送別式の時には言うつもりではいるがね。」

「先生！」

次郎は叫《さけ》んでテーブルの上につっ伏《ぷ》した。両肩《りょうかた》が大きく波うっている。

「何も激《げき》することはない。小さなことにとらわれてはいかんよ。」

「小さなことじゃありません。」

「別れの会なんか、どうでもいいことだよ。もっと永久のことを考えてもらいたいね。」

「永久のことを考えるから、言っているんです。」

次郎はまだつっ伏したままである。

「そりゃ私も、みんなにもう一度集まってもらって、ゆっくり話しておきたいことがないではない。しかし集まらないほうがいいんだ。」

「どうしてです。」

次郎は、涙《なみだ》にぬれた眼をしばたたきながら、にらむように先生を見た。

「集まったために不幸を見る人が、君らの中から一人でも出てはならないんだ。」

朝倉先生の調子には、何か悲痛なものがあった。

次郎はテーブルの一点に眼をすえて黙《だま》りこんだ。その眼はしだいに乾《かわ》いて来た。乾くにつれて、つめたい異様《いよう》な光がその底から漂《ただよ》った。しばらくして、彼は、

「わかりました。」

と、庭ごしにじっと遠くの空を見たが、その口は固く食《く》いしばっており、頰《ほお》の筋肉はぴくぴくと動いていた。

「ばかばかしくても、ひかえるところはひかえていたほうがいいんだよ。何しろ、当

局の神経のとがりようはまるでヒステリーだからね。」

朝倉先生はなだめるように言ったが、

「しかし、こんな調子では、日本もいよいよけちくさくなるね。よほど君らにしっかりしてもらわなくちゃあ。」

次郎の食いしばった口は、いよいよ固くなるばかりだった。

「果物でも持ってまいりましょうね。」

さっきから心配そうに次郎の横顔をじっとのぞいていた奥さんは、気持ちをほぐすように立ちあがって、廊下《ろうか》に出た。が、すぐ、

「あら、どなたかいらっしゃったようですわ。」

と、小走《こばし》りに玄関のほうに走って行った。

玄関からはまもなくにぎやかな話し声がきこえて来た。奥さんがおどろいたように、しかし、しんからうれしそうに迎《むか》えているらしい声にまじって、二、三人の男の声がきこえた。その一人はすぐ俊亮《しゅんすけ》だとわかったが、ほかはちょっと判断がつかなかった。

朝倉先生と次郎は聞き耳をたてながら、眼を見あった。

「ひとりは大沢《おおさわ》の声のようじゃないかね。」

先生が言った。すると、次郎は飛びあがるように立って、廊下に出た。

「ちょうど次郎さんもお見えになっていますわ。」

そう言っていそいそと歩いて来る奥さんのうしろに俊亮、そのうしろに大沢と恭一《きょういち》とが、おそろしく日焼けのした顔を、よごれたシャツからつき出して、つづいていた。

「おめずらしいお客さまですわ。」

奥さんは、朝倉先生にそう言って三人を部屋に案内すると、いそいで台所のほうに行った。

俊亮は、座につきながら、

「私がちょうど出かけようとするところへ、恭一が大沢君をつれてだしぬけに帰って来たものですから、汗《あせ》もろくろく流させないで、いっしょにおうかがいしたわけなんです。」

そのあとしばらくは、みんなの間に、無量《むりょう》の感慨《かんがい》をこめた手《て》みじかな言葉がとりかわされた。しかし、話は次第《しだい》にこみ入《い》った。大沢と恭一とは、今度《こんど》の問題についてだれからも何の通知もうけなかったことについて不平を述べた。これには次郎がひとりであやまった。朝倉先生は、しかし、

「知らせなかったのは賢明《けんめい》だったよ。知らせたところで、どうせ何の役にもたたないし、あるいはかえって有害だったかもしれないからね。」

と言って笑った。

次郎が血書《けっしょ》を書いたり、終始一貫《しゅうしいっかん》ストライキ防止に骨を折ったりしたことについては、大沢も恭一も強く心をうたれたらしかった。しかし、大沢は言った。

「ストライキをくいとめたのはいいが、このままでは、学校はくさってしまうね。大事なのはこれからだと思うが、どうするつもりなんだ。」

すると、次郎が答えるまえに、朝倉先生が、なぜか叱《しか》るように言った。

「そういうことは、君のような第三者が立ち入らなくてもいいことだ。これまで渦中《かちゅう》にとびこんでさんざん苦労をして来た次郎君は、君らの想像以上に、ものを深く考えるようになっているからね。」

これには大沢もすっかり面《めん》くらった。しかし、大沢以上に面くらったのは次郎だった。彼は顔をほてらせながら、朝倉先生の顔と俊亮の顔とをぬすむように見くらべた。

そのうちに奥さんが菓子《かし》と果物を運んで来た。菓子は袋《ふくろ》ごと、果物は籠《かご》ごとだった。

「もうお茶の用意もできませんの。でも、すぐ氷が来ますから、しばらくがまんしてくださいね。」

そう言って奥さんは菓子の袋をやぶったが、中は丸《まる》ぼうろだった。果物籠からは、水《すい》蜜桃《みっとう》がみずみずしい色をのぞかせていた。

かなりの速度で、丸ぼうろと水蜜桃とがへって行った。氷がはこばれるころには、もうどちらも大かたなくなっていた。テーブルの上には、雫《しずく》が点々と落ち、その中央にひろげられた古新聞紙には水蜜桃の皮と種とが、ぐじゃぐじゃにつまれ、部屋じゅうがしめっぽく感じられた。

その間にも話はつきなかった。大沢と恭一と次郎とは、しきりに憲兵隊《けんぺいたい》や県当局に対する憤懣《ふんまん》をもらし、朝倉先生は、もっと大きな立場から時代を憂《うれ》えた。俊亮と奥さんとはいつも聞き役だった。そして、おりおり思い出しては荷物のことなどを相談していた。最後に話は白鳥会の文庫の始末と、会員の朝倉先生送別会のことに落ちて行った。文庫の始末については中心になる人の問題にはふれないで、ともかくも朝倉先生の提案どおり、いちおう次郎の家に運ぶことになった。恭一と次郎とは、あらかじめ会員に相談した上できめたいと主張したが、大沢は、朝倉先生の考えを名案《めいあん》だと言って賛成し、俊亮も、とりあえずのところ、そうするよりほかあるまい、と言って、しいて反対もしなかったので、わけなくきまったのだった。送別会のことでは、俊亮までが次郎たちといっしょになって、熱心に朝倉先生を説《と》いた。しかし先生は頑《がん》として承知しなかった。

文庫の運搬《うんぱん》は大沢と恭一とが引きうけて、あすのうちにとりはこぶことになった。

まもなくそろっておいとましたが、門を出ると、次郎はすぐ俊亮に言った。

「あすの夕方、先生は奥さんといっしょに、うちに来てくださるそうです。会員にもその時集まってもらってはいけませんか。」

俊亮は立ちどまってしばらく考えたが、

「そうか、じゃあちょっと待ってくれ。」

そう言って、彼はもう一度玄関に引きかえした。そして大方《おおかた》十分以上もたって出て来たが、

「よし、うまく行った。あすは先生に夕飯を差しあげる約束《やくそく》をして来たんだ。会員にも夕飯を食べないで集まるように言ってまわってくれ。」

大沢は眼をまるくして、

「しかし、会員全部だと三十人ぐらいはいますよ。」

「三十人？　そうか。しかしどうにかなるさ。鶏《にわとり》を四、五羽《わ》もつぶせば間《ま》にあうだろう。」

次郎はこのごろにない愉快な興奮《こうふん》を覚《おぼ》えた。会員にはあす学校でつたえてもおそくはないと思ったが、新賀と梅本の二人だけには一刻《いっこく》も早く知らせて喜んでもらいたかった。

「じゃあ、僕、これからみんなにそう言って来ます。」

彼はもう走り出しそうだった。

「会員が集まることは先生には内証《ないしょう》だから、そのつもりでね。」

「ええ、わかっています。」

俊亮は、次郎のうしろ姿《すがた》を見おくりながら声をたてて笑った。大沢も恭一もうれしそうに笑った。

一二　最後の晩餐《ばんさん》

朝倉《あさくら》先生夫妻は、翌日、約束《やくそく》どおり夕食まえに俊亮《しゅんすけ》の家にやって来た。二人とも、あいさつ回りの固くるしい服をぬいで、先生は浴衣《ゆかた》に袴《はかま》、奥《おく》さんは絽《ろ》に一重《ひとえ》帯《おび》という手軽ないでたちだった。

白鳥会員は、二、三の先輩《せんぱい》も加えて、もう二時間もまえに、ひとり残らず集まっていたが、きょう集まることになった事情はよく彼らにもわかっていたので、先生が見えるまでは姿《すがた》を見せないほうがよかろうという真面目《まじめ》な考慮《こうりょ》やら、だしぬけに現われて先生をおどろかしてやろうという茶目気《ちゃめけ》やらで、みんなそろって、栴檀橋《せんだんばし》から少し上流の、見とおしのきかないところで、水をあびていた。恭一《きょういち》は、二階で、きょう午前中に運びこんだ白鳥会の文庫の整理に夢中《むちゅう》になっており、大沢《おおさわ》と次郎と俊三《しゅんぞう》とは、背戸《せど》の井戸端《いどばた》で昼過ぎから取りかかった鶏《にわとり》の解剖《かいぼう》――それは大沢の表現だったが――のあと始末《しまつ》やら、畑の水まきやらで忙《いそが》しかった。また、お祖母《ばあ》さんとお芳《よし》とお金《かね》ちゃんとは、台所でてんてこ舞《ま》いをしていなければならなかった。で、先生夫妻がはいって来たときには、表《おもて》のほうはあんがいひっそりしていた。

出むかえたのは、ひとり茶《ちゃ》の間《ま》にいて、待ち遠しそうにそとばかり眺《なが》めていた俊亮だった。

夫妻はすぐ座敷《ざしき》にとおされた。

「はじめてあがりましたが、大変いい所ですね。」

「まったくの百姓家《ひゃくしょうや》です。見晴らしがきくのがとりえでしょうかね。今夜《こんや》は月ですから、ゆっくりしていただきましょう。」

「はじめての終わりに心臓強く構《かま》えますかね。」

あらたまったあいさつは、どちらからも言わず、そんな言葉がとりかわされた。夫人はただにこにこして、二人の言葉をきいているだけだった。

まもなくお芳がお茶を汲《く》んで出た。

「はじめまして。……どうぞごゆっくり。」

彼女は、ただそれだけ言って引きさがろうとした。俊亮もべつに紹介《しょうかい》しようともしない。

「奥《おく》さんでいらっしゃいますか。」

と、朝倉夫人が座ぶとんをすべって初対面のあいさつをしたが、くどくない、要領《ようりょう》のいいあいさつだった。

夫人のあいさつがすんだあとで、先生もあいさつした。

「ご主人には始終《しじゅう》ご厄介《やっかい》になっています。きょうは大変お手数をかけまして。」

そう言ったきりだった。

お芳は二人のあいさつに対して、「はい」とか「いいえ」とか「どうぞ」とか言うだけで、自分からはほとんど口をきかなかった。しかし、べつにまごついているようなふうでもなかった。かなり日にやけた頰《ほお》に、例の大きなえくぼが柔《やわ》らかいかげを作っているのが、先生夫妻の眼《め》には、いかにも素朴《そぼく》にうつった。

あいさつがすむと、もう古くからの知りあいでもあるかのような気安さが、二組の夫婦《ふうふ》の間に流れていた。

「すぐおビールにいたしましょうか、よく冷えていますけれど。」

お芳が言った。

「うむ。奥さんにはサイダーをね。……しかし、先生、ちょっと汗《あせ》をおふきになりませんか。風呂《ふろ》はわかしておりませんが、井戸端《いどばた》で行水《ぎょうずい》でも。」

俊亮が言うと、

「そう。では、ちょっと失礼します。しかし、井戸端より川のほうがいいんです。」

朝倉先生は、袴《はかま》をぬぐと、ひとりで表のほうに出て行った。

俊亮はそのうしろ姿を見おくりながら、何かおかしそうな、しかしいくぶん当惑《とうわく》したような表情をしていたが、その表情が消えると、すぐしんみりした調子で朝倉夫人に言った。

「何だかお別れするような気持ちがいたしませんね。」

「ほんとに。」

朝倉夫人は寂《さび》しく微笑《びしょう》した。お芳のえくぼが一瞬《いっしゅん》消えたように見えたが、彼女はそのまま台所のほうに立って行った。

十分もたたないうちに朝倉先生は帰って来た。その時にはもう、卓《たく》にはいく品《しな》かのごちそうがならんでいた。ぬれたビール瓶《びん》やサイダー瓶の周囲に、トマトや胡瓜《きゅうり》やオムレツの色があざやかだった。

「ながいことい て、一度も川にはいったことがありませんでしたが、ずいぶんつめたい水ですね。」

先生はそう言って袴《はかま》をはきだした。

「どうぞ袴はそのまま。」

と、俊亮が手で制すると、

「いや、行儀《ぎょうぎ》があまりよくないほうですから、袴をつけているほうがかえって楽なんです。」

座についてお芳にビールをついでもらいながら、先生はまた川のことを話題にした。

「この辺には水泳の禁止区域でもあるんですか。」

「いいえ、べつに。……何かあったんですか。」

「今、橋から一丁《いっちょう》ばかりかみ手《て》のほうで、大ぜい泳いでいましたが、私の姿を見ると、しめしあわしたように、大いそぎで逃《に》げだしてしまったんです。」

「変ですね。何かほかにわけがあったんでしょう。」

俊亮はむずがゆそうな顔をして答えた。

「あるいは中学生ではなかったか、とも思いますが、それにしてもあんなにあわてて逃げるのは変ですね。……恭一君や次郎君はうちにいますか。」

「ええ、いますとも。大沢君もいます。先生がおいでになるまえに、文庫や何か、すっかり片づけておくからと言って、はりきっていたようです。今にごあいさつに出るでしょう。」

それからお芳に向かって、

「先生がお見えのことは、わかっているだろうね。」

「さあ、どうですか。」

と、お芳はのんきそうに答えたが、すぐ立ちあがって、

「念《ねん》のため知らしてまいりましょう。」

まもなく恭一があわてたようにあいさつに出た。大沢と次郎がつづいてやって来た。俊三も次郎のうしろにすわってお辞儀《じぎ》をした。

文庫のことがまず話題になった。朝倉先生はすぐ二階の様子《ようす》を見たいと言ったが、俊亮が、

「どうせ今夜は二階で月見《つきみ》をやる計画ですから、その時にしていただきましょう。」

と、言ってとめたので、そのままになった。

そのあと、お芳に代《か》わって、次郎たちが代わる代わるお酌《しゃく》をした。話もかなりはずんだ。それは、しかし昨日とちがって、朝倉先生の問題にはあまりふれず、大沢と恭一との高等学校生活が話題の中心になった。俊亮も、ビールのせいか、口がいつもより滑《なめ》ら

かだった。彼はわかいころの政治運動の失敗談などをもち出して、みんなを笑わせた。

朝倉先生は、酒量はさほど弱いほうではなかったが、それでも俊亮の相手ではなく、四、五杯《はい》かたむけたあとは、コップにはいつもビールが半分ほど残っていた。

「あまりお強いほうではありませんね。」

俊亮はそう言って、無理にはすすめなかった。そして時には朝倉夫人にお酌《しゃく》をしてもらったりして、ひとりでぐいぐいコップを干《ほ》した。

「奥さん、ご迷惑《めいわく》でしょうがもうしばらくご辛抱《しんぼう》ください。きょうは月見がてら、ご飯《はん》はみんなでごいっしょにいただきたいと言っていますから。」

彼は注《つ》いでもらいながら、そんなことを言った。

ビールが四、五本もからになったが、日はまだあかるかった。俊亮は思い出したように次郎を見て、

「どうだい、もうそろそろ二階に移動してもいいころじゃないかね。先生もあまりおのみにならんし、おまえたちもひもじいだろう。」

「ええ、ちょっと見て来ます。」

次郎は変に眼で笑って座を立った。

それからまもなくだった。茶の間から座敷《ざしき》にかけての瓦廂《かわらびさし》を、人の歩くらしい音が、

ひっきりなしにきこえ、二階が何となくざわめきたって来た。静粛《せいしゅく》を保とうとする努力を、はずんだ肉体がたえず裏切っているといった音である。

俊亮と大沢とはずるそうに眼を見あった。恭一は少し顔をあからめてうなだれた。俊三もうなだれたが、しかし彼はこらえきれぬおかしさを押《お》しつぶそうとしているかのようであった。

朝倉先生夫妻は耳をそばだて、眼を光らせて、天井《てんじょう》を見た。

「何です、あの音は?」

朝倉先生は腰《こし》をうかすようにしてたずねた。

「きょうは、先生ご夫妻に、月見かたがた芝居《しばい》をご覧《らん》に入れる趣向《しゅこう》なんです。」

「芝居ですって?」

「筋書《すじが》きは次郎と私との合作ですがね。」

廂《ひさし》にはもう音がしない。二階のざわめきもしだいに落ちついて来た。

朝倉先生は、さぐるような眼をして、しばらく俊亮を見ていたが、

「生徒ではありませんか……白鳥会の連中でしょう。」

それはいかにも詰問《きつもん》するような調子だった。

「ご賢察《けんさつ》のとおりです。とうとう悪事《あくじ》露見《ろけん》ですかね。ははは。」

朝倉先生は、しかし、笑わなかった。そしてちょっと眼をふせて考えていたが、

「いいんですか、そんなことなすって？」

「よくも悪くも、人間の真実は押《お》し潰《つぶ》せませんよ。」

と、俊亮も真顔《まがお》になった。いくらか熱気をおびた眼が、じっと先生を見かえしている。

「しかし、当局の神経の尖《とが》り方《かた》は想像以上ですよ。」

「よくわかっています。しかし、そう何もかも遠慮《えんりょ》するには及《およ》びますまい。先生が白鳥会員と顔も合わせないでこの土地をお去りになるんでは、もうそれだけで、人間としての完全な敗北ですからね。」

朝倉先生は眼をつぶり、しばらく沈黙《ちんもく》がつづいた。すると朝倉夫人がいかにも心配そうに、

「でも、万一《まんいち》にも、そのために、生徒さんたちの中にご迷惑をなさる方がありましては。……主人はそれを心配いたしているのでございますが。」

「あるいは、一人ぐらいは迷惑するものがあるかもしれません。しかし、あるとすれば、それはおそらく次郎でしょう。」

朝倉先生は眼を見ひらいて、俊亮の顔を食《く》い入《い》るように見つめた。俊亮はその眼をさけるようにしながら、

「次郎は、しかし、そうなっても、決してうろたえはしないだろうと思います。」

またしばらく沈黙がつづいた。大沢と恭一と俊三とが、朝倉先生と俊亮の顔をしきりに見くらべている。先生はいよいよ不安な眼をして、

「次郎君自身で、何かそのことについて言ったことでもあるんですか。」

「ありません。しかし、次郎は、元来《がんらい》そんな子供なんです。」

「あとにひかない性質だということは、私にもよくわかっていますが……」

「いや、あとにひかないという点だけを申しているのではありません。次郎は、人間の真実というもののねうちを、だれよりもよく知るように育って来た子供なんです。むろん、何が人間の真実かということについては、以前はずいぶん判断を誤《あやま》ったこともありました。しかし、先生に教えていただくようになってからは、それもどうなり誤らなくなったように私は思います。これはまったく先生のおかげだと思っています。」

「それにしても――」

と、朝倉先生は、俊亮の最後に言った言葉には無頓着《むとんちゃく》なように、

「あなたはよほど大胆《だいたん》ですね。」

「きょうのやり方が無茶《むちゃ》だとおっしゃるんですか。」

「いや、そのことについてはもう何も申しません。こうなった以上、私もおとなしく

かぶとを脱《ぬ》ぎます。二階の生徒たちにも心よく会いましょう。しかし、次郎君をそんなふうにお育てになるには、親のあなたがよほど大胆だったと私は思いますね。」

「そうでしょうか。」

「あとさきを考える人には、とてもできないことです。」

朝倉先生の眼には、もう微笑が浮《う》かんでいた。

「しかし、あとさきを考えない点では、先生のほうが私よりずっとうわ手《て》ですよ。私には、まだ親もあり子もありますので、免職《めんしょく》になるような乱暴《らんぼう》なことは、めったにいたしませんからね。」

二人は大きく笑った。

「ほんとうですわ。」

と、朝倉夫人も、笑い声をたてた。

大沢は、それまであぐらをくんだ股《また》に両手をつっぱって、上体を乗り出すようにしていたが、だしぬけにどなるような声で言った。

「きょうはきっと、すばらしい白鳥会ができます。」

恭一はうなだれてふかい息をしており、俊三はじっと部屋《へや》のすみを見つめていた。ただお芳の顔だけが相変《あいか》わらずえくぼを見せたまま、無表情だった。

次郎が二階からおりて来た。今度《こんど》は大っぴらに階段からおりて来たのだった。彼はその場の光景《こうけい》を解《げ》しかねたように、立ったまま俊亮の顔を見た。

「もういいのか。」

俊亮のほうからたずねた。

「ええ、いいんです。」

次郎は朝倉先生のほうを見ながら答えた。

「先生も、もうびっくりはなさらないよ。」

朝倉先生の微笑をふくんだ眼が、まだつっ立っている次郎を見あげた。

次郎はきょとんとしている。

「じゃあ、ご飯は二階でみんなといっしょに差しあげます。」

俊亮が先に立って朝倉先生夫妻を二階に案内した。大沢たちもすぐそのあとにつづいた。

階段をのぼると、一《いっ》せいに拍手《はくしゅ》の音がきこえた。それは先生夫妻と俊亮とが席につき終わるまで鳴りやまなかった。

生徒は楕円形《だえんけい》の円陣《えんじん》をつくっていた。一番奥のほうに三枚だけ座ぶとんがしいてあったが、それが朝倉先生夫妻と俊亮の席だった。朝倉先生をまん中に、夫人と俊亮とがその左右にすわった。大沢たちは俊亮のつぎにすわったが、俊三だけは、少ししも手《て》の同級生のところに割《わ》りこんだ。

みんなのまえには、菓子袋《かしぶくろ》が一つずつおいてあり、ところどころに湯呑《ゆのみ》をのせた盆《ぼん》が置いてあった。拍手が終わったあと、しばらくは、いやにしんとしていた。

「あいさつや話はあとだ。まずめしにしよう。どうだい、すぐ運ばないか。」

俊亮は大沢たちを見て言った。それはみんなにもはっきりときこえるほどの声だった。

大沢はすぐ立ちあがろうとした。すると次郎が言った。

「先輩《せんぱい》はすわっていてください。僕《ぼく》たちで運びます。」

それからみんなのほうに向かって、

「四年と五年の諸君《しょくん》は手伝ってくれたまえ、飯《めし》や汁《しる》を運ぶんだから。」

大きい生徒たちがぞろぞろと立ちあがった。

「菓子袋はまだやぶいちゃいけないよ。あとで茶話会《さわかい》の時にたべるんだから。」

次郎はそう言うと、先に立って下におりた。あとに残った小さい生徒たちは、うつむいてくっくっといつまでも笑っていた。

朝倉先生はその間に部屋の様子を見まわした。文庫はちょうど自分のうしろに据《す》えてあり、きちんと整頓《せいとん》されていた。その右上の位置に「白鳥入芦花《ろか》」の額《がく》がかかっていたが、天井のない部屋の、低い桁《けた》にひもでつるし、下縁《したぶち》を壁《かべ》の中途《ちゅうと》に小さな横木《よこぎ》をわたしてささえてあったので、低すぎて、あまり見《み》ばえがしなかった。しかし、朝倉先生は、うれしそうに、しばらくそれを見ていた。良寛《りょうかん》の歌を書いた掛軸《かけじく》は文庫の左がわにつるしてあった。

そのうちに、大きな汁鍋《しるなべ》が二つと握《にぎ》り飯《めし》にたくあんや味噌漬《みそづけ》を盛《も》りあわした、鉢《はち》や、重箱《じゅうばこ》や、切《き》り溜《だ》めなどが十ちかくも運びこまれた。汁鍋は釜敷《かまし》きを置いて、二か所に据えられ、鉢や、重箱や、切り溜めは、適当の距離《きょり》をおいて、古ぼけた畳《たたみ》のうえにじかに置かれた。

二、三人が箸《はし》と椀《わん》を配ってあるいた。

先生夫妻と俊亮のまえだけには、会席膳《かいせきぜん》が置かれたが、それには箸と何もはいっていない椀や皿《さら》がのせてあるきりだった。

給仕《きゅうじ》はお芳とお金ちゃんの役目だった。二人はめいめいに給仕盆を自分の膝《ひざ》のうえに立て、階段から上がりたてのところにきちんとすわって、さっきからの様子を見ていたが、みんなの席が定まると、すぐ立ってお椀に汁をもりはじめた。

「みなさん、どうぞ。お米のほかはみんなうちでできたものばかりです。分量だけは十分用意してありますから、たらふくめしあがってください。」

一《ひと》とおり汁が行きわたると、俊亮が言った。

「いただきます。」

朝倉先生が、これまで白鳥会でおりおり会食をやった時の例にしたがって、まず箸をとった。

しばらくはだれも無言《むごん》だった。そとの光はもう薄墨《うすずみ》をぬったようになっており、一つきりの電灯《でんとう》がかげを作って、みんなの横顔をてらしはじめた。そのうすぐらい光の中を、汁をすする音が入りみだれて、若い人たちの食欲の旺盛《おうせい》さを物語った。

鶏汁《とりじる》、――それも、汁というよりは煮《に》しめといったほうが適当なほど、ふんだんに肉をたたきこんだ鶏汁、それをたらふく吸《す》う機会は、彼らのうちの最も富裕《ふゆう》なものにも、そうたびたびめぐまれるものではない。暑い盛《さか》りに熱い汁をふるまった俊亮の知恵の足りなさを、彼らのうちに万一にも笑ったものがあったとすれば、それはおそらく、その生徒が、慢性《まんせい》の胃腸病にでも取りつかれていて、とうに若さを失った証拠《しょうこ》でしかなかったであろう。

暮色《ぼしょく》がふかまり、電灯の光がそれに比例して次第《しだい》に明るく感じられだしたころには、彼らの腹も相当《そうとう》ふくらんで来た。腹がふくらんで来ると、もう食べることばかりには専《せん》念《ねん》していなかった。あちらこちらに雑談の花が咲《さ》き、警句《けいく》がとび、笑い声が湧《わ》いた。一時間まえに、次郎の思いつきで、裏手の廂《ひさし》に梯子《はしご》をかけ、三十人もの生徒たちが、足音をしのばせてこの二階にはいりこんだ時の光景や、そのまえに、朝倉先生の裸姿《はだかすがた》を橋の下に見つけて、大《おお》あわてで水にもぐりこんだり、逃《に》げだしたりした時の光景やが、彼らの断片語《だんぺんご》によって、次第に浮彫《うきぼ》りにされて来た。こうした場合の、頭のいい青年の断片語というものは、ちょうどすぐれた彫刻家《ちょうこくか》の鑿《のみ》みたような役目をするものなのである。

朝倉先生夫妻も、俊亮も、腹をかかえて笑った。そして三人の笑い声がきこえるたびごとに、彼らの興味は、しだいに食うことよりも話すことのほうにうつって行くらしかった。

本来ならば、憤激《ふんげき》にはじまり憤激に終わるべき性質のこの集まりが、こうした愉快《ゆかい》な空気の中でその序幕《じょまく》を切ったということは、だれの頭にも計画されていなかった一つの偶然《ぐうぜん》であったかもしれない。しかし、その偶然も、幾羽《いくわ》かの鶏《にわとり》の犠牲《ぎせい》なくしては生まれなかったとすれば、その鶏を犠牲にした本田《ほんだ》一家の、とりわけ俊亮の知恵は、たといそれが無意識の知恵であり、それも一つの偶然にすぎなかったとしても、決して軽視されてはならないことだったのである。

食事が終わると、また次郎の音頭《おんど》で、鍋やその他の食器が階下に運ばれ、菓子袋がきちんともとの位置にもどり、土瓶《どびん》が四、五か所に配置された。

やがて大沢が立ちあがった。

「きょうはいつもとちがった特別の集まりなので、少し形式ばっているが、司会みたいなことを僕にやらしてもらいます。」

そうまえおきして、彼は、まず、きょうの会合をひらくにいたったいきさつを述べ、俊亮の骨折《ほねお》りと好意に対して深い感謝の意を表《ひょう》した。それから朝倉先生送別の辞《じ》にうつったが、彼の言葉は、じっくりと落ちついていた。激越《げきえつ》な調子になりそうだと、しばらく声をのんで、自分を制するといったふうだった。その中で、彼はストライキ問題にもふれたが、その時だけは、声を大にして、次郎や新賀《にいが》や梅本《うめもと》のとった態度を賞讃《しょうさん》した。最後に彼は、さっき座敷できいた朝倉先生と俊亮との対話をひいて、つぎのように結んだ。

「いろいろの事情をのりこえて、人間の真実が終始一貫《しゅうしいっかん》生かされて来たことは喜びにたえません。白鳥会員は、人間の真実を生かしたという点で、みごとな勝利者であります。もしキリスト教徒がキリストを十字架上《じゅうじかじょう》に仰《あお》ぐことによって真に人生の勝利者になったとすれば、われわれもまた朝倉先生を権力という十字架の上に仰ぐことによって、人生の勝利者になったといわなければなりません。そして、この勝利の源《みなもと》が、朝倉先生の崇高《すうこう》なご人格にあることはいうまでもありませんが、また、使徒《しと》の中の使徒としての本田、新賀、梅本の三君の殉教的《じゅんきょうてき》努力が、さながら宝玉《ほうぎょく》の如《ごと》く光っていることを忘れてはなりません。そして、われわれが特に感銘《かんめい》を深くするのは、さっき申しました本田君のお父《とう》さんのお言葉であります。もし本田君のお父さんの、ああした切実なお言葉がなかったとすれば、われわれは、あるいは、この最後の晩餐《ばんさん》なしに朝倉先生とお別れしなければならなかったかもしれないのであります。その点で、僕たちは本田君のお父さんに対して、ごちそうに感謝する以上に感謝しなければならないと思います。」

拍手の嵐《あらし》をあびて大沢はすわった。さすがにいくらか興奮《こうふん》したらしく、顔をあからめてしばらくうつむいていた。それから、ふと気がついたように、あわてて朝倉先生のほうに上体をのり出し、

「どうぞ、はじめに先生から、何か……」

朝倉先生はすぐうなずいた。しかし、なかなか立ちあがらなかった。立ちあがる代わりに、腕組《うでぐ》みをして眼をつぶった。部屋じゅうの眼がしいんと先生を見つめている。一分たち、二分たち、おおかた三分もたったころ、先生はやっと眼を開いたが、やはり立とうとはしない。先生のまつ毛《げ》はいくらかぬれていた。それはみんなの気のせいではなかった。先生は見ひらいた眼を二、三度しばたたいたあと、すわったままで、ぽつりぽつりと話しだした。その中には次のような言葉があった。

「私は、つい一時間まえまでは、諸君と今夜こうして集まることができようとは少しも思っていなかった。それは、私自身、集まるまいと決心していたからだ。」

「集まるまいと決心していた間は、諸君に言っておきたいことが山ほどあるような気がしていたが、現にこうして集まってみると、ふしぎに何も言うことがないような気がする。これは、おそらく、この集まりが、すみからすみまで人間の真実にみたされているからだと思う。真実にみたされた世界では、言葉というものはあまりその必要がないものなのだ。」

「私が諸君と集まるのをさけたのも、私の人間としての真実であった。それは諸君の真実とはまるで正反対の方向をとっていた。しかし両者の間に矛盾《むじゅん》はない。それはいずれも人間の真実だからだ。両者は光と闇《やみ》のようなものではない。いずれも光で、ただその位置を異《こと》にするだけだ。光の交錯《こうさく》は決して闇の原因にはならない。それどころか、それはあらゆる場所から闇を退散させる力なのだ。人間は、だから、それぞれの位置において真実であればいい。いや、それよりほかに道はないのだ。諸君と私とは、方向のちがった真実を胸に抱《いだ》いて、現にこうして照らしあっているし、将来もながく照らしあうだろう。」

先生は、そんなことを言ったあと、また眼をつぶった。話が終わったようには思えない。みんなの眼も、耳も、先生の顔に集中している。

月がのぼりかけたらしく、ほのぼのとした明るさが、庭木をてらしはじめた。

しばらくして先生はつづけた。

「諸君と一堂《いちどう》に集まる機会は、おそらくこれが最後だろう。しかし、諸君のうちのだれかとは、きっと再びどこかで会えるだろうと期待している。その時、諸君がどんなふうに成長しているかを見るのは、私にとって何よりの楽しみだ。だが、同時に、私には一つの大きな心配がある。それは時代の変化ということだ。諸君と再び会うのが、五年さきになるか、十年さきになるかわからないが、そのころには、時代は今とはずいぶんちがっているだろう。あるいは恐《おそ》ろしいほどの変化を見せているかもしれない。しかもその変化は、私の考えるところでは、決していいほうへの変化ではないのだ。――」

それまで眼を畳《たたみ》の一点におとしてじっときき入っていた次郎は、何かにはじかれたように、急に眼をあげて先生を見た。

彼は、五・一五事件が起きて二、三日もたたないある晩《ばん》、ひとりで先生をたずねたことがあったが、その時、先生が、いつにもない沈痛《ちんつう》な顔をして、張作霖《ちょうさくりん》の爆死《ばくし》事件以来、柳条溝《りゅうじょうこう》事件、上海《シャンハイ》事変、満州建国とつぎつぎに大陸に発生した事件の真相を説明し、もし日本がこのままの勢いでおし進むならば、道義《どうぎ》日本のめんぼくはまるつぶれになるであろう。そして国際的にはまったく孤立《こりつ》の状態に陥《おちい》り、国内的には一種の暗黒時代が来るにちがいない。その結果、国運は隆盛《りゅうせい》になるどころか、あるいは百年の後退を余儀《よぎ》なくされるかもしれない、とまで極言《きょくげん》したことを思いおこしていた。

（先生は今夜思いきって、みんなにそのことを言おうとしていられるのだ。）

そう思うと、彼は何か秘密な会合にでも臨《のぞ》んでいるような気になり、一瞬《いっしゅん》、息をつめ、先生のつぎの言葉に耳をそばだてながら、みんなのそれに対する反応を読もうとして、眼を八方《はっぽう》にくばった。

先生は、しかし、次郎の予想に反して、そうした現実の問題には何ひとつふれず、ごくあっさり話を片づけてしまった。

「時代がいいほうに向いていないということについては、いろいろ説明しなければならないこともあるが、今夜は私はそれについて何も言いたくない。言ってもどうにもならないことだし、言わなくても、いずれは諸君が身をもって体験することだと思う。」

次郎は「おや」という気がして、もう一度先生を見た。先生も、ちょうどその時、次郎のほうに視線《しせん》をそそいでいた。

「しかし、――」

と、先生は次郎から眼をはなし、

「念のため、ただ一《ひと》ことだけ言っておきたいことがある。それは、国民の良心が完全にねむらされる時代が来るということだ。このことは、あるいは国民の多数が気がつかないでしまうかもしれない。諸君もよほどしっかりしていないと、おそらくそれに気づかないでしまうだろう。それは、悪い時代のいろいろの現象に追いたてられて、国民の頭が、自分でも気づかないうちに狂《くる》ってしまうからだ。しかし、日本にとってこれほど危険なことはない。何が悪い時代だといって、国民の良心が眠《ねむ》らされる時代が来るほど悪い時代はない。そういう時代には、善と悪とがあべこべになり、光栄《こうえい》と恥辱《ちじょく》とがその位置をかえ、一時的な喜びのために永遠の喜びが台なしにされ、野心家《やしんか》が権力の地位についで真の愛国者を牢獄《ろうごく》につなぐ、というようなことになりがちなものだ。諸君は今そういう時代を迎《むか》えようとしている。いや実はもうそういう時代に一歩も二歩も足をふみこんでいるのだ。私が今度諸君と会う時には、諸君はそういう時代に相当もみぬかれたころだと思うが、その時諸君の良心がはたして健全であるか、あるいは大多数の国民と同様、眠らされてしまっているか、それを見るのが、私にとっては一つの興味でもあり、また恐怖《きょうふ》でもあるのだ。むろん、諸君の良心が健全であろうとなかろうと、時代は行くところまで行くだろう。それは必至《ひっし》の勢いだ。少数の力をもってはもうどうにもならないほど時代は傾《かたむ》いてしまっている。その傾きを直そうとしてあせればあせるほど、かえってその下敷《したじ》きになるばかりだとさえいえる。だから、諸君の良心も今は時代を直すには大して役にはたたない。しかし、時代が極度《きょくど》に傾いてしまって、――あるいは転覆《てんぷく》してしまって、といったほうが適当かもしれないが、――それ以上傾きようがなくなる時代が、五年か十年かの後にはきっとやって来るにちがいない。その時こそ、どんなに眠らそうとしても眠らなかった自由な良心が、目に見えて役にたつのだ。おそらくそういう最悪の時には、大多数の国民は、ただ途方《とほう》にくれて右往左往《うおうさおう》するばかりだろう。ながいこと目《め》かくしをされていた良心では、その目かくしをとり去られても、急にはものの見わけがつかないからだ。そうした国民の間にまじって、彼らを励《はげ》まし、同時に、はっきりと彼らに将来の方向を示してやることは、どんな脅迫《きょうはく》にも屈《くっ》しないで良心の眼《め》かくしをはねのけ、はっきりと時代の罪過《ざいか》を見つめて来たものだけにできることなのだ。私は、何年かの後に、そういう諸君と再会し、そういう諸君と手をたずさえて歩いてみたいと心から期待している。私は、今は、時代に反抗《はんこう》するようなあらわな活動を何も諸君にのぞんでいない。今は、いや、時代が極度に傾いてしまって、それ以上傾きようがなくなるまでは、むしろしずまりかえって、ただ諸君の良心の自由を守ることに専念してもらいたいと思っているのだ。」

先生の眼と次郎の眼が、また期《き》せずして出っくわした。次郎の眼は、そのまま釘《くぎ》づけにされたように、先生の顔をはなれなかった。先生は、かろくその視線をはずして二、三度またたきした。そしてちょっと何か考えていたが、

「しかし、良心の自由を守るということは、決してなまやさしいことではないのだ。ことに君らのような純真《じゅんしん》な青年が、どこもかしこも麻酔薬《ますいやく》をふりまかれているようなこれからの時代に、それを守ることは、容易《ようい》ではない。いったい、良心がその自由を失うというのには二つの場合がある。その一つは、権力におもねったり、大衆にこびたり、利害にまどわされたりして、心の底では悪いと知りつつ良心にそむく行動をする場合であり、もう一つは、知性を曇《くも》らされ、判断力をにぶらされて、自分ではべつに悪いことをしているつもりでなく、むしろ良心的なつもりで、とんでもない間違《まちが》った行動をする場合だ。諸君は第一の場合のような意味で良心の自由を失うことはよもやあるまいと思う。それは信じてもいいと私は思っている。しかし安心できないのは、第二の場合だ。国家のためだ、などとだれかが声を大きくしてどなると、諸君のような純真な青年は無反省にすぐそれに共鳴したがる。それが良心をねむらす麻酔薬の一滴《いってき》であっても、それにはなかなか気がつかない。今の時代がじりじりと悪くなって行くのは、実にそうした煽動家《せんどうか》のどなり声《ごえ》に原因がある場合が非常に多いのだが、かえってそれを憂国《ゆうこく》の叫《さけ》びだと思いこんでしまう。また、大きな下《くだ》り坂《ざか》にも時にはちょっとした上《のぼ》り坂《ざか》があるように、

苦しい時代にも、時には有望らしく見える事件が起きる。すると、それでもう時代は上り坂になり、その事件が日本の無限の発展を約束《やくそく》してでもいるかのような錯覚《さっかく》に陥《おちい》ってしまう。例えば、――」

と、先生はちょっと口ごもって考えた。が、まもなく思いきったように、

「たとえば、ついこないだの満州建国だ。あれはなるほど、いちおうは日本の大発展を約束しているかのように見える。五族協和《ごぞくきょうわ》とか王道楽土《おうどうらくど》とかいう言葉も、非常に美しい。それだけを切りはなしてみると、これほど道義的ではなやかに見えることはない。そこでそのはなやかさに酔《よ》ってしまって、あとさきを考えてみる良心的な努力がお留守《るす》になる。建国のために置かれた礎石《そせき》ははたしてゆるぎのない道義的なものであったか、どうか。それは汚《よご》れた手で置かれたものではなかったか。もしそうだとすれば、それはずるずると血の泥沼《どろぬま》にすべりこみ、結局は日本までをその泥沼の中に引きずりこむのではないか。いやなことをいうようだが、真に冷静で良心的な国民なら、そういうことまで考えてみなければならないと思うのだが、それがなかなかむずかしい。つまり、表面の現象に欺《あざむ》かれて知性が眠り、判断力がにぶり、良心がその自由を失ってしまうからだ。純真な青年ほど、そうした過失に陥りやすいのだから、よほどしっかりしてもらわなくてはならない。私がお別れするにあたって諸君に言い残すことは、ただこの一点だ。つ

まり美しい言葉や表面の現象に欺かれて良心を眠らせることがないように、たえず知性をみがき、判断力をたしかにして、ものごとの真相を見きわめてもらいたい、というのが私の諸君に対する最後のお願いだ。」

先生は、そこで、しばらく、遠くの小さい生徒たちのほうに眼をやっていたが、

「私が今言ったようなことは、下級生の諸君には十分にはわからなかったかもしれない。しかし諸君が白鳥会員であるかぎり、今すぐにはわからなくても、上級生との交わりを通しておいおいわかって来るだろう。上級生の諸君もどうかそのつもりで、これからの白鳥会を運営してもらいたい。お調子にのらないで、あくまでも冷静に、物《もの》ごとの真相を見きわめ、そこから行動の基準をさがしだす。そういう訓練《くんれん》は、これまでもお互《たが》いにやって来たことだが、それをつづけてさえもらえば、下級生の諸君にも、私がさっき言ったようなことが自然にのみこめて来る時があるだろうと思う。」

先生は、そう言って、またちょっと言葉をとぎらした。そして、ちらと俊亮の横顔をのぞいたあと、口《くち》もとにいくらか微笑をうかべながら、

「えらい固くるしい話をしたが、これが私の置きみやげだ。しかし、もう一つ、置きみやげがある。それは、五、六日もまえから、こころ用意だけはしていたが、今夜君らとこうして会えるとは思っていなかったし、いつ、どこで、どうして諸君のまえに差し

だしたものか、迷っていたところだ。ところが、はからずもこういう機会が恵まれたので、さっそく差しだすことにしたい。それは、私に代わって、この白鳥会を指導していただく先生だ。」

弱い電灯《でんとう》の光と、淡《あわ》い月の光との交錯《こうさく》する中で、みんなの眼が一《いっ》せいに光った。恭一と次郎とは、あわてて視線を先生からみんなのほうに走らせたあと、顔を伏《ふ》せた。朝倉夫人は微笑しており、俊亮《しゅんすけ》は泰然《たいぜん》としている。

「置きみやげと言ってははなはだ失礼だし、先生というのはあるいは少しあたらないかと思うが、その置きみやげにしたい先生というのは、実は、こちらにいらっしゃる本田君のお父《とう》さんだ。お名は、もう存じあげている人もあるだろうと思うが、俊亮さんとおっしゃる。」

みんなの眼はいよいよ光って俊亮のほうに注《そそ》がれ、恭一と次郎とはまるで罪人のように顔をふせた。俊亮は相変わらず泰然としている。

「私が本田君のお父さんとおちかづきになったのは、ごく最近のことで、私の今度のことが問題になってから、私の家をおたずねくだすったのがはじめてだ。だから時間的にはごく短いおちかづきにすぎない。しかし私は、これまで私が交わっただれよりも信《しん》頼《らい》申しあげることができるような気がする。失礼な申しようだが、私は、もう一人の私、それもこれまでの私よりかずっと実社会に人間の真実を生かしている私を、本田君のお父《とう》さんに、見いだしたような気がしている。文庫のほうは、取りあえずというので、諸君が見るとおり、すでにこちらにお預けしてあるんだが、私は、同時に白鳥会員としての諸君の身柄《みがら》をも、こちらにお預けして、本田君のお父さんに、諸君の良心の自由を守っていただきたいと思っているのだ。本田君のお父さんには、まだはっきりしたご承諾《しょうだく》はいただいていないが、しかし、諸君がここでお願いさえすれば、きっとご承諾くださるだろうと思う。」

先生の言葉はまだつづきそうだった。しかしそのまえに、

「ぜひお願いします。」

と、叫《さけ》んだものがあった。それは梅本だった。すると、新賀と大沢とがほとんど同時に拍手した。拍手はそのまま上級生から下級生のほうにつたわって、しばらく鳴りやまなかった。恭一と次郎とは相変わらず顔をふせたまま、ちぢこまるようにしており、俊三だけが、あきれたような、しかし、どこかふざけたような眼つきをして、まともに俊亮のほうを見ていた。

俊亮も、さすがに、もう泰然とはしていなかった。彼は、自分のほうを見て微笑している朝倉先生の顔にちょっと眼をやったが、すぐその眼でみんなの顔を一《ひと》わたり見まわ

した。その眼は怒《おこ》っているようでもあり、笑っているようでもあり、無表情のようでもある妙《みょう》な眼つきだった。それから浴衣《ゆかた》の袖《そで》をまくって、そのまるっこい二《に》の腕《うで》を右の手のひらで二、三度なでたあと、ぶっきらぼうに言った。

「よろしい。ひきうけましょう。しかし、ひきうけるについては一つの条件があります。それは、私は先生ではないのだから、諸君に先生と呼ばれては困るのです。私の希望では、小父《おじ》さんと呼んでもらいたいのだが、それが承知《しょうち》ならひきうけましょう。」

一せいに拍手が起こった。どの顔も笑顔《えがお》である。朝倉先生夫妻もしんからうれしそうに俊亮の顔をのぞいた。笑わなかったのは恭一と次郎だけであったが、二人とも、もう顔はふせていなかった。

拍手がやむと、大沢があらためて俊亮に何か話すように求めた。

俊亮は一《いっ》たんかぶりをふったが、すぐ、何か思いあたったように、大きくうなずいた。そして、大沢がまだ十分尻《しり》をおちつけないうちに、言いだした。

「私の商売は養鶏《ようけい》です。これからは君らの小父さんにもなるわけだが、それは私の商売ではない。だから、君らのお世話をやくよりか、自然鶏《にわとり》の世話をやくほうが多かろうと思う。むろん、朝倉先生のように朝から晩まで君らのことばかり考えているというわけにはいかない。かりに考えても、ろくなことは考えないだろうと思う。だから考えないことにする。鶏のことは一所懸命《いっしょけんめい》に考えるが、君らのことはあまり考えないことにする。こう言うと、人間より鶏を大事にするようだが、そうでない。自分の商売でもないことを、あまり立ち入って考えたら、かえって君らの人間をだめにするだろうと思うから、考えないつもりである。つまり、君らの人間を大事に思うから考えない。そう思っていただきたい。もっとも、君らのほうから何か相談ごとがあったら、それは君らの小父《おじ》さんとしていくらでも相談にのる。鶏のことはほっておいても相談にのるつもりである。相談にのるというのは、むろん教えることではない。相談はあくまでも相談だ。第一、私は先生ではないから教えることはできん。しかし、みんなといっしょになって話しあうことならできる。だから、いつでもひっぱり出してもらいたい。まあ、私にできることはそんなことですが、どうでしょう、朝倉先生、それでは先生のあとつぎにはなれませんかな。」

俊亮はくそまじめな顔をして朝倉先生の横顔をのぞいた。朝倉先生は、さっきからにこにこして俊亮の話をきいていたが、

「結構《けっこう》ですとも。私もこれまで、それ以上のことは何もやって来なかったんです。みんなで考える。みんなが勇敢《ゆうかん》にもなり、謙遜《けんそん》にもなって正しい考えを生みだす。そういうところに、白鳥会の精神がありますからね。」

「よくわかりました。では、ついでにもう一つ――」

と、俊亮は、またみんなのほうを向いて、

「これは商売がら言っておくが、私は鶏がかわいい。つぶしてたべたいとはめったに思ったことがない。また、片っぱしからつぶしていては商売にならない。だから、今夜のようなことは、そうたびたびあることではない。あるいは二度とないことかもしれない。万々一《まんまんいち》にも、諸君の中に、鶏をごちそうしたために私をいい小父さんだと思っている人があるとすると、その人はきっと失望するにちがいない。それはあらかじめ断わっておく。なぜ私がこんな変なことをわざわざ言うかというと、それは白鳥芦花《ろか》に入る会が、鶏肉胃袋《けいにくいぶくろ》に入る会になってしまっては、先生に対して申しわけないと思うからだ。もっとも、鶏を飼《か》うのは結局は人間のためなんだから、ほんとうに人間の役にたつと思えば、いくらかわゆくとも、またまるで商売にはならなくとも、いつでもそれを犠牲《ぎせい》にする肚《はら》は私にもある。今夜もそのつもりで幾羽か犠牲にしたわけだ。今ごろは多分諸君の腹の中で、諸君の朝倉先生に対する真実と溶《と》けあって、鶏もいい気持ちになっていることだろう。」

俊亮はそう言って哄笑《こうしょう》した。俊亮の笑い声につれて、みんなも笑った。しかし、その笑い声には変に固いところがあり、何かにつきあたったように、ぴたりととまった。大きい生徒たちの中には頭をかいているものもあった。

「いいことを言ってくださいました。」

と、朝倉先生はかるくうなずくようにしたが、そのまま眼をおとして、しみじみとした調子で言った。

「おたがいに真実を生かしあう、それほど真実なことはない。そうした真実の持ち主が何人かおりさえすれば、日本もきっと救われる時があるんだ。おたがいに、きょうの本田さんの真実を忘れないようにしたいものだね。」

しばらく沈黙《ちんもく》がつづいた。月の光が、窓の近くの生徒たちの坊主頭《ぼうずあたま》を、うしろからぼんやりてらしている。

「では、これから会員の自由な感想発表にしたいと思いますが、そのまえに、きょう新入会員が一人できましたから紹介します。」

大沢がそう言って、俊三のほうをみた。俊三はちょっと顔をあかくして頭に手をやったが、すぐ立ちあがった。すると大沢が言った。

「本田俊三君、四年生です。上級の人はもうみんな知っているだろうと思うが、次郎君の弟です。これまでは白鳥会を多少軽蔑《けいべつ》していたようですが、きょう次郎君や僕といっしょに鶏を解剖《かいぼう》しているうちに、入会する気になったんです。小父《おじ》さんがさっき言われた、鶏肉胃袋に入る会のつもりで入会したのかもしれませんが、将来見込《みこ》みはあるつもりです。」

どっと笑い声がおこった。俊三はただやたらに頭をかいていたが、ひどくてれているようなふうでもなかった。そして笑い声がいくらかしずまるのをまって、すこし肩《かた》をいからせながら言った。

「僕は、きょう、大沢さんと鶏の解剖をしながらいろんなことで議論しましたが、たいてい負けました。そして大沢さんのような人が白鳥会に感心しているなら、僕も感心してもいいという気になりました。それで入会することにしたのです。鶏をたべたかったからではありません。どうぞよろしく。」

また、笑い声がどっと起こった。その笑い声の中で俊三はいったんすわりかけたが、また立ちあがって俊亮のほうを見た。そしてずるそうに微笑しながら、

「小父さんも、どうぞよろしく。」

みんなはころげるようにして腹をかかえた。朝倉先生夫妻も俊亮の顔を横からのぞきながら、声をたてて笑っている。俊亮もつい吹《ふ》きだしたが、

「おまえや次郎には、やはり父《とう》さんと呼んでもらいたいな。それが人間の真実というものだよ。」

笑い声は、それでまた一《ひと》しきり高くなった。しかし、それはそうながくはつづかなかった。真実という言葉は、それがどんな場合につかわれようと、もうみんなの心には、何か犯《おか》しがたい力をもって響《ひび》くようになっていたのである。

「では、いよいよ会員の自由発言にします。だれからでも遠慮《えんりょ》なくやってくれたまえ。せんべをかじりながら始めよう。」

大沢が、そう言って、自分のまえの菓子袋をやぶった。するとほうぼうでも菓子袋のやぶれる音がきこえ、土瓶《どびん》と茶碗とが移動しだした。

そのざわめきの中で、最初に発言したのは梅本だった。彼はかなりくわしく今度の事件の経過を説明し、その間に次郎と新賀とが演じた役割《やくわり》を物語って、みんなを傾聴《けいちょう》さした。

梅本につづいて新賀が発言したが、彼は主として朝倉先生を失ったあとの学校の将来を論じて会員の自覚《じかく》と奮起《ふんき》とを促《うなが》し、最後に、先生の代わりに俊亮を迎《むか》えることができたことについて、心からの喜びを述べた。

そのあと、つぎつぎにいろんな生徒が発言したが、たいていは朝倉先生や白鳥会からうけた彼ら自身の過去の感銘《かんめい》や、将来に対する覚悟《かくご》についてであった。過去の感銘の中には、具体的で印象の深いものもあったが、将来の覚悟ということになると、いずれも

ぼんやりした抽象的《ちゅうしょうてき》な言葉が多かった。下級の生徒たちは、あまり発言しなかった。発言してもたいていは、

「これから、小父《おじ》さんや上級生の教えに従ってしっかりやります。」

という程度《ていど》以上に出なかった。ただひとり、二年の生徒でこんなことを言ったものがあった。

「僕は、きょう、良心の自由という言葉と人間の真実という言葉とを覚えました。僕は、これから、どんな時にも、この二つの言葉と、僕たちのために死んでくれた鶏のことを思い出したいと思います。」

朝倉先生や俊亮をはじめ、上級の生徒たちは、いいあわしたように、その生徒の顔を見つめた。

「あの生徒はM少将《しょうしょう》の息子《むすこ》です。ご存じでしょう、M少将のことは。」

朝倉先生が、そっと俊亮の耳にささやいた。俊亮はうなずいて、いっそう注意ぶかくその生徒の顔を見つめた。

M少将というのは、満州事変が起こるころまで、陸軍省内に重要な地位を占《し》めていたが、事変について省内で何か激《はげ》しく論争したため、急に予備役に編入されたという噂《うわさ》のある人だったのである。

た。

M少将の息子の発言が終わると、それまで沈黙をつづけていた次郎が、急に口をきっ

「僕はいま、M君の言葉をきいたとたん、なぜか、僕がこの会に入会してまもないころの、ある夕方のことが、はっきり眼にうかんできたので、それを話すことにします。」

そう前おきして、彼は、文庫の両側にかかっている「白鳥入芦花《ろか》」の額と、良寛《りょうかん》の歌――「いかにしてまことのみちにかなはなむちとせのなかのひとひなりとも」――の掛《かけ》軸《じく》とに眼をやりながら、いつもにないしんみりした調子で話しだした。それは、彼がまだ一年生のころ、朝倉夫人と二人きりで、その額と軸とを前にして、いろいろと問答《もんどう》をした日のことだった。

彼の話は、かなり写実的だった。その時の周囲の光景、たとえば窓の日《ひ》ざしがどんなぐあいだったとか、卓の上にはどんな花瓶《かびん》がのっており、それにどんな花が活《い》けてあったとかといったようなことから、夫人がその時着ていた着物の色のことまで、記憶《きおく》をたどって話した。そして、その時ふたりの間にとりかわされた対話も、できるだけ直接話法を用いようと努力した。ことに夫人が、最後に、「芦《あし》の花って真白《まっしろ》でしょう、その真白な花が一面に咲《さ》いている中に、真白な鳥がまいこんだというのですわ。」と言って微笑し、「もうこれでおしまい、ほほほ。」と謎《なぞ》のような笑い声をのこして階下におりて行

ったところなどは、まったくその時の夫人の言葉そのままだった。

「僕が、その時のことを、どうしてこんなにはっきり思い出すことができるのか、僕自身にもふしぎなくらいですが――」

と、次郎は朝倉夫人のほうに眼をやりながらつけ加えた。

「それには理由があると思います。今から考えると、僕がほんとうに迷い、ほんとうに物ごとを深く考えるようになったのは、その時からのことです。それに、僕は、これも今から考えてのことですが、その時はじめて、ほんとうに知性のゆたかな聡明《そうめい》な婦人の愛情というものを味わうことができたと思います。僕はこのことがあって以来、奥さんのどんなお言葉からも、また、僕を見られるどんなお眼の光からも、何かの教えと愛情とを汲《く》みとることができるようになりました。その意味で、僕は奥さんをぬきにしては白鳥会を考えることはできません。白鳥会から奥さんを失うことは、僕にとっては、先生を失うことと同じように大きな打撃《だげき》であります。諸君の中にも、いや、おそらく諸君のすべては、僕と同様の感じを抱《いだ》いていることと信じます。朝倉先生に対する感謝の言葉は、さっきからの諸君の発表でもうつくされていると思うので、僕は、僕らにとって聖母マリアであり、観音菩薩《かんのんぼさつ》であり、そして真に白鳥そのままの役目をつとめていただいた奥さんに感謝する意味で、僕のこの思い出を発表した次第であります。」

これまでにない力のこもった拍手がおこった。先生夫妻はうなだれており、夫人の眼には涙《なみだ》さえ光っていた。

かなり間《ま》をおいて、夫人はうなだれたまま、低い、しかし、はっきりした声で言った。

「ただ今の次郎さんのお言葉をうけたまわりまして、私、まったく恥《は》ずかしくなってしまいました。あの時のことは、私もぼんやりおぼえていますが、あれは、おてんばの私が、つい出しゃばったことを申したにすぎないのでございます。……ただ私は、みなさんとおちかづきになるのが何よりの楽しみでございました。ごぞんじの通り、私には子供がございませんものですから、みなさんのようなお若い方を見ると、ただもうお親しくしていただきたくて、しかたがございません。それで、つい時々おてんばなまねをしてみたくなるのでございます。みなさんに何かお教えするの何のって、私、考えてみたこともございません。どうか、これまでのことを、そう深く大《おお》げさにおとりにならないようにお願いいたします。私といたしましては、みなさんに、これまで叔母《おば》か姉みたいように親しんでいただいたことが、ただもううれしくてならなかったのでございまして、私からこそ、みなさんにお礼を申しあげなければならないのでございます。……あすは、もうご当地におわかれするのでございますが……」

夫人は鼻をつまらせた。そしてしばらく言葉がつづかなかったが、急に顔をあげて涙《なみだ》

のたまった眼をしばたたき、強《し》いて微笑をうかべながら、

「何だかめいってしまいますので、これでよさしていただきます。その代わりに、これは私の最後のおてんばでございますが、次郎さんが、いつか私に、どなたにも秘密だとおっしゃって、こっそり見せていただいたお歌をすっぱぬくことにいたします。それは、こういうお歌でございます。」

そう言って夫人はつぎの歌を二度ほどくりかえした。

われをわが忘るる間なし道行けば硝子戸《ガラスど》ごとにわが姿見ゆ
それから、また言葉をつないで、

「次郎さんは、このお歌は、白鳥会の精神とはまるであべこべな心の秘密をうたったもので、人に見せるのは恥ずかしい、とおっしゃいました。なるほど一ときも自分を忘れることができないということは恥ずかしいことでございます。けれど、考えてみますと、たいていの人は、そんな人間でございます。そして、そんな人間でありながら、そのことに気がつかないで、いい気になっているものでございます。それこそなお一《いっ》そう恥ずかしいことではございますまいか。私は、次郎さんのこのお歌を拝見いたしました時に、はっとそのことに気がついたのでございます。自分を忘れることのできない自分の醜《みにく》さに、悩《なや》みを感じないでは、白鳥会の精神も何もあったものではないと、そう思い

まして、私がそれまで、あんまりいい気な人間であったことに、はっきり気がついたのでございます。そのあと、私は何かにつけ、次郎さんのこのお歌を、良寛さんのお歌といっしょに、心の中でくりかえすことにいたしております……。次郎さんの秘密のお歌をすっぱぬいて、おてんばをするつもりなのが、つい自分のざんげ話のようなことになりまして、またまいりそうな気持ちになってまいりました。これで失礼さしていただきます。」

みんなの視線は、夫人と次郎とに半々にそそがれていた。そしてやや間《ま》をおいて思い出したように拍手が起こった。次郎はあごを胸にめりこませるようにして顔を伏せていた。

そのあと、大沢の音頭《おんど》で座をくずし、みんな窓の近くによって、月を見ながら雑談することにした。

月はもうかなり高かった。満月をすぎてわずかに欠けはじめた光の塊《かたまり》が、横長くひいた雲のへりを真白《まっしろ》に光らせて、その上に浮《う》いていた。稲田《いなだ》ははろばろとけぶり、土手《どて》の松並木《まつなみき》はくろぐろとしずまりかえっている。

それからの話題はまったくさまざまだった。むろん、みんなが一《ひと》かたまりになって話すというのではなかった。あるいは三人、あるいは五人と、それぞれにちがった話題をとらえて議論もし、冗談《じょうだん》も言いあった。そして、彼らの複雑な感情が、あるところでは興奮に、あるところでは高笑いに、またあるところでは沈黙に、彼らをさそいこむのだった。しかし、朝倉先生夫妻や俊亮が何か言いだすと、どのかたまりも、自分たちの話をやめて、そのほうに耳を傾けるといったふうであった。

そうした雑談の中で、かなりながい間みんなの注意をひきつけたのは、恭一の高校生活の話だった。彼はそれまで一度も発言しなかったという理由で、上級の生徒たちにわざわざその話を求められたのだった。大沢もそれにはおりおり口をはさんだ。しかし、主として話したのは恭一だった。学寮《がくりょう》における自治生活の話がその大部分で、自主的に、いろいろの面から共同生活を建設して行く楽しみを語った。そして最後に彼はこんなことを言った。

「そりゃあ中には学生の特権だなんていって、どうかと思うようなことを主張するものもいるし、その結果、一般《いっぱん》社会の物笑《ものわら》いになるようなこともあるにはあるさ。しかし、とにかく、みんなの意見を総合して、自主的に自分たちの生活を組み立てて行っている点は、何といっても高校生活の一大特長だよ。第一それでこそ人間がほんとうの意味でねられて行くんだからね。命令服従の関係だけで、形をととのえるために人間を機械化しているこのごろのいわゆる錬成《れんせい》とは比較《ひかく》にならんよ。もっとも最近では、高校にもそろそろ錬成の風が吹きこんできたようだ。もし高校がその風に吹きまくられるようになったら、何もかもおしまいだね。これは高校生だけの問題じゃない。高校がそうなることは将来の日本の指導層《しどうそう》がそうなることであり、したがって日本全体の問題だと僕は思うんだ。そこで、僕、いつも考えていることなんだが、僕たち高校生としては、高校生活そのものに、そんな風が吹きこむすきを作らないようにしなければならない。それには、まず第一に、僕たち自身が、学生の特権なんていう一般社会に通用しない観念から、完全に脱却《だっきゃく》することが必要だし、第二には、識見《しきけん》の高い、情操《じょうそう》のゆたかな、人間として十分尊敬《そんけい》に値《あたい》する先生に、顧問格《こもんかく》になってもらって、いつも、僕たちの人間修行《しゅぎょう》なり自治生活なりの基礎《きそ》になるような、いろんなヒントを与《あた》えてもらうことが必要だ。僕はそんな考えで、学寮でたびたび意見をのべてみたこともあるが、残念なことには、現在の僕たちの学校の様子では、そのどちらも見込みがなさそうだ。学生の側では、学生の特権をすてるのも、先生の指導をうけるのも、自治に矛盾《むじゅん》すると勘《かん》ちがいしているし、先生の側では、どの先生も君子《くんし》危《あやう》きに近よらずで、早晩《そうばん》お上《かみ》から錬成《れんせい》の風が吹いて来るのを心待《こころま》ちにしている、といったような状態だからね。もし全国の高校がこの調子だと、あるいは諸君が高校にはいるころには、もうほんとうの意味の高校生活なんてどこにもなくなっているかもしれない。僕は、それを思うと、諸君がたとい中学時代だけでもこうして白鳥会にはいって、いわゆる錬成でない、ほんとうの人間修行をやっていることは非常な幸福だと思うよ。」

みんなの解散したのは十一時に近かった。解散するまえに、朝倉先生の東京における新しい住所がみんなの手帳に書きこまれた。

恭一、次郎、大沢の三人も、先生夫妻を見おくって、土手を大《おお》かた二丁《ちょう》ほど歩いたが、わかれぎわに先生は、三人の手を代わる代わる握《にぎ》って、言った。

「そのうち、きっと、君らといっしょに何か大事な仕事をやる機会が来そうだ。私にはそんな気がしてならない。」

三人は、めいめいに先生のこの言葉の意味を味わいながら、黙々《もくもく》として帰った。月はみがきあげたように光っていたが、三人ともそれを仰《あお》ごうともしなかった。

一三　送りの日

朝倉《あさくら》先生の送別式は、翌日の午後、型《かた》どおりに行なわれた。それはまったく型どおりであった。何かにおびえたような、きょときょとした花山《はなやま》校長の態度と、生徒たちの顔をたえずさぐるように見まわしていた西山《にしやま》教頭や曽根《そね》少佐《しょうさ》の眼《め》が、いくらか生徒たちの嘲笑《ちょうしょう》と反感とを招《まね》いたというほかは、何のへんてつもない、きわめて平凡《へいぼん》な送別式であった。朝倉先生は、ほんの三分ばかり、これまでのどの先生の告別《こくべつ》の辞《じ》よりも形式的だと思われるようなあいさつをしたにすぎなかったし、生徒を代表して平尾《ひらお》が述べた送別の辞も、どの先生にも適するような、お定《さだ》まりの言葉の羅列《られつ》にすぎなかった。また、全校生徒が特別に一円ずつ醵金《きょきん》して贈呈《ぞうてい》するはずであった記念品も、まだ用意ができていなかった。そして、送別式がすんで、生徒たちがまだ講堂《こうどう》から出きらないうちに、朝倉先生は、もう、玄関《げんかん》に待たしてあった人力車にとびのって、駅のほうへ急いでいたのであった。

送別式に何かの波瀾《はらん》を予想し、興味本位《きょうみほんい》でそれを期待していた生徒たちも決して少なくはなかった。彼《かれ》らは、見送りのために校庭に集合しながら、くちぐちに言った。

「つまんなかったなあ。……朝倉先生、もっと何か言うかと思っていたよ。」

「僕《ぼく》は、先生の最後の雄弁《ゆうべん》をきくつもりで張りきっていたんだが、がっかりしたね。」

「なんだか、ばかにされたような気がするね。」

「うむ。しかし、校長はほっとしたんだろう。」

「校長を安心させて、僕たちを失望させるって法《ほう》はないよ。」

「朝倉先生も今日《きょう》はどうかしていたね。」

「妥協《だきょう》したんじゃないかな。」

「そうかもしれん。でなけりゃあ、もう少しぐらい何か言うはずだよ。」

「しかし、辞職《じしょく》してしまってから妥協したって、何にもならんじゃないか。」

「これからさきのことを考えたんだよ、きっと。」

「ふうん、そうかもしれんね。」

「このごろは、一度憲兵《けんぺい》ににらまれた人は、よほどおとなしくしないと、日本国じゅうどこに行ってもにらまれるそうだからね。」

「そんなこと、だれにきいたんだい。」

「曽根少佐が言ってたよ。」

「なあんだ、やっぱり蟇《がま》の言ったことか。」

「あいつだれにでもそんなこと言うんだね。僕もきいたよ。」

「朝倉先生も、ひょっとすると蟇におどかされたのかもしれないね。」

「まさか。」

「しかし、朝倉先生の豹変《ひょうへん》ぶりは、とにかくおかしいよ。あれじゃあ、先生がいつも言っていた信念なんて、あやしいものだね。」

次郎は、そんな対話を耳にして、なさけなくも思い、腹もたった。しかし彼は先生のために弁解《べんかい》してみる気には、少しもなれなかった。どうせ衆愚《しゅうぐ》というものはそんな程度《ていど》のものだ。そう思って、心の中で冷笑《れいしょう》していた。

駅の見送りには、生徒たちは一人も歩廊《ほろう》に入らず、駅から東寄りの線路の柵外《さくがい》に整列して見送る慣例《かんれい》になっていた。八百の生徒がせまい地域に整列するので、距離《きょり》も間隔《かんかく》もない一《ひと》かたまりの集団になるよりほかはなかった。五年が最前線だった。次郎はその右《う》翼《よく》から五、六番目のところに位置していた。

彼は、柵《さく》にからだをよせかけながら、何度《なんど》も腕時計《うでどけい》を見た。東京行き連絡《れんらく》の急行は、三時五分発になっていた。あと十五分、十分、七分、と、時計の秒をかぞえながら、周囲のさわがしさの中に、ひとりで寂《さび》しさを味わっていた。

生徒たちの中には、いつのまに用意したのか、小旗《こばた》などをもっているものもあった。彼らは、もうさっきからそれをふりまわして、兵隊でも送る時のようにはしゃいでいた。それが彼をいっそうさびしくさせた。彼は、自分が小旗を用意しなかったことを悔《く》やむ気になど少しもなれなかった。しんみりと、落ちついて、ふかく物を考えながら先生を見送りたい。彼はそんな気持ちで一《いっ》ぱいだった。

きっかり三時。あと五分。先生ももう歩廊に出られたにちがいない。そう思って彼は上《のぼ》りの歩廊に眼を走らせた。しかし、そこは彼の位置からはかなり遠かった。ただ手荷物をさげたたくさんの人がこみあっているのが見えるだけだった。

まもなく列車がすべりこんだ。上りの歩廊は、その列車のかげにかくれて、もうまるで見えない。機関車が威圧《いあつ》するようにこちらをにらんで、大きな息をはいている。

彼は、その機関車に眼をすえているうちに、ふと、もうこのまま先生と視線《しせん》をあわす機会がないのではないか、という気がした。むろん先生は、車窓《しゃそう》から顔を出して生徒たちにあいさつされるにちがいない。だから、自分のほうから先生のお顔が見えることはたしかである。しかし、それだけでは物足《ものた》りない。先生にも自分のほうを見てもらいたいのだ。それは何も、自分がここで先生を見おくっているのを認《みと》めてもらいたいためではない。そんなことはどうでもいいことだが、ただ、先生の眼と自分の眼とが出っくわす瞬間《しゅんかん》が、もう一度ほしい。先生の眼だけではない、奥《おく》さんの眼とも……。

彼のこの願いは、ほとんど衝動的《しょうどうてき》だった。それでいて何か無視できない厳粛《げんしゅく》な願いのように感じられた。もしその一瞬《いっしゅん》が得られないで汽車が遠のいてしまうとしたら、……彼はそう思っただけでも、もう何もかもがめちゃくちゃになる気さえした。

彼は急に、それまで寄りかかっていた柵をはなれ、右側にならんでいた五、六人の生徒をおしのけるようにして、最右翼《さいうよく》に出た。そこは小さな倉庫みたような建物で限られており、それ以上生徒のならぶ余地《よち》はなかったが、倉庫と柵との間には、やっと人ひとり歩けるほどの空地《あきち》があった。彼はその空地を一間《いっけん》ほどはいりこむと、柵の一番上の横木《よこぎ》に飛びのり、片足を建物の板壁《いたかべ》にかけてつっ立った。それから、右手に帽子《ぼうし》、左手によごれた手拭《てぬぐ》いをつかみ、何か信号でもやりそうな姿勢《しせい》になった。それは生徒の中のよほどの飛びあがりものでもなければやらないしぐさだった。生徒たちは、それを見てやんやとはやしたてた。彼は、しかし、生徒たちのさわぎにはまるで気がついていないかのように、ただ一心《いっしん》に列車のほうを見つめていた。

列車はまもなく発車した。

機関車が生徒たちのまえを通るころは、速力はまだごくのろかった。しかし、客車が二台三台と通るにつれて、それは次第《しだい》にまして行った。次郎がつぎつぎに近づいて来る客車の窓を注意ぶかく見つめていると、五台目の中ほどの窓から、あわてたように上半身を乗り出した人があった。それはまぎれもなく朝倉先生だった。そしてその同じ窓から、夫人も窮屈《きゅうくつ》そうに、顔だけをのぞかせていた。

次郎は夢中《むちゅう》になって帽子と手拭いをふった。列車はもうかなりの速度を出していたので、先生夫妻の顔が生徒たちの並《なら》んでいるまえを通るのはすぐだった。二人は何度も何度も顔をあげさげして、生徒たちに会釈《えしゃく》した。しかし、一人はなれている次郎には、まだ気がついていないらしい。

「先生!」

次郎は二人の顔が自分の直前に来る少しまえに、たまりかねたように叫《さけ》んだ。それも、しかし、車輪の音と群集の叫び声との中では、何のききめもなかった。二人の眼は、依《い》然《ぜん》として生徒の群《むれ》にそそがれたまま、二間、三間と通り過ぎて行った。

「せーん、せーい。」

次郎は、もう一度根《こん》かぎりの声で叫び、帽子と手拭いをにぎった両手を、上体ごと、大きく左右にふった。

すると、夫人がやっと彼に気がついたらしく、視線がぴたりとあった。次郎には、夫人の眼が悲しげに微笑《びしょう》しているように思えた。

先生の眼は、しかし、まだ生徒たちの群にそそがれたままである。彼はもうだめだと思った。その瞬間、夫人の白い手がだしぬけに窓からのびて、彼のほうを指《ゆび》さした。先生に注意をうながしたものらしい。

やっと先生の眼が彼のほうに注《そそ》がれた。彼の胸は悦《よろこ》びにおどった。双方《そうほう》の視線は針金《はりがね》のように結びついた。しかし、次郎にとって、それは何という不思議な瞬間だったろう。彼は、先生の眼から、これまでかつて見たことのない、険《けわ》しい、つめたい光がほとばしっているのを見たのである。

彼の視線は、石をぶっつけられた電線のようにふるえた。しかし、眼をそらしてしまうには、それは彼にとってあまりにも貴重《きちょう》な瞬間だった。先生の最後の眼、それがたとい彼の予期《よき》したものとはまったくちがった眼であったとしても、いや、ちがった眼であればあるほど、それを最後まで凝視《ぎょうし》することが、いまは彼の宿命ともいうべきものだったのである。

先生の眼は次第《しだい》に遠ざかった。険《けわ》しい眼なのか、あたたかい眼なのか、そしてその視線がどこに注がれているのかさえ、もうまるで判別がつかないほど遠ざかった。けれども、次郎の眼は一心にそれを追った。

最後に次郎は、男の顔とも女の顔とも見わけのつかない二つの顔が、線路のゆるやかなカーヴのうえで次第にかすめ取られ、ついにまったく消えうせたのを見た。

彼は、それでも、まだ、茫然《ぼうぜん》として列車のあとを見おくっていた。帽子と手拭いとをにぎっていた彼の両手は、もう、だらりと柵の上にたれていた。

彼が柵をおりたのは、列車が町はずれの小さな鉄橋を渡《わた》りおえてまったくその影《かげ》を没《ぼっ》してから、おおかた二分近くもたったあとのことであった。

生徒たちの群《むれ》は、もうその時にはほとんど散っていた。そして、がらんとなった空地《あきち》に、配属将校《はいぞくしょうこう》の曽根少佐が、四、五人の生徒を相手に、何か立ち話をしていた。次郎は見たくないものを見たような気がした。それは、生徒の一人が馬田《うまだ》だということに気がついたからであった。

曽根少佐は馬田たちと話しながら、眼だけはたえず次郎のほうに注いでいるらしかった。次郎は、まだその時までに左手ににぎったままでいた手拭いを、あらためて腰《こし》にさげ、帽子をかぶって、服装《ふくそう》をととのえたあと、曽根少佐のほうに近づいて挙手《きょしゅ》の礼をした。少佐はすぐ答礼《とうれい》したが、いつもの歯をむき出したあいそ笑いはしなかった。そして次郎がそばを通りぬけようとすると、

「あっ、本田《ほんだ》、ちょっと待合室で待っていてくれないか。用があるんだ。今すぐ行くからね。」

と、いかにも急に用事を思い出したかのような調子で言った。

次郎は、不快というよりか、何か不潔《ふけつ》な感じがした。しかし、強《し》いてこばむこともできず、すぐ待合室に行って空《あ》いた席に腰をおろした。

腰をおろした彼は、曽根少佐の用事はいったい何だろうと考えた。馬田との立ち話もいくらか気になった。しかし、そんなことよりも彼にとって大事だったのは、朝倉先生の最後の眼だった。その眼がすべてを押《お》しのけて、彼の眼底《がんてい》にちらつきだした。

険しい眼だった。朝倉先生の眼とは思えないほどつめたい、険しい眼だった。それは訣別《けつべつ》の悲哀《ひあい》を物語る眼だったのか。断じてそんなものではない。先生の眼が、そんなことで、あんなにつめたく、あんなに険しくなろうとは、とうてい想像もできないことなのだ。

ではあの眼は何を意味する眼だったのか。――彼は急に、あの時の自分のしぐさを省《かえり》みて、ひやりとした。

飛びあがりもの！　ただ自分をめだたせたいばかりに、ひとり列をはなれて軽業師《かるわざし》のようなまねをしていた飛びあがりもの！　そんなことは、馬田のような生徒でもめったにやらないことではないか。白鳥会員として自分はいったいこれまで何をして来たのだ。ご本尊《ほんぞん》の朝倉先生のお見送りをするというのに、このざまはいったいどうしたことなのだ。

彼はそう考えて、自分が今何のために待合室のベンチに腰をおろしているのかさえ忘れていた。

すると、うしろから軽く彼の肩《かた》をたたいたものがあった。はっとしてふりかえると、曽根少佐が、その大きな口に真白《まっしろ》な前歯を見せて立っていた。

「きょうはどうしても君《きみ》にたずねておかなくちゃならんことがある。しかし、こんなところではぐあいがわるい。もう一度学校に引きかえしてもらうか、それとも、わしの家に来てもらうか、どちらでもいいんだが……」

「学校のほうがいいんです。」

次郎は少佐がまだ言葉をきらないうちに答えた。

「そうか、しかし、学校だと、今からじゃかえって目《め》だつぞ。」

「目だってはわるいんですか。」

「わしはかまわんが、君が……」

「僕もかまわんです。」

次郎は何かやけくそのような気持ちになって答えた。

「そうか、じゃあ、学校に行こう。」

二人は待合室を出た。一丁《いっちょう》ほど、どちらからも口をきかないで歩いていたが、少佐はすぐ近くの街角《まちかど》を指さしながら、

「わしの家は、あれからはいって五分ほどのところだがね。どうだい、わざわざ学校まで行かんでも、わしの家に来ては。学校ではもうお茶ものめんし、それに今ごろは小《こ》使《づか》いが職員室を掃除《そうじ》しているころだろう。」

次郎は、少佐が何で自分をそれほど自宅につれて行きたがるのか、わからなかった。

それには何かいやしい魂胆《こんたん》があるのではないかと思った。で、是《ぜ》が非《ひ》でも学校に引きかえしたいという気でいた。しかし、また一方《いっぽう》では、皮肉《ひにく》とも好奇心《こうきしん》ともつかぬ一種の感情がうごいていた。それに、自分がもし近い将来に、学校革新《かくしん》のために戦う機会が来るとすれば、少佐が何を考え、何を生徒に要求しようとしているのか、その本心をできるだけくわしく知っておく必要がある。それには自宅に行ってゆっくり話すほうがいいのかもしれない。そんな気もした。彼は、そうした考え方に何か不純《ふじゅん》なものを感じながらも、つい答えてしまった。

「お宅がそんなに近いなら、行ってもいいんです。」

「来てくれるか。」

少佐は歯をむき出してにやりと笑った。そして、

「それがいいんだ。それがいいんだ。なあに、たいていのことは、固くならないで話しあってみれば、わけなく解決することなんだよ。それが学校でだと、お互《たが》いにそうはいかんのでね。」

と、先に立って街角をまがった。

少佐の住居は、古風なこの町の建物にしては珍《めずら》しく洋間のついた家だった。次郎はすぐその洋間に通された。彼は個人の家の洋間などまだ一度も中にはいって見た経験がな

かったので、ちょっとまごついた。入り口に棒立《ぼうだ》ちになって室内を見まわしていると、少佐は上衣《うわぎ》をぬいで長椅子《ながいす》にほうり投げながら言った。

「窓ぎわがすずしくていい。その籐椅子《とういす》にかけたまえ。」

それから、奥のほうに向かって、

「おうい、学校の生徒さんだ。何かつめたいものを持ってこい。」

と、大声で叫んだ。

次郎は言われるままに少佐と向きあって籐椅子にかけたが、その部屋《へや》にまだなれないせいもあって、よけいに落ちつかない気持ちだった。

彼は一《ひと》わたり室内を見まわした。セットや装飾品《そうしょくひん》のよしあしは彼には皆目見当《かいもくけんとう》がつかなかったが、それでも何かまぶしいような感じをうけた。そして、これまで訪《たず》ねた中学校の先生たちの貧乏《びんぼう》ったらしい家の様子《ようす》にくらべて、何というちがいだろう、学校の先生と軍人とでは、こんなにも生活にひらきがあるのだろうか、と思った。

「君、上衣をぬげよ。あついだろう。」

少佐が言った。

「僕、シャツを着てないんです。」

「かまわん。はだかになるさ。どうせきょうはすっぱだかで話してもらいたいんだだからね。ははは。」

次郎は眼を光らせて少佐を見たきり、固くなっていた。

そこへ、はでな浴衣《ゆかた》を着た、三十五、六の肥《ふと》った女の人が、盆《ぼん》にサイダー瓶《びん》とコップとをのせてはいって来た。

「いらっしゃい。……はじめての方ですわね。」

盆をテーブルの上にのせながら、そう言って、彼女《かのじょ》は次郎と少佐とを見くらべた。

「うむ、はじめてだ。本田っていうんだ。五年の錚々《そうそう》たる人物だよ。」

「あら、そう。よくいらっしゃいましたわね。」

次郎は二人になぶられているような気がしたが、素直《すなお》に立ちあがってお辞儀《じぎ》をした。お辞儀をしながら見た少佐夫人の顔には、白粉《おしろい》がこってり塗《ぬ》られており、まるっこい鼻の頭には脂《あぶら》が浮《う》いていた。

「何かたべるものを持って来いよ。」

「ええ、すぐ。」

夫人が二人にサイダーをついだあと引っこむと、少佐はいかにも得意《とくい》そうに言った。

「家内《かない》は兵隊を非常にかわいがるほうだが、兵隊よりは学生のほうがもっと好きらしいんだ。わしが配属将校になったんで大喜びさ。」

次郎は不愉快《ふゆかい》になるばかりだった。やはり学校のほうに行けばよかったと思った。で、ついでもらったサイダーにも口をつけず、むっつりしていた。

そのあと、夫人が何度も出はいりして、羊《よう》かんやら西瓜《すいか》やらを運んで来たが、そのたびごとに、少佐は、これまでに訪ねて来た生徒たちのうわさをもち出して、夫人との間に冗談《じょうだん》まじりの会話をとりかわすのだった。それは、いかにも、自分たちが生徒に親しまれているのを次郎に示したがっているかのようであった。その中にはこんな対話もあった。

「しかし、こないだのすき焼き会には弱ったね、暑くて。」

「ほんとに、八畳《じょうま》の間に三つも七輪《しちりん》を置いたんですもの。生徒さんて、夏も冬もありませんわね。この暑いのに、わざわざすき焼きをおねだりなさるなんて。」

「わしらも、士官《しかん》学校時代には、真夏《まなつ》でもよくやったもんさ。」

「でも、みなさんはおもしろい方ばかりですわね。」

「それぞれに何かかくし芸までやるのには、わしもおどろいたよ。」

「あの詩吟《しぎん》のうまい方、何という方でしたっけ。あの時はじめていらしった方ですけれど。……」

「馬田だろう。」

「そう、そう、馬田さん。……あの方のお父《とう》さんは県会議員ですってね。」

「そうだ。今どきの議員にしちゃあ、めずらしい議員だよ。非常な国家主義者でね。」

次郎は、馬田の最近の動静を、それでおぼろげながら窺《うかが》うことができたような気がした。しかし、そのために、彼の不愉快さはいっそううつのるばかりだった。彼はあくまでも口をきかず、出された食べものにも手をつけようとしなかった。

それで、少佐も夫人も次第に気《き》まずそうな顔になり、おしゃべりもとだえがちになった。そして、とうとう夫人は次郎を尻目《しりめ》にかけるようにして、部屋を出て行ってしまった。

夫人が出て行ったあと、少佐はしばらく何か考えていたが、急に厳格《げんかく》な態度になって言った。

「きょう君にわざわざ来てもらったのは、少し立ち入ってたずねたいことがあったからだ。」

次郎は少佐をまともに見た。彼はきちんと姿勢《しせい》を正《ただ》していた。

「ゆうべ君はどこにいた?」

「うちにいました。」

「うちで何をしていたんだ。」

「友だちと会をしていたんです。」

「会というと何の会だ。」

「白鳥会です。」

「白鳥会というのは、これまで朝倉先生のうちでやっていたあの会のことか。」

「そうです。」

「それをどうして君のうちでやったんだ。」

「ほかにやる場所がなかったからです。」

「ほかにない？　ふむ、……で会のある日は、いつもきまっているのか。」

「これまではきまっていました。毎月第一と第三の土曜でした。」

「昨日は、しかし、土曜ではなかったね。」

「ええ、昨日は特別です。」

「特別というと？」

「朝倉先生の送別会でした。」

「すると朝倉先生もむろん列席されたわけだね。」

「そうです。奥さんにも来ていただきました。」

少佐は何かひょうしぬけがしたような顔をしていた。そして例の上眼《うわめ》をつかって、ま

ぶたをぱちぱちさせていたが、

「すると、べつに秘密《ひみつ》に集まったというわけではなかったんだね。」

次郎はちょっと眼を見張ったが、すぐ、

「ええ、朝倉先生には秘密だったんです。」

答えてしまって、次郎は自分の頰《ほお》に皮肉な微笑《びしょう》がうかぶのを覚《おぼ》えた。

「朝倉先生に秘密っていうと？」

「先生は送別会なんかやっちゃいけないって言われたんです。」

「ふうむ、先生が？　それはなぜかね。」

「なぜだか知りません。」

次郎は少佐をにらむように見つめた。

「しかし、先生に秘密で集まったのに、先生が列席されたというのは変だね。」

「僕の父が先生を夕飯にお招《まね》きしたんです。」

「なるほど、すると、ゆうべのことは君のお父《とう》さんの計画だね。」

「僕が父にそうしてもらいたいってねだったんです。」

「そうか。それで何もかもわかった。それで君のお父さんもその席に出られたというわけだね。」

次郎はあきれたように少佐の顔を見ていたが、

「先生は、ゆうべのこと、もう何もかもご存じですか。」

「うむ。大体は知っている。私のほうには、もういろんな報告があつまっているんだ。」

と、少佐はいかにももったいらしく言ったが、

「しかし、君もよく白状《はくじょう》してくれた。君の白状で事情がいっそうはっきりしたんだ。」

次郎の耳には、白状という言葉が異様《いよう》にひびいた。そして次の瞬間には、たまらない侮辱《ぶじょく》を感じてテーブルの下で両手をぎゅっと握《にぎ》りしめた。

すると少佐は、急にはじめのくだけた態度になり、

「わしも、君にかくす気がないということがわかって、すっかり安心した。かくす気があるかないかが、実は君の幸福のわかれ目《め》だったんでね。」

次郎は、やはりテーブルの下で手を握りしめたまま、つめたい眼で少佐を見かえしていた。

「それで、ついでにもう少したずねたいことがあるんだ。しかし、そのまえに、君に誤解《ごかい》されてもつまらんから、ちょっと断わっておきたいことがある。それは配属将校としてのわしの立場だ。わしは、ただ君らに、右向け左向けを教えるために学校に来てい

るんではない。わしの任務は君らの思想善導《ぜんどう》なんだ。君らが国家というものに十分眼《め》を覚《さ》まして、健全な思想の持ち主になってさえくれれば、形にあらわれた教練《きょうれん》の成績なんか、実はたいした問題ではないんだ。で、わしは、いつも、わしが配属されているかぎり、この学校から、思想問題でとやかく言われるような生徒を一名も出したくないと思っている。だからこそ、わしは、家内にもよく言いふくめて、君らと親しくして行くようにつとめているんだ。わしのこの気持ちをよく理解して、ひとつ、何もかも打ちあけたところを話してくれたまえ。君がそういう打ちあけた態度にさえなってくれれば、たとい君の過去にどんなことがあったにせよ、わしは全力をつくして君を保護するつもりだ。いいかね。……それともう一つ断わっておきたいのは、わしは決して朝倉先生を人格的に疑ってはいないということだ。朝倉先生は、人格という点からいうと、実際りっぱな先生だった。学校じゅうにおそらく先生に及《およ》ぶほどのりっぱな先生はあるまい。君らが先生を崇拝《すうはい》していたのも無理はないと思うんだ。ただ問題は先生の思想だね。先生は、何といっても、米英的なデモクラシーの思想から一歩もぬけ出ていない自由主義者だったんだ。伊太利《イタリー》や独逸《ドイツ》におこっている新しい国民運動にもまるで理解がなかったし、日本でせっかく芽を出しかけている政治革新運動に対しても、共産主義と紙一重《かみひとえ》だなんて言って非難《ひなん》していられたんだ。第一、先生には、日本の東亜《とうあ》における使命とか理想とかいうものが、はっきりつかめていなかったようだ。だから、なぜ若い軍人が非常手段にまで訴《うった》えて政治革新に乗り出すのかがわからなかったんだと思う。あれだけのりっぱな人格者でありながら惜《お》しいもんだ。あれで思想的な頭のきりかえさえできたら、まったく得《え》がたい教育者だと思うがね。」

次郎は少佐の言うことにも一理《いちり》あるような気がしないでもなかった。とりわけ日本の使命とか理想とかいう言葉には、何かしら心がひかれ、その内容について、もっと説明してほしいという気もした。しかし、彼にとって何より大事なのは、人間の誠実《せいじつ》だった。誠実な人間の思想だけが信ずるに足る思想だ。下劣《げれつ》な策略《さくりゃく》だけに終始《しゅうし》している少佐のいうことに、何の権威《けんい》があろう。そう思って彼は相変《あいか》わらず少佐の顔を見つめたまま、黙《だま》りこくっていた。

少佐は、次郎がまだ少しも自分に気を許していない様子を見てとると、さすがにむかむかした。生意気《なまいき》な！　という気持ちが胸をつきあげるようだった。サイダーや、羊《よう》かんや、西瓜《すいか》が、運ばれたままちっとも手をつけられず、テーブルの上にならんでいるのを見ると、いよいよ腹がたった。しかし、腹をたててしまっては、せっかく私宅にひっぱって来たかいがない。学校でならとにかく、私宅にまでひっぱって来て失敗したとあっては、配属将校のめんぼくにもかかわる。それに、こういう頑固《がんこ》な生徒を改心させてこそ、思想善導の責任も十分果たせるというものだ。そう思って彼はじっと腹の虫をおさえた。そして、強《し》いて微笑しながらたずねた。

「どうだい、わしの気持ちはわかるかね。」

「わかります。それで、どんなことですか、先生が僕にききたいとおっしゃるのは。」

次郎はもうめんどうくさそうだった。

「いや、大したことでもないさ。どうせ大たいわかっていることでもあるし、――」

と、少佐はわざとのようにそっぽを向いて言ったが、

「つまり、大事なのは君らの思想なんだ。それで、朝倉先生が最後にどんなことを君らに言われたか、それがききたいんだ。それをきいたうえで、なお君に話すことがあるかもしれんがね。」

次郎はちょっと考えた。が、思いきったように、

「これからは、良心の自由が守れないような悪い時代が来るから、しっかりするようにって言われたと思います。」

「良心の自由が守れない？」

「ええ、つまり時代に圧迫《あっぱく》されたり、だまされたりして、だれもが自分の良心どおりに動けなくなるっていう意味だったと思います。」

「ふむ。それで君はどう思う。」

「ほんとうだと思います。朝倉先生は、うそは言われないんです。」

「先生が言われたから、そのまま信じるというんだね。」

「そうです。僕はりっぱな先生の言われることなら信じます。」

「しかし――」

と、少佐は何か意見を言おうとしたが、思いかえしたように、

「まあいい。まあ、それはそれでいいとして、ほかに何か言われたことはないかね。」

「要点はそれだけだったんです。」

「満州事変については何も言われなかったんだね。」

次郎はまたちょっと考えた。しかし、やはり思いきったように、

「言われました。ああいう事件は、どうかすると、国民に麻酔薬《ますいやく》をのまして、反省力をなくさせる危険がある、といったような意味だったと思います。」

「そんなことを言われたのか。」

「僕《ぼく》、はっきり言葉は覚えていないんです。」

「しかし、大たいそんな意味だったんだね。」

「そうだと思います。」

「それについて君はどう思う？　やはりその通りだと思うかね。」

「思います。」

「それも朝倉先生が言われたから信じるというんだな。」

「そうです。」

「ふうむ。……それで、ゆうべ集まったのは幾人《いくにん》ぐらいだった？」

「三十人ぐらいです。」

「名まえもむろんわかっているだろうね。」

「わかっています。」

「あとでわしまでその名前を届けてくれないかね。」

「そんな必要がありますか。」

「ある。」

「じゃあ、届けます。」

二人の問答《もんどう》は、もう何だかけんか腰《ごし》だった。

「ついでに、もう一つたずねるが、――」

と、少佐は次郎の顔をにらみすえながら、

「白鳥会は今後もつづけてやるつもりなのか。」

「やるつもりです。」

「朝倉先生がいられなくても?」

「ええ、やります。朝倉先生もつづけてやるのを希望していられるんです。」

「すると、これからはどこで集まるんだ。」

「僕のうちで集まります。」

「君のうちで?　しかし、先生は?」

「先生はいなくてもいいんです。」

「生徒だけで集まろうというんだね。」

「そうです。」

「そんなこと、君のお父《とう》さんに相談したのか。」

「しました。」

「許されたんだね。」

「ええ、許しました。」

「ふうむ、――」

と、少佐はしばらく眼を伏《ふ》せていたが、

「いったい、どうして君のうちで集まることになったんだ。」

「みんなで決めたんです。」

「しかしだれかそれを言いだしたものがあるだろう。」

「言いだしたのは朝倉先生です。」

「朝倉先生が？　それはゆうべのことか。それとも……」

「ゆうべです。」

「すると、その時、君のお父《とう》さんも、その場にいられたんだね。」

「おりました。」

「すぐ賛成されたのか。」

「ええ、すぐ賛成しました。」

「まえもって先生と相談されていたようなことはなかったかね。」

「知りません。」

「これからの集まりには、お父さんはどうされる？」

「どうするか知りません。」

「朝倉先生に代《か》わって、みんなを指導されるような話はなかったかね。」

「父にはそんなことはできないんです。」

少佐はにやりと笑った。次郎は、その笑い顔を見ると、たまらなく腹がたって来た。

彼はいきなり立ちあがって、

「僕、もう帰ってもいいんですか。」

少佐の笑顔《えがお》はすぐ消えた。彼はじっと次郎を下から見あげていたが、また急に作り笑いをして、

「いや、ありがとう。たずねることはもうほかにはない。しかし、君に忠告《ちゅうこく》しておきたいことが一つ二つあるんだ。まあ、かけたまえ。」

次郎はしぶしぶまた腰をおろした。少佐はひげをひねりながら、眼をぱちぱちさせたあと、少しからだを乗り出して言った。

「君はあんがい単純《たんじゅん》な人間だね。」

次郎自身にとって、およそ単純という批評《ひひょう》ほど不似合《ふにあ》いな批評はなかった。彼は、それを滑稽《こっけい》にも感じ、皮肉にも感じて、われ知らずうすら笑いした。

「単純なのはいい。単純な人間は正直《しょうじき》だからね。君のさっきからの答えぶりなんか、まったく正直だった。その点で、わしはきょう君と話してよかったと思っている。しかし、単純も単純ぶりで、君はどうかすると怒《おこ》りっぽくなる。それが君の一つのきずだ。気をつけるがいい。」

少佐はそこでちょっと言葉をきって、次郎の顔をうかがった。次郎は、怒りっぽいと

いう批評は必ずしも不当《ふとう》な批評でないという気がして、ちょっと眼をふせた。

「しかし、怒りっぽいぐらいは、まあ大したことではない。それよりか、――これは今の場合、特に君にとってたいせつなことだと思うが、――迷信家《めいしんか》にならないように気をつけることだ。とかく、単純な人間は迷信に陥《おちい》りやすいものだからね。」

次郎にはまるでわけがわからなかった。少佐自身としては、そんな表現を用いたことが何か哲学者《てつがくしゃ》めいた、一世一代の思いつきのように思え、また、それがきっと次郎の急所をつくにちがいないと信じ、内心大得意でいたが、次郎にしてみると、迷信などという言葉は、あまりにも自分とは縁遠《えんどお》い言葉だったのである。

二人はただ眼を見あっているだけだった。

「わからんかね。」

少佐がしばらくして言った。

「わかりません。僕が迷信家になりそうだとおっしゃるんですか。」

「そうだよ、もうすでに迷信家になっているんだよ。」

「どうしてです。」

「朝倉先生の言われたことだと、君は無条件に信じているんだろう。」

今度《こんど》は多少の手ごたえがあったらしかった。次郎はじっと考えた。しかし、まもなく彼はきっぱりと答えた。

「信ずる価値《かち》のあるものを信ずるのは、迷信ではありません。」

少佐は二《に》の矢《や》がつげなかった。しかしぐずぐずしているわけにはいかない。

「価値のあるなしは、どうして決めるんだ。」

「自分で決めます。」

「すると朝倉先生が言われたから何もかも信ずる、というわけではないんだね。」

「むろんです。自分で正しいと思うから信ずるんです。しかし、朝倉先生の言われたことで、これまで一度だって、まちがっていたと思ったことはありません。」

「それが迷信だよ。現にまちがっていたればこそ、この学校を去られることにもなったんではないかね。」

「ちがいます。先生は権力《けんりょく》の迫害《はくがい》にあわれたんです。」

「何？　権力の迫害？」

「そうです。迫害です。そしてその権力こそ迷信のかたまりです。」

「本田！　言葉をつつしめ！」

「僕はあたりまえのことを言っているんです。先生こそつつしんでください。」

「黙《だま》れ！　失敬《しっけい》な。」

「僕は道理《どうり》に服従《ふくじゅう》します。おどかされても黙りません。」

二人はいつのまにか立ちあがっていた。

「君は、いったい、秩序《ちつじょ》ということをわきまえているのか。」

「わきまえています。」

「わきまえていて、よくそんな無礼《ぶれい》なことが言えたな。」

「道理に従うのが秩序です。無法《むほう》な権力に屈《くっ》しては秩序は守れません。」

「何だと？ すると君は、わしが無法な権力をふるっているとでも思っているのか。」

「思っています。朝倉先生は正しかったんです。権力の迫害にあわれたんです。それは間違《まちが》いのないことです。それを間違いだといっておさえつけるのは無法な権力です。」

次郎は真青《まっさお》な顔をして、頰《ほお》をふるわせていた。少佐の顔も青かった。彼は歯を食《く》いしばって次郎をにらんでいたが、ふうっと一つ大きな息を吐《は》き出《だ》すと、言った。

「それほど強情《ごうじょう》を張るんでは、もうしかたがない。せっかく君のために計《はか》ってやるつもりだったが、わしもこれで手をひく。もう用はないから帰れ。」

次郎はきちんとお辞儀《じぎ》をして部屋を出た。少佐は部屋につっ立ったまま、そのうしろ姿《すがた》を見おくった。玄関で、次郎が靴《くつ》をはき終わってうしろをふりかえると、洋間と反対側の日本間の入り口から、女の顔がのぞいていた。それはあざけるような眼をした少佐夫人の真白《まっしろ》な顔だった。

そとに出ると、彼の気持ちはあんがいおちついていた。言うべきことを憚《はばか》らず言った、というほこらしい気持ちにさえ彼はなっていた。急にのどの渇《かわ》きを覚え、むしょうに水がのみたかった。彼は駅前に公共用の水道の蛇口《じゃぐち》があるのを思い出し、大急ぎでそこまで行きつくと、存分《ぞんぶん》にのどをうるおした。そして、ほっとした気持ちになって帰途《きと》についたが、まもなくまた思い出されたのは、朝倉先生の険しい眼だった。それは不思議なほどあざやかに彼の眼に浮《う》かんで来た。

とびあがり者！

そう考えた時に、彼は、駅の待合室で同じことを考えた時以上に、ぎくりとした。それは、ついさっき曽根少佐に対してとった自分の態度が、やはり飛びあがりものの態度ではなかったか、と思ったからである。

彼は車中の朝倉先生を想像した。夫人と向きあって、相変わらず険しい眼をしてじっと何か考えていられる。先生の眼には、もう永久に、あの澄《す》んだ涼《すず》しい光はもどって来ない。そんなふうにさえ彼には思えるのだった。

彼は歩く元気さえなくなり、土手《どて》にたどりつくと松陰《まつかげ》の熊笹《くまざさ》の上にごろりと身を横たえた。そしてじっと青空に眼をこらしたが、その青空からも、朝倉先生の険しい眼が彼を見つめていたのだった。

一四　残された問題

次郎は、それから小《こ》一時間もたって家に帰って来たが、二階では、大沢《おおさわ》、恭一《きょういち》、俊三《しゅんぞう》、それに道江《みちえ》の四人が、額《ひたい》をあつめるようにして、何か話しあっていた。次郎があがって行くと、四人は急に話をやめ、一《いっ》せいに彼の顔を見た。彼は直感的に、四人がそれまで自分のことを話していたにちがいない、という気がした。そして、つっ立ったまま、ほんの一、二秒彼らの顔を見くらべたが、道江の眼に出っくわすと、てれくさそうに視線《しせん》をそらし、黙《だま》って俊三と大沢の間にわりこんだ。大沢の左に恭一がおり、恭一と俊三との間に道江がいたのである。

だれもしばらくは口をきくものがなかった。四人は次郎の顔をのぞくようにして、彼が何か言いだすのを待っているかのようだった。次郎はいよいよ変な気がした。

「どうだった？」

大沢がとうとう口をきった。

「え？」

と、次郎はけげんそうな顔をしている。

「配属将校《はいぞくしょうこう》に呼ばれたんだろう。」

「ええ、呼ばれました。……知っていたんですか。」

「僕《ぼく》たち、朝倉《あさくら》先生を見送ってから、日進堂で立ち読みをしていたんだよ。」

日進堂というのは、駅前通りから曽根《そね》少佐《しょうさ》の家のほうにまがるかどの本屋なのである。

「ふうん。」

次郎は、学校に引きかえさないで自分から曽根少佐の自宅を選んだことが、今さらのように腹だたしかった。

「どんな話だった？」

「ゆうべのことです。」

「やっぱりそうだったんか。」

四人は顔見合わせて、まただまりこんだ。次郎はすこし興奮《こうふん》しながら、

「僕、何もかもすっかり言っちゃったんです。いいでしょう。」

「言ったっていいさ。何も悪いことしたわけじゃないんだから。しかし、朝倉先生に

は気《き》の毒《どく》だったよ。」

「先生がどうかされたんですか。」

「先生も、ゆうべのことで、憲兵《けんぺい》の取り調べをお受けになったんだよ。」

「いつ？」

「きょう、駅でさ。」

「駅で？」

次郎は顔が青ざめるほどおどろいた。

大沢が恭一に補足《ほそく》してもらいながら説明したところによると、こうだった。

二人は俊亮《しゅんすけ》といっしょに少し早めに駅に行って、見送り人の名刺《めいし》受付の用意をしていた。するとオートバイで乗りつけて来た三十歳《さい》あまりの背広《せびろ》の男が、少しせきこんだ調子で、「朝倉さんはまだですか」とたずねた。まだだと答えると、「見えたらすぐお会いしたいのです。」と言って、すぐ駅長室のほうに行ったが、まもなくまたやって来て、待合室をぶらぶらしながら、時計《とけい》ばかり見ていた。俊亮が、「お見送りでしたらお名刺をいただかしてください。」と言うと、「いや、いいです、お会いすればわかるんですから。」と言う。とその時には、発車までにまだ五十分近くも間《ま》があった。

それから十分あまりたって、朝倉夫人がやって来た。そして三人と話していたが、その男は夫人をじろじろ見るばかりで、何とも言わない。そのころまでは、見送り人もまだ見えなかったので、三人は夫人を相手にゆうべの話をしだして、笑ったり、しんみりなったりしていた。すると、その男がいつのまにか近づいて来て、四人のすぐうしろに立っている。顔をあらぬほうに向けて、耳の神経だけを四人の話し声に集中しているといった格好《かっこう》である。四人は、だれからともなく、口をとじてしまった。

ちらほら見送りの人が見えだしたころ、朝倉先生が人力車で乗りつけた。そして見送りの人たちとあいさつをかわしていると、いきなり、その男が、横から割《わ》りこむようにして、先生に一枚の名刺をつき出し、何か小声《こごえ》でささやいた。先生はちょっと困ったような顔をして俊亮のほうを見たが、そのまま、その男といっしょに駅長室のほうに行った。

そのあと、見送りの人たちがあとからあとからとつめかけた。朝倉夫人は、その一人一人に、「先生は」ときかれて、返事にまごついているようであった。また一方《いっぽう》では、先着の見送りの人からつぎつぎにある秘密《ひみつ》なささやきがつたわって、変に緊張《きんちょう》した空気があたりを支配した。その空気は、俊亮や、恭一や、大沢たちには、発車時刻《じこく》が近づいて一般《いっぱん》乗客の混雑が大きくなるにつれ、かえってはっきり感じられたのだった。

改札《かいさつ》がはじまったころ、朝倉先生はやっと駅長室から帰って来た。気のせいか、顔が少し青ざめており、いつもの澄《す》んだ眼《め》の底に、気味《きみ》わるいほどの冷たい光がただよっているように見えた。しかし、先生は落ちついた調子で、見送りの人たちにあいさつした。

「皆《みな》さん、今日《きょう》はわざわざありがとうございました。つい、よんどころのないことで駅長室に行っていたものですから、ごあいさつがおくれまして。……」

見送りの人たちの中には、先生に近づいて来て、固い握手《あくしゅ》をかわしたものも二、三人はあった。しかし、その多くは、ちょうどその時、けたたましい音を立てて、駅前の広場を走り出したオートバイに気をとられていた。

まもなくみんなは歩廊《ほろう》に出たが、朝倉先生は俊亮とならんで歩きながら、沈《しず》んだ調子で言った。

「さっきのは憲兵でしたがね、やはり、ゆうべのことが問題になっているようでした。しかし、かくすのはかえっていけないと思いましたので、ありのままを言っておいたんです。あるいはご迷惑《めいわく》になるようなことになるかもしれません。白鳥会も、おそらく、これまでのように気持ちよくはやれなくなるでしょう。しかし、白鳥会はまあしかたがないとして、何より心配なのは次郎君のことですが……」

俊亮はただうなずいてきいているだけだった。

それから、先生はいよいよ列車にのりこむ直前になって、また俊亮に言った。

「まさかとは思いますが、万一《まんいち》にも次郎君が不幸を見るようなことがありましたら、すぐお知らせください。とにかく中学は出ておくほうがいいし、東京でなら何とか方法がありましょうから。」

それにも俊亮はただうなずいたきりだった。

大沢は、以上のことをぶちまけて次郎に話したあと、いかにも感慨深《かんがいぶか》そうに言った。

「きょうは、さすがの先生も、よほど不愉快《ふゆかい》だったと見えて、最後まで気味のわるい眼つきをしていられたよ。僕は、あんな眼つきが先生にもできるのかと思って、不思議な気がしたくらいだ。」

次郎は、最後に見た朝倉先生の険《けわ》しい眼を、もう一度はっきりと思いうかべた。そして、それが自分を非難《ひなん》する眼であるよりも、むしろ自分のことを心から心配してくれている眼だったということを知って、おどろきもし、うれしくも思う一方、強い愛情のしめ木にかけられる苦しさを覚《おぼ》えた。

次郎の複雑《ふくざつ》な表情を注意ぶかく見つめていた恭一が言った。

「曽根少佐のうちではどうだったい?」

次郎は、しばらく顔をふせて、考えこんでいるふうだったが、少し言いにくそうに、

「僕、とうとうけんかしちゃったんだ。」

「けんか？」

「まあ！」

恭一と道江とが同時に叫《さけ》んだ。次郎には、しかし、二人のおどろきが、なぜかうつろなものにきこえた。彼は、なぜということもなく、俊三のほうに視線を転じたが、俊三は、むしろ好奇的《こうきてき》な眼をして彼のつぎの言葉を待っているかのようだった。

「配属将校を相手にけんかなんかしたんじゃ、いよいようるさいね。」

恭一が言うと、道江がすぐそのあとから、泣くような声で、

「次郎さん、だめね。あたし、きょう、朝倉先生がおたちになったってききましたから、次郎さんはどうしていらっしゃるかと思って、おたずねしてみたのよ。すると、恭一さんから、さっきの大沢さんのお話のようなことをきかしていただいたんでしょう。あたし、それだけでも、もう心配で心配でたまらなかったんですのに。……配属将校って普通《ふつう》の先生よりよっぽどきびしいっていうんじゃありません？」

次郎は、道江のそんな言葉に真実性がないとは思わなかった。しかし、恭一と組みになって自分に話しかけて来るような彼女の態度が、彼の気持ちをかきみだした。また、彼女が駅でのできごとを恭一にきいたと言ったのも、変に彼の耳を刺激《しげき》した。

彼は、道江の顔をちょっとのぞいたきり、すぐ恭一に向かって抗議《こうぎ》するように言った。

「配属将校だから、僕、よけい黙《だま》っておれなかったんだよ。」

「しかし、今の場合、少し無茶《むちゃ》だったね。」

「そうよ、次郎さんはいつも気みじかすぎるわよ。」

また道江が口をはさんだ。次郎は何かかっとするものを胸の中に感じながら、むっつりしていた。すると、大沢が微笑《びしょう》しながら言った。

「けんかって、まさか、なぐりあいをやったわけではないだろう。」

「むろん、そんなばかなことはしませんよ。」

「じゃあ馬鹿野郎《ばかやろう》とか何とか君《きみ》のほうで言ったんか。」

「そんな……そんな無茶なこと、僕だって言やしません。」

「じゃあ、どんなけんかだい。」

「議論をしただけです。」

「議論するのはけんかじゃないよ。しかし、どんな議論をしたんだい。」

「曽根少佐は卑劣《ひれつ》ですよ。僕をたべ物で釣《つ》ろうとしたんです。だから、僕、よけいしゃくにさわって、思いきって言いたいことを言ってやったんです。」

そう言って彼は、かなり興奮した調子で、ゆうべの会合のことをきかれたことから、最後に朝倉先生のことで思いきった激論《げきろん》をやったことを、できるだけくわしく話した。

しかし、話してしまうと、急に力がぬけたように、仰向《あおむ》けにごろりとねころんだ。そして、屋根うらの一点にじっと眼をすえながら、ひとりごとのようにいった。

「僕、もう、学校なんかどうだっていいや。」

恭一は深いため息をつき、道江はそっと涙《なみだ》をふいた。俊三は、次郎が興奮して話しているうちは、いかにも痛快《つうかい》だといった顔をしてきいていたが、最後には、やはり心配そうにみんなの顔を見まわした。大沢は、最初から最後まで、膝《ひざ》のうえにほおづえをつき、眼をつぶって、「うん、うん」と相《あい》づちをうっていた。しかし、次郎がねころんで、すてばちなようなことを言うと、何と思ったか、急にのっそり立ちあがり、黙って階下《した》におりて行ってしまった。

大沢の足音がきこえなくなるまで、沈黙《ちんもく》がつづいた。だれも、大沢が何で階下におりて行ったのかをあやしんでいる様子《ようす》はなかった。

「学校よして、どうするの?」

俊三がしばらくしてたずねた。

「これから考えるさ。」

次郎はねころんだまま気のない返事をした。だが、急に何か思いついたように、むっくり起きあがり、恭一に向かってたずねた。

「父《とう》さんは、きょう、朝倉先生を見おくったあとで、僕のこと何とも言っていなかった？」

「何にも言わないよ。」

「朝倉先生は、僕に万一のことがあったら、すぐしらせるようにって、駅で父さんにおっしゃったっていうじゃないか。」

「そうだよ。だから、僕、帰ってから大沢君と二人で、父さんがそれをどう考えているかたずねてみたんだ。しかし、父さんは、次郎のことは次郎にまかしておくさ、と言ったきり、まるでとりあってくれないんだよ。」

次郎は、父の自分に対するそうした信頼《しんらい》の言葉をきくのが、今はむしろ苦痛《くつう》だった。

彼は考えた。自分はゆうべの会合のことで処罰《しょばつ》される理由は少しもない。もし、それを理由にして学校が自分に退学を強《し》いるとすると、それは権力の不正な行使以外の何《なに》ものでもないだろう。しかし、きょう自分が曽根少佐に対して言った言葉の中には、世間《せけん》の常識から考えて、たしかに不遜《ふそん》なものがあったようだ。それは、考えようでは、もうそれだけで退学処分の十分な理由になるのかもしれない。――もしそうだとすると、自分は、父の自分に対する信頼を裏切ったことになりはしないか。――

しかし、また、一方では、彼はこんな気もした。父は自分が曽根少佐のような卑劣《ひれつ》な人間に屈従《くつじゅう》することを決して喜びはしない。かりに自分が、少佐にこびることによって、ゆうべのことを帳消《ちょうけ》しにされ、幸《さいわ》いに学校を卒業することができたとしても、父はそんな卒業を軽蔑《けいべつ》こそすれ、決して心から祝《いわ》ってはくれないだろう。

そんなことを考えているうちに、ふと彼の頭にうかんで来たのは馬田《うまだ》のことだった。馬田の不良は生徒間には周知の事実だ。それは先生たちの眼にも映《うつ》っていないわけはない。その不良が、このごろは曽根少佐の家に出入りして、スパイの役目をつとめようとしている。しかもそれは、でたらめな、ただ自分を安全にし、自分のきらいな生徒をきずつけるためだけのスパイなのだ！

馬田への連想は、彼の視線を自然に道江の顔にひきつけた。そこには、たった今、彼のために泣いてくれた、うるんだ眼があった。二、三日まえまでの彼だったら、彼はその眼を可憐《かれん》にも思い、その眼に心から感謝したくもなったであろう。また、その眼をとおして、何かしらほこらしい気持ちを味わい得《え》たのかもしれない。だが、今はその眼が、恭一の眼とならんでおり、そして恭一の心と調子を合わせているということだけで、彼の気持ちをもつらせ、とまどいさせる原因になっていたのである。

自分は朝倉先生を失った。――この意識は、むろん、もう彼にははっきりしている。自分は学窓《がくそう》生活を奪《うば》われようとしている。――この意識も、もう彼にとって決してぼんやりしたものではない。

しかし、彼にとってのもう一つの不幸、――自分は自分の恋人《こいびと》を失おうとしている、という意識は、まだ彼の心の中で、そうはっきりしたものにはなっていなかったのである。それどころか、彼はまだ一度もはっきりと道江を自分の恋人として考えたことさえなかった。彼がこれまで馬田と激《はげ》しく戦って来たのも、彼自身の意識の表面にあらわれたところでは、あくまでも朝倉先生の一使徒《いちしと》として生きるためであり、道江を馬田の侮《ぶ》辱《じょく》からまもるために心をくだいたのも、彼の正義感に出発したもので、決して自分の恋の競争者に対する挑戦《ちょうせん》を意味するものではなかったのである。

だが、今は事情がすっかりちがって来た。恭一はどんな意味ででも馬田ではない。彼は朝倉先生のもっともすぐれた使徒の一人であり、同時に自分の肉親の兄でさえある。しかも、自分の知るかぎりでは、彼はすでに道江の将来の夫に予定されている。それは、あるいは、まだ恭一自身の意志にはなっていないのかもしれない。しかし、「時」はいつ二人をはなれがたいものに結びつけてしまうかもわからないのだ。いや、すでに結びつけつつある。少なくとも、道江のほうでは、彼女の手を伸《の》ばせるだけ伸ばそうとしているのだ。現に彼女は、さっきから、恭一と心の調子をあわせることに一所懸命《いっしょけんめい》になっているのではないか。恭一とはふだん遠くはなれていて、ろくに言葉をかわしたこともない彼女が、きょう駅でのできごとを恭一にきいたというのが第一おかしい。

そんな考えが、混沌《こんとん》とした一種の感情となって彼の心をかきみだした。そして、そのために、彼はいやでも道江に彼の「恋人」を見いだし、恭一に彼の恋の競争相手を見いださないではおれなくなって来たのである。

恋の競争相手が遊蕩児《ゆうとうじ》であり悪漢《あっかん》であることは、恋する人にとって決して不幸なことではない。それは、その人が自分の恋をはっきり意識してため息をつく必要もなく、しかも正義の名において、どのようにも勇敢《ゆうかん》に恋人のために戦うことができるからだ。何といっても、最も不幸な恋は、恋の競争相手が自分の敬愛《けいあい》する人であり、しかも恋の勝利者としての諸条件を自分よりもより多くめぐまれた人の場合であろう。そうした場合、恋する人は、否応《いやおう》なしに自分の苦しい恋をはっきりと意識させられるであろうし、同時に、恋人のためにいさぎよく戦いの矛《ほこ》を収《おさ》めなければならないであろう。しかも、そうすることによって、その恋はいよいよせつないものになって行くのだ。

次郎は、道江の顔に自分の視線をひきつけられた瞬間《しゅんかん》から、次第《しだい》にそうしたせつない恋の世界に自分の心がさそいこまれて行くのを感じた。運命は、彼の魂《たましい》のよりどころであった朝倉先生を彼から奪《うば》いとったその日に、そして、ながい間彼が情熱を傾《かたむ》けて来た学窓生活から彼を追《お》い出《だ》そうとおびやかしはじめたその日に、彼にはっきりと恋を意識させ、しかもその恋の空《むな》しいことを意識させたのである。

次郎の視線は力なく道江の顔をはなれた。彼はその視線を一《いっ》たんは恭一のほうに向けかえようとしたが、それは、彼自身でも意識しない心の底にある波動にさまたげられて、畳《たたみ》の上に落ちてしまった。

「次郎さん、やけになったりしちゃあつまりませんわ。お父《とう》さんに早くご相談なすったらどう？……ねえ、恭一さん。」

道江が、まだぬれている眼を恭一のほうに向けながら言った。

恭一は、しかし、道江には答えないで、しばらく考えたあと、次郎に言った。

「どうだい、父さんにお願いして、今日のうちに曽根少佐のうちに行ってもらっては。」

「曽根少佐のうちに？　父さんが？　何しに行くんだい。」

「あやまりにさ。」

「ばかいってら。」

次郎はどなるように言って、鋭《するど》い眼を恭一にむけた。が、すぐその眼をおとして、

「あやまる必要があれば、僕が自分であやまるんだ。」

彼は、父がまだ酒屋をしていたころ、自分の無思慮《むしりょ》な行為《こうい》のために、父といっしょに

春月亭《しゅんげつてい》のお内儀《かみ》にあやまりに行った時のことを思いおこしていた。しかし、曽根少佐に対してとった自分の態度が、あの時のような無思慮なものであったとは、どうしても思えなかったのである。

「じゃあ、自分であやまりに行ったら、どうだい。」

「あやまる必要があるんかい。」

「あるよ。」

「何をあやまるんだい。僕の言ったことは間違《まちが》っていましたって、あやまるんかい。」

次郎の調子はいかにも皮肉《ひにく》だった。口もとにはかすかな冷笑《れいしょう》さえ浮《う》かんでいた。

「問答《もんどう》の内容じゃないよ。いけなかったのは君の態度だよ。」

「僕は乱暴《らんぼう》な態度に出た覚《おぼ》えはないんだ。帰りには、きちんと敬礼《けいれい》もして出て来たんだ。」

次郎は、そんなことを言う自分が内心恥《は》ずかしかった。しかし、なぜかあとへは引かれない気持ちだった。

「敬礼ばかりしたって、口で失礼なことを言やあ、だめさ。権力で圧迫《あっぱく》するなんて、真正面《ましょうめん》から生徒に言われたら、どんな先生だって怒《おこ》るよ。」

「しかし、それが本当だからしかたがないじゃないか。ほんとうのことを言われて、それを失礼と思うなら、思うほうが間違っているだろう。」

次郎は、言えば言うほど自分が片意地《かたいじ》になって行くような気がして、不愉快だった。で、恭一がまた何か言おうとしているのをはねとばすように、ふいと立ちあがった。そして、

「とにかくあやまる必要はないよ。僕が僕のやったことに責任を負《お》えばいいだろう。」

そう言って階段のほうに行きかけた。

「次郎さん！　ほんとにどうなすったのよ。」

道江の泣くような声が彼を追った。つづいて俊三が、茶化《ちゃか》すような調子で、

「問答無用《もんどうむよう》は卑怯《ひきょう》だなあ。もっとやれよ、僕が審判《しんぱん》してやるから。」

次郎は、しかし、ふりむきもしないで階段をおりかけた。

が、それはちょうど、俊亮が階下から階段に足をかけた時だった。俊亮のうしろには、大沢が立っていた。

「どこに行くんだい。」

俊亮が下からたずねた。

「畑に行くんです。」

次郎は、おりかけた足を階上に逆もどりさせながら答えた。

「そうか。」

と、俊亮は立ちどまって、次郎の顔をまじまじと見上げていたが、

「ちょっとお前に話があるんだ。やはり二階のほうがいいだろう。」

そう言って、そのまるっこい体をのそのそと階上に運んだ。それから、

「やあ、道江さんも来ていたんだね。」

と、にこにこ笑いながら、みんなと円陣《えんじん》をつくった。

が、それっきり、持っていた団扇《うちわ》でゆるゆると首のあたりをあおぐだけで、いつまでも口をきこうとしない。

「僕、次郎君のさっきの話、いま階下《した》で小父《おじ》さんにも話したんだ。」

大沢がとうとう先に口をきった。それでも俊亮はしばらく口をきかなかったが、急に団扇の手をやすめて次郎に言った。

「で、次郎、お前どう考えているんだい。」

「どうせ、学校にはもう行けないと思っているんです。」

次郎は眼をふせて答えた。

「そりゃあ、もうわかっている。父《とう》さんは、お前が配属将校に呼ばれたときいた時に、きっとそんなことになるだろうと覚悟《かくご》をきめていたんだ。朝倉先生が別れぎわに言われ

た言葉だけでは、まだいくぶん未練《みれん》を残していたがね。」

みんなは顔を見合わせた。俊亮の言葉は、彼らにとって、まったく意外だったのである。次郎自身は、なぐりとばされたようでもあり、ひょうしぬけがしたようでもあり、急に気が軽くなったような気持ちでもあった。

「だが――」

と、俊亮はちょっと考えて、

「どんな態度で学校を退《ひ》くか、その退きかたが問題だよ。それについて考えてみたかね。」

次郎は面《めん》くらった。まさか父はストライキをやれというのではあるまい。だとすると、学校の言いなりになって、おとなしく引きさがるよりほかにしかたがないではないか。

――

次郎が考えこんでいると、俊亮は、だしぬけに、まるで次郎の問題とは無関係なようなことを言いだした。

「おまえがまだ七つ八つの子供のころに、近在のならず者がよくうちにやって来て、酒をのんだりしていたことがあるが、それを覚えているかね。」

次郎は、「指無しの権《ごん》」とか「饅頭虎《まんじゅうとら》」とか綽名《あだな》されていたならず者どもが、酒をのんでけんかを始めたのを、父が仲にはいって取りしずめた時の光景《こうけい》を、今だにはっきり覚えている。で、そのことを言うと、俊亮は、苦笑《くしょう》しながら、

「そうそう、そんなこともあったね。ところで、ああいう無茶な連中でも、やはり人間は人間だったんだ。こちらの出方《でかた》ひとつでは、良心というか何というか、とにかく人間らしい正直《しょうじき》さを見せたもんだよ。世の中に、腹の底からの悪人というものはまずないと思っていいね。」

次郎は、最初、父が自分をならず者あつかいにしようとしているのではないかと思って、ちょっと意外な気がした。しかし、そうではないらしかった。彼は安心しながらも、ますますわけがわからなかった。

「腹の底からの悪人もいないが、しかし、また一から十まで完全な善人もない。たいていの人間はやはりならず者だよ。朝倉先生のような人はべつとして、学校の先生でも、まず百人が百人、ある程度《ていど》のならず者だと言ったってさしつかえないと思うね。軍人なんか、このごろは相当《そうとう》のならず者になってしまっているよ。考えようでは、指なしの権《ごん》や、饅頭虎《まんじゅうとら》なんかより、よほど始末《しまつ》のわるいならず者だろう。すばらしく大がかりな無茶をやるからね。」

俊亮の言葉の調子には、少しも誇張《こちょう》したわざとらしさがなかった。あたりまえのこと

をあたりまえに言っている、といった調子だった。しかし、そうであればあるほど、きく人のほうには、それがかえって奇抜《きばつ》に感じられるのだった。みんなの顔はいつのまにか微笑していた。俊三などは、今にも拍手《はくしゅ》でもしそうな様子だった。俊亮はみんなのそんな様子をちょっと見まわしたあと、次郎に眼をすえ、

「そこで、いよいよ次郎の問題だが、どうだい、これだけ言えばもうわかるだろう。」

次郎には、しかし、まだ返事ができなかった。彼は、急に沈痛《ちんつう》な顔をして考えこんだ。大沢も、恭一も、道江も、しきりに首をかしげた。俊三は、大して興味はなさそうだが、それでもやはりちょっと首をかしげた。

俊亮は、にこにこしながら、

「しかし、そういそぐことはない。あすあたりはたぶん学校の肚《はら》もきまるだろうから、こちらの肚もそれまでにきめておけばいいんだ。じゃあ、それまで宿題にしておくかな。」

そう言って立ちあがった。そして階段をおりようとしたが、また立ちどまって次郎をふりかえり、

「朝倉先生には、私からすぐ手紙をかいてお願いしておくよ。このほうはなるだけ早いほうがいいからね。」

まもなく夕食だった。大沢は当分厄介になるつもりで来ていたし、道江もしばらくぶりだというので、いっしょに夕食によばれた。お祖母《ばあ》さん、お芳《よし》、それにお金《かね》ちゃんを加えて九人が、男と女とにわかれて二つの食卓《しょくたく》を囲《かこ》んだ。次郎の問題には少しもふれず、俊亮と大沢を中心に、腹をかかえるようないろんな問答がとりかわされ、このごろにないにぎやかな夕食だった。

夕食がすむと、次郎たちはすぐ散歩に出た。道江もいっしょだった。せんだん橋を渡《わた》り、川の土手《どて》にそって一丁《いっちょう》ばかり上ると、その左手に、旧藩主《きゅうはんしゅ》の茶亭《ちゃてい》のあとがあり、そこの庭園はだれでも自由にはいれることになっていた。五人はその庭園にはいり、池の近くの芝生《しばふ》に腰《こし》をおろした。

話題は自然次郎の問題に集中された。しかし、もうだれも次郎の処分の有無《うむ》を気にかけているものはなかった。道江でさえ、「小父《おじ》さまがあんなお気持ちでいてくださるからだいじょうぶね。」と言い、また、「東京に行って朝倉先生のお世話になれたら、次郎さんはかえっておしあわせだわ。」とも言った。問題の中心は、次郎が俊亮に与《あた》えられた課題だったが、これは雲をつかむようで、みんなが始末にこまった。恭一は、

「立つ鳥はあとをにごさず、といったようなことかね。」

と、言い、大沢は、

「いや、学校側に一本釘《くぎ》をさしておけ、というんだろう。」

と言ったが、結局、そんな程度のぼんやりした解決以上に進展しそうになかった。次郎本人は、その問題ではほとんど口をきかなかった。彼はむっつりして、いつも池の水ばかりをみつめていた。そして、みんなの話が行きつもどりつしている間に、ふいと立ちあがって、ひとりで池の向こう側の築山《つきやま》をのぼり、その裏側の竹林の中にはいって行った。

彼は問題をひとりで考えてみたかったし、そうでなくても、恭一と道江をまえに置いては、彼の考えは、とかくみだれがちになりそうだったのである。

竹林の中に腰をおろした彼は、うずくまるように首をたれて考えこんだ。もう日は暮《く》れかかっており、やぶ蚊《か》がしきりに襲《おそ》って来た。彼は、しかし、それを平手《ひらて》でうつだけで、立ちあがろうとはしなかった。指なしの権《ごん》、饅頭虎《まんじゅうとら》、曽根少佐、西山《にしやま》教頭、馬田、そうした人たちの顔がつぎつぎに彼の考えの中を往復《おうふく》した。そのうち、ふと、ひとりの毒々《どくどく》しい女の顔が浮かんで来た。それは春月亭のお内儀《かみ》の顔だった。と、その瞬間《しゅんかん》、ふしぎにも、彼の心にさっと明るい光が流れこんだ。それは、春月亭の問題のあとで、朝倉先生をたずね、ミケランゼロの話を聞かされたことを思い出したからだった。

「この石の中には女神《めがみ》がとりこにされている。私はこれを救い出さなければならない。」

そう言って、こけむした、きたない石の中から美しい女神の像を刻《きざ》みだしたミケランゼロの心を、父は自分に求めているのだ。父と朝倉先生とは、どうしてこうも人生に対するものの考え方の根底が一致《いっち》しているのだろう。そして自分は、何というい い父をもち、何というすぐれた先生を恵まれたことだろう。

彼は勢いよく立ちあがった。そして、竹林の密生《みっせい》した葉の間からもれる星の光を仰《あお》いだ。

「おうい、次郎君――」

大沢の愉快などら声《ごえ》が、そのとき、池の向こうからきこえた。

「おうい。」

と、次郎の答えも元気でほがらかだった。

「もうかえるぞうっ――」

「ようし、すぐ行く――」

五人はまもなく家に帰ったが、次郎は、恭一と道江が、暗くなった道を、おりおり並《なら》んで歩くのでさえ、今はさほど苦《く》にならなかった。

俊亮は、ちょうど朝倉先生あての手紙を書き終えて、お祖母《ばあ》さんが一人で涼《すず》んでいる座敷《ざしき》の縁《えん》に出たばかりのところだった。手紙は宛名《あてな》を墨書《ぼくしょ》して座敷の机《つくえ》の上にのせてあったが、それは俊亮の手紙にしてはめずらしく分厚《ぶあつ》なものだった。

みんなはすぐ俊亮をとりかこんだ。しかし、だれも、さっきからの課題のことを言いだすものがなかった。それは、次郎の問題をお祖母さんにきかれてはまだ悪いだろう、と察《さっ》したからであった。すると、次郎がだしぬけに、

「僕、朝倉先生にこんな話をきいたことがあるんです。」

と前置きして、ミケランゼロの話をしだした。そして、話し終わると、それについてべつに説明や感想をのべるのでもなく、ただ真剣《しんけん》な顔をして、じっと父の顔を見つめていたが、しばらくして思い出したように言った。

「これが父《とう》さんの宿題に対する僕の解答です。」

大沢はじめ、恭一も、俊三も、道江も、ぽかんとして次郎の顔を見た。俊亮は、縁《えん》の柱によりかかり、かなりながいこと眼をつぶっていたが、やがて眼をひらくと言った。

「満点以上だ。心の持ち方としてはそれ以上の答案はあるまいね。父さんも、大たい似たようなことを考えてはいたが、どこかにまだ滓《かす》みたようなものがこびりついていたようだ。私の立場からの対立観で、相手を向こうにまわすという気が少しでも残っていると、どうも満点はとれないものだね。」

それからまたしばらく眼をとじたあと、

「しかし、大事なのは実際の場合だよ。実際の場合に心が乱れては、女神どころか、がらくた道具もできはしないからね。その点では、あるいは父《とう》さんのほうが次郎よりうわ手《て》だかもしれんぞ。はっはっはっ。……まあ、しかし、これはその場になってみんとわからん。どうせ父さんも学校に顔を出すことになるだろうが、その時がほんとうの試験だ。」

次郎は、もうその時には、眼をふせて、じっと縁板《えんいた》の一点を見つめていた。

「俊亮も、何か学校で試験があるのかい。」

お祖母《ばあ》さんが、けげんそうな顔をして、ひょっくりたずねた。

みんなが一度にふきだした。次郎は、しかし、ちょっと苦笑しただけで、またすぐ眼をふせた。

一五　明暗交錯《めいあんこうさく》

翌日、学校では、もう朝から、朝倉《あさくら》先生が駅で憲兵《けんぺい》に取り調べられたことや、次郎が駅からの帰りに曽根少佐《そねしょうさ》に呼びつけられたことなどが、生徒間の噂《うわさ》の種《たね》になっていた。そしてその原因が、白鳥会員だけで催《もよお》された朝倉先生の「秘密《ひみつ》な」送別会にあったということは、一部の生徒の次郎に対する淡《あわ》い反感の種になっているらしかった。

「白鳥会で朝倉先生を独占《どくせん》しようなんて考えるのが、第一まちがっているよ。」

「本田《ほんだ》は、はじめっからそんな考えでやっていたにちがいないんだ。血書《けっしょ》を書いたことだって、新賀《にいが》のほかにはだれも知ったものはいなかったんだろう。」

「要するに今のさわぎは白鳥会のために起こったようなものさ。」

「白鳥会のためならまだいいが、本田個人のためだったんじゃないかな。」

「そんなことを考えると、何だかばかばかしくなって来るね。」

「しかし、もうすんだことだ。それに、あと始末《しまつ》は本田がひとりでつけるだろう。」

「はっはっはっ。」

そんな会話も取りかわされていた。

昼ごろになって、職員室の掲示用《けいじよう》の黒板に、つぎの文句《もんく》が記されていた。

「本日放課後、第一会議室において緊急《きんきゅう》職員会議開催《かいさい》につき、事務職員以外は洩《も》れなく参集せられたし。」

それを最初に見つけた一生徒は、鬼《おに》の首《くび》でもとったように、すぐそのことを生徒仲間につたえた。すると生徒たちはまた新しい話題で興奮《こうふん》しはじめた。朝倉先生を見送って、ともかくも事件が一段落ついたあとの最初の職員会議であり、それに、第一会議室が、いつも秘密を必要とする会議に使われるのを生徒たちはよく知っていたので、それが何を意味するかは、彼《かれ》らにもすぐ想像がついたのである。

「いよいよ処罰《しょばつ》会議だぜ。今度《こんど》は相当《そうとう》きびしいかもしれんよ。」

「何しろ、曽根少佐ががんばっているからね。」

「しかし、曽根少佐は問題をあまり大きくしたくない考えだっていうじゃないか。」

「まさか。あいつにそんなやさしい考えなんかあるもんか。」

「やさしい考えからじゃないよ。それがあいつの手《て》なんだよ。」

「手だっていうと?」

「自分が配属将校《はいぞくしょうこう》でいる間は、思想問題はだいじょうぶだっていうところを見せたいんだってさ。」

「ふうん。そんなことを考えているんか。じゃ処罰はあんがい軽いかな。」

「僕《ぼく》は軽いと思う。退学《たいがく》なんかあまりないんじゃないかな。第一、あんまりひどいことをやると、僕たちもだまっておれんからね。そうなると、また学校が困るだろう。」

「曽根少佐も、それを心配しているんだよ。きっと。」

「自分の名誉《めいよ》のためにか。」

「ふっふっふっ。」

「しかし、一同訓戒程度《くんかいていど》ですんだら、蟇《がま》の効用もたいしたもんだね。」

「そんなわけには行かんよ。白鳥会の秘密送別会のことは、憲兵隊が問題にしているというし、曽根少佐だって、もうどうにもできんだろう。」

「少なくとも、本田だけはあぶないね。血書のこともあるし。」

「あいつ、少し図《ず》にのりすぎていたんだ。しかたがないよ。」

「そのくせ、ストライキだけにはいやに反対していたんだが、あれはやっぱり朝倉先生に対する忠勤《ちゅうきん》のつもりだったかね。」

「さあ、どうだか。それも一種の手だったかもしれんぜ。」

「そうだと本田もあてがはずれたね。曽根少佐は今でも本田をストライキの煽動者《せんどうしゃ》だと見ているっていうじゃないか。」

「そうらしい。本田は陰険《いんけん》で表と裏がいつもちがっている、と言っているそうだ。」

「今になって、本田も、思いきってストライキをやらなかったのを後悔《こうかい》しているだろう。」

こんな噂《うわさ》は、しかし、必ずしも、次郎に反感をもった生徒たちの間だけの噂だとばかりはいえなかった。

彼らの大多数はもうほとんど事件に対する熱からさめてしまって、今さら処罰されるのがばかばかしいという気になっていた。で、処罰の範囲《はんい》が最小限度に食《く》いとめられ、自分たちはその圏外《けんがい》に立ちたいという、無意識的な希望的観測から、自然、次郎というのっぴきならないらしい「犯罪者」と、その犯罪者を最もにくんでいるらしい曽根少佐とに、噂《うわさ》の焦点《しょうてん》を集中していたのである。

そうした種類のさまざまな噂が、あちらこちらで飛んでいる間に、どこからともなく、だれもそれまで予想もしなかった、まったく新しい一つの噂がまいこんで来た。それは、次郎は女の問題で退学《たいがく》処分になるらしい、という噂であった。しかも、この噂は、非常な速度で全校にひろがった。そして、次郎に対する反感からの噂やら、希望的観測からの噂やらの中をころげまわっているうちに、しまいには、ちょうど雪達磨《ゆきだるま》がふとるように、十分重量のある噂になってしまったのである。

その噂というのは、こうであった。

学校は、朝倉先生の問題を表面に出して生徒を処罰することはやらないらしい。それを表面に出すと、処罰者は一人や二人ではすまないし、また、それには、生徒の一人一人についてもっとくわしく取り調べなければならない。そんなことをしているうちに、さわぎを再発させるようなことがあってはめんどうである。それに、第一、留任《りゅうにん》運動のために嘆願書《たんがんしょ》を出したというだけでは、何としても処罰の理由にはならない。それを思想問題に結びつけることは、朝倉先生が去ったあとでは、もう大してその必要もないし、また、それは曽根少佐が好まないところだ。しかし、そうかといって、血書を書いたり、秘密に送別会をやったりして、朝倉先生のためにあれほど働いた次郎を、そのままにしておくわけにはいかない。曽根少佐も、次郎だけは何とかして学校から放逐《ほうちく》したい、と考えている。そこで曽根少佐と西山《にしやま》教頭とが相談して、非常にずるいことを考えだした。それは女の問題を理由にして次郎を処罰することだ。校長も、ほかの教師も、二人の言いなりになるのだから、今日《きょう》の会議で、たぶんそうきまるだろう。――

と、いうのである。

この噂が、それほど筋《すじ》のとおったものになるのには、むろんそれ相当の理由があった。それは馬田《うまだ》一派の活躍《かつやく》であった。彼ら、とりわけ馬田自身は、次郎を事件の犠牲者《ぎせいしゃ》にして英雄《えいゆう》に仕立てあげるよりも、女の問題で彼に汚名《おめい》をきせることに、より多くの興味をもっていたし、また、このごろ曽根少佐の家に出入りすることによって、信ずべき情報の提供者として有利な地位を占《し》めていたのである。

次郎は、この日も、あたりまえに学校に出ていた。しかし、そうした噂は、いつも彼の耳から遠いところで語られていた。また、彼自身もそれに近づいて行こうともしなかった。彼は、休み時間になると、ひとりで校庭をぶらつきながら、いかにも感慨深《かんがいぶか》そうに、あちらこちらを見まわしているだけだった。

だれよりもこの噂《うわさ》で気をくさらしたのは、新賀と梅本《うめもと》だった。二人は最初のうちそれを一笑《いっしょう》に付《ふ》していたが、生徒たちのどのかたまりででも同じようなことが語られているのを聞くと、とうとうたまりかねて、次郎を人《ひと》けのない倉庫のうらに誘《さそ》いこみ、半《なか》ば詰《きっ》問《もん》するように、女の問題について彼自身の説明を求めた。

次郎はさびしく微笑《びしょう》して、しばらく二人の顔をみつめたあと、かなり激《はげ》しい調子で言った。

「僕はどうせ退学さ。それはもうきまっている。昨日《きのう》の曽根少佐との問題があるからね。僕自身でも、もうこの学校には未練《みれん》がないんだから、甘《あま》んじて処分はうけるよ。しかし、不都合《ふつごう》の行為《こうい》あり退学を命ず、というような掲示が出た時に、それを女の問題だと思われたんじゃ、僕も残念だよ。だから、これだけは、はっきり君《きみ》らに事情を話しておきたい。実は、これまでだれにも話すまいと思っていたんだが、そんな宣伝をするやつは馬田にちがいないと思うから、馬田のためにも言っておく必要があるんだ。――」

そう言って彼は、彼がこれまで道江《みちえ》のために馬田に対してとった態度をかくさず説明した。彼は、しかし、説明しているうちに、心の奥《おく》に何かしら暗い影《かげ》がさすような気がして、自分ながら自分の言葉の調子がみだれるのをどうすることもできなかった。彼はその影をはらいのけるように、最後に調子を強めて言った。

「僕には何もやましいことはない。僕は僕の信ずることをやったまでだ。それがいけないというんなら、もうしかたがないさ。しかし、君らだけには信じてもらいたいね。」

梅本も新賀も、むしろ驚《おどろ》いたように次郎の顔を見つめていた。すると、次郎は、また寂《さび》しく微笑して、

「とにかく僕ひとりが犠牲《ぎせい》になれば、何もかもそれで片づくんだ。そう思うと、女の問題だろうと何だろうとかまわんという気もするね。ただ僕が心配しているのは、送別会のことで君ら二人に迷惑《めいわく》がかかりはしないかということだ。あれは僕があくまでも全責任を負《お》うよ。実際責任は僕にあるんだからね。そのつもりで、学校が何といおうと、君らはがんばってくれたまえ。」

二人はそれに対しては何とも答えなかった。梅本は、すぐ、くってかかるように言った。

「君ひとりが犠牲になったからって、何も片づきはせんよ。僕は、もし学校に残ることができれば、さっそく馬田の征伐《せいばつ》をはじめたいと思っているんだ。」

するとニ新賀が、

「そうだ。そしてそのつぎは西山と曽根だ。僕はそのためなら、僕の海軍志望を棒《ぼう》にふってもいい。」

次郎は一瞬《いっしゅん》、躍《おど》りあがりたいほどの興奮をおぼえた。しかし、つぎの瞬間《しゅんかん》には、彼はその興奮をおさえようとして、心の底でもがいていた。彼はしばらくして言った。

「そんなこと、ばかばかしいよ。こんなちっぽけな中学校のことなんか、もう、どうだっていいんだ。僕たちには、もっと大きな仕事が待っているんだから。」

彼は、しかし、言ってしまって何かうつろな気がした。それがまだ彼の心の奥底《おくそこ》からの声になっていなかったことは、彼自身が一番よく知っていたのである。

その日は、それ以上に学校に大したことも起こらなかった。生徒たちは、職員会議に心をひかれながらも、授業が終わるとさっさと退散した。それは、彼らの大多数に、自分たちは安全地帯にいるという自信があったせいでもあったが、また一つには、学期試験が近づいているのに、朝倉先生の問題で、だれもがその準備《じゅんび》をおろそかにしていたせいでもあった。事件最中には、ストライキをあてにして、さわぐことだけに夢中《むちゅう》になっていた連中ほど、今では試験が気にかかっていたのである。

それでも、その翌朝になると、生徒たちは、やはり、いくぶん興奮した眼をして、いつもより早く学校に集まって来た。そして、だれもが職員会議の結果について知りたがった。いろんな新しい想像や臆測《おくそく》がまもなく校内にみだれ飛んだことはいうまでもない。その中には、処罰は昨日の予想を裏切って非常に重く、かつ範囲《はんい》も交友会の委員全部に及《およ》ぶらしい。退学は少なくも五、六名、停学は十名以上で、その他は謹慎《きんしん》だ、といったような、恐《おそ》ろしく刺激的《しげきてき》なものもあった。

しかし、そうした想像や臆測も、一時間目の授業が終わったころには、もう完全に、一つの情報によって打《う》ち破《やぶ》られ、統一されていた。それには、昨日ほどめんどうな手数をかける必要もなかったのである。というのは、その情報というのが、これまで職員会議の秘密をさぐるのに一度も失敗したことのない生徒の口から発表されたものだったからである。

いったい日本では、中等学校以上の学校で、職員会議の内容が生徒につつぬけにならない場合はきわめてまれなのであるが、それは、生徒に会議の秘密でももらさなければ安心して教室に出られないほど、頭と心の貧しい先生たちや、学校の中で御殿女中式《ごてんじょちゅうしき》の勢力争いでもやっていなければ人生はおもしろくない、と心得《こころえ》ているような先生たちが、かなり多数だからである。次郎たちの学校も、決してその例外ではなかった。だから、ひとりの物《もの》ずきな、そして先生の弱点をよく心得ている生徒がいて、職員会議のすんだ日の夕食後にでも、散歩がてら先生の門をたたくと、彼は、煎餅《せんべい》でもおごってもらいながら、大した苦労もなしに、先生自身の口から、会議の内容を細大《さいだい》もらさずききだすことができたわけなのである。

むろんそうした生徒は、先生に、「これは君までの話だ、他の生徒には絶対にもらさないように。」と懇々《こんこん》口留《くちど》めされるのが常である。しかし、その生徒がそうした口留めを守るほど道徳的でないこともむろんである。それは、先生が職員会議の秘密について道徳的でないのと同様なのである。彼は、だれ先生に直接きいて来たんだという確証を与《あた》えることによってのみ、生徒たちに喝采《かっさい》され、彼自身の功績《こうせき》を誇《ほこ》りうるということをよく知っているのである。

さて、そうした種類の一生徒によって、全校にばらまかれた権威《けんい》ある情報というのは、こうであった。

次郎は諭旨《ゆし》退学《たいがく》にきまった。そのほかには処罰者はない。次郎の諭旨退学も、形の上では保証人からの願い出による退学になるわけだから、正式には処罰者は一名もないことになるのである。

次郎の諭旨退学の理由は、教師に対する反抗心《はんこうしん》が強く、すでに一年生のころから宝鏡先生に対して不遜《ふそん》の言動があり、最近では、配属将校に対してさえはなはだしく無礼《ぶれい》な態度をとり、しかも反国家的な言辞《げんじ》を弄《ろう》してはばからないので、他の生徒に対する悪影《あくえい》響《きょう》がはなはだしいし、学校としてはとうてい教育の責任を負うことができないというのである。

女の問題は、生徒間にはすでに知《し》れ渡《わた》っており、その証拠《しょうこ》を握《にぎ》っている生徒もあるが、周囲に及《およ》ぼす迷惑を考慮《こうりょ》し、この際それは問題にしないことになった。

なお、次郎に対する同情的意見を述べた先生が二人ほどあった。その一人は、次郎の学級主任の先生、もう一人は、この会議の内容をもらした某《ぼう》先生自身であった。しかし、次郎の保証人を納得《なっとく》させるためには全職員一致《いっち》の意見でなければぐあいがわるい、という校長からの希望もあり、大勢《たいせい》がすでにきまっていたので、二人とも強《し》いては主張しなかった。

だいたい情報の内容は以上のようなものであったが、この情報は、三時間目の授業中、次郎が即刻召喚《そっこくしょうかん》の紙片《しへん》を受け取って、教室を出て行ったことによって、もはや一点の余《よ》地《ち》を残さないものになってしまった。——即刻召喚の紙片というのは「即刻」という大きな朱印《しゅいん》の下に、呼び出す先生の名と呼び出される生徒の名とを記した小さな紙片でしかなかったが、それが授業の最中に給仕《きゅうじ》によって教室に持ちこまれるということは、呼び出される生徒にとって、いつもきわめて重大な意義をもっていたのである。

次郎は、教室を出るまえに、机《つくえ》の中の自分の持ち物をのこらず雑嚢《ざつのう》にしまいこんだ。それがまたみんなの注目をひいた。彼はその雑嚢を肩《かた》にかけると、ほとんど無表情に近い顔をして生徒たちを見まわし、それから先生におじぎをして教室を出て行ったが、その様子《ようす》には、先生も生徒たちも何か異様《いよう》な圧迫《あっぱく》を感じたらしく、彼の足音がきこえなくなるまで、教室は水の底のように静まりかえっていた。

次郎を呼び出したのは、学級主任の黒田《くろだ》先生だった。次郎は、この先生とはふだん特別の深い交渉《こうしょう》はなかったが、現在の先生の中では一番いい先生だと思っていた。で、即刻召喚の紙片を手にした瞬間、この先生が自分の学級主任であってくれてよかった、という気がしたのだった。

次郎の顔を見ると、黒田先生はすぐ自分の席を立って、彼を監督室《かんとくしつ》の隣《となり》の室《へや》につれて行った。宝鏡先生の事件以来、この室にはいるのは四年ぶりである。テーブルには相変《あいか》わらず虫のくった青毛氈《あおもうせん》がかけてあり、「思無邪」と書いた正面の額《がく》も、昔《むかし》どおりであった。

二人が腰《こし》をおろしてからも、黒田先生はなかなか口をきかなかった。そして、じっとテーブルの一点を見つめていたが、二、三分もたったころ、やっと思いきったように言った。

「きのうは大変な失敗をやってくれたね。」

「すみません。」

と、次郎は眼をふせた。が、すぐ、

「しかし、あれでけりがついてかえってよかったと思っているんです。」

「けりがついたっていうと？」

「僕、退学になるんでしょう。」

黒田先生は眼を見はった。次郎は、その眼に出っくわすと、かえって気《き》の毒《どく》そうに、自分の視線《しせん》をおとし、

「僕、もうこないだから、この学校にはいられないような気がしていたんです。」

「どうして？」

「何だか僕の良心がゆるさなかったんです。」

「良心が？　何かほかにわるいことでもしていたかね。」

「そんなことありません。僕、そんな意味で言っているんではないんです。」

「じゃあ、どうなんだ。」

「僕は――」

と、次郎はしばらくためらっていたが、

「僕は、不正な権力の下《もと》で勉強するのが、不愉快《ふゆかい》でしかたがなかったんです。」

黒田先生は、もう一度眼を見張った。そしてながいこと次郎を見つめたあと、ふうっと大きな息を吐《は》き、そのまま眼をつぶってしまった。

どちらからも口をきかない時間が、おおかた五分間もつづいた。次郎は何か悲しい気がした。宝鏡先生の事件のおり、この室で朝倉先生に訓戒《くんかい》された時のことがいつのまにか思い出されて来た。すると、朝倉先生の澄《す》んだ眼が、そして最後のあの険《けわ》しい眼が、はっきりうかんできた。彼は、もう声をあげて泣きたいような気持ちだった。

黒田先生は、やっと自分で自分を励《はげ》ますように、

「君がそんなふうに考えているんなら、私はもう何も言うことはない。いや、何も言う資格はないといったほうが適当かもしれないね。先生はみんな弱い。私もむろん弱い。ほんとうに強いのは朝倉先生だけだったんだ。その先生ももう去られたし、君らも寂《さび》しいだろうね。」

次郎の眼からは、とうとう涙《なみだ》がこぼれだした。

「先生、僕、生意気《なまいき》言ってすみません。ゆるしてください。」

彼はそう言うと、テーブルに顔をふせてしまった。

「許してもらわなければならんのは、私だよ。」

黒田先生はいきなり手をのばして、次郎の肩《かた》をつかみながら言った。その眼にも、もう涙がにじんでいた。

次郎はしばらくして顔をあげたが、

「先生だけにでも、僕の気持ち、よくわかっていただいて、僕はうれしいのです。もういつ処分されてもいいんですから、校長室につれていってください。」

「校長室になんか、行かなくてもいいんだ。君が得心《とくしん》してくれさえすれば、それでいいんだから。」

「しかし、校長先生から言《い》い渡《わた》しがあるんでしょう。」

「言い渡しなんかないよ。諭旨《ゆし》退学《たいがく》ということになっているんだ。」

「諭旨――すると僕のほうから退学願いが出せるんですね。」

次郎は眼をかがやかした。形式だけでも自発的に退学ができるということが、妙《みょう》にうれしかったのである。

「そうだよ。それもきょうあすでなくてもいい。もし近いうちに転校先でも見つかるようだったら、そのほうの手続きをしてもいいんだ。」

「それができるんでしたら、僕、朝倉先生にお願いしてみたいんです。」

「それがいい。私からもお願いしてみよう。東京には私立もたくさんあるしね。」

次郎は、もう処罰されるために呼び出された生徒のように見えなかった。

黒田先生は寂しい笑顔《えがお》になって立ちあがりながら、

「じゃあ、君、ここでしばらく待っていてくれたまえ。君のことだから、ひとりで帰ってもだいじょうぶだとは思うが、きょうはやはりお父《とう》さんといっしょに帰ってもらうことにしよう。お父さんは、実は、もうさっきから、学校にお見えになっているんだ。」

次郎は、さすがにはっとしたように顔をあげて、室を出て行く黒田先生のあとを見おくった。

そのころ、俊亮《しゅんすけ》は校長室で、校長、西山教頭、曽根少佐の三人を相手に対談していたのだった。

彼は、けさ、次郎がうちを出るとまもなく、学校からの呼出状《よびだしじょう》をうけとって出て来たのであるが、まず黒田先生から懇談的《こんだんてき》に、つづいて校長室で校長自身からきわめて用心ぶかく、次郎の諭旨退学の理由を説明されたのである。校長室には西山教頭も立ち会っていた。俊亮は、黒田先生とはわだかまりなく話ができたが、校長からの説明の時には一言《ひとこと》も口をきかず、ただ微笑しているだけだった。そして説明をきき終わっても納得《なっとく》したのか、しないのか、いっこう要領《ようりょう》を得ないような顔をして、かなりながいことだまっていた。校長は、それがよほど心配だったらしく、「これは全職員にはかりまして、一人の異議《いぎ》もなく決定いたしましたことで。」とか、「なにぶん多数の生徒をお預かりいたしています関係上、心ならずもこういうことになりました次第《しだい》で。」とか、いろいろそういったことをならべたてた。

俊亮はそんな言葉に対しても、ほとんど聞き流すような態度でいたが、おしまいに、ひょいと忘れものでも思い出したかのように言った。

「配属将校の方、曽根少佐とおっしゃいましたかね。――その方にちょっとお目にかからしていただけませんでしょうか。」

校長は鼻をぴくりと上にすべらせて、西山教頭を見た。すると、西山教頭が、

「配属将校は生徒のことでは直接責任がないんです。処分は学校としてやるんですから。」

「むろん、そうだろうと存じます。」

と、俊亮は西山教頭のほうに眼をうつして、

「ですから、次郎の処分について私は配属将校の方にとやかく申そうというのではありません。」

「するとどういうご用件で？」

「次郎という人間をどうご覧《らん》になっているか、それを直接おききしたいのです。」

「それは、校長からさきほどおつたえしました通りで、あらためておききになる必要はないと存じますが。」

「私は、直接おききしたいと申しあげているのです。」

「すると、校長をご信用なさらない、というわけですか。」

「信用するとか、しないとかいう問題ではありません。人の子の親として、一度、直接お会いして承《うけたまわ》っておきたいのです。」

俊亮の態度は厳然《げんぜん》としていた。

西山教頭は、校長とちょっと眼を見あったあと、変に言葉の調子をやわらげ、

「しかし、なにぶん、ほかの職員とはちがいますので、生徒の処分問題などで、父兄《ふけい》の方に直接会っていただくというようなわけにはまいりにくい点もありますし……」

「学校の一職員としてではなく、人間としてお会いくださるというわけにはまいりませんか。」

「どうも――」

と、西山教頭は、わざとらしく笑って頭をかきながら、

「そんなふうにおっしゃられると、いよいよ事《こと》が大《おお》げさになるような気もいたしますが……」

「少しも大げさになることはありません。まじめなことではありますがね。」

「どうも――」

と、西山教頭は、今度は冷笑《れいしょう》に似た苦笑《くしょう》をもらした。すると、俊亮はきっとなって、

「いやしくも、次郎という一人の人間に、新しい運命、――と申してはあるいは大げさになるかもしれませんが――よかれあしかれ一つの新しい方角《ほうがく》をお与《あた》えくだすった方に、親としての私が直接お会いしたいと申すのを、先生はまじめでないとお考えでしょうか。」

西山教頭の三角形の眼が急に引きしまった。校長の鼻は上にすべったきり動かない。しばらく沈黙《ちんもく》がつづいたあと、西山教頭はひとりで何かうなずいたが、

「いや、それほどおっしゃるなら、とにかくいちおう配属将校にご希望をお伝えしてみましょう。しかし、お会い願えるとしても、それはあくまでも学校の一職員としてではありませんから、その点十分おふくみ願っておきます。」

そう言って校長室を出て行ったが、まもなく、曽根少佐といっしょに何か高笑いしながらもどって来た。

曽根少佐は、室にはいるとすぐ、

「やあ、本田次郎君のお父《とう》さんですか。」

と、いかにもわだかまりがないといった調子で、俊亮に言葉をかけた。そして、俊亮が立ちあがって挨拶《あいさつ》をかえしているうちに、もうどさりと椅子《いす》に腰をおろし、

「いや、今度は次郎君はまことにお気の毒な事になりました。しかし見どころのある青年ですから、心機《しんき》一転《いってん》すると、かえっていい結果になるかもしれません。」

俊亮は、しばらくの間、まじまじと少佐の顔を見まもっていたが、

「そうでしょうか。あなたも見どころがあるとお感じでしょうか。」

少佐は、「あなたも」と言われたのに、ちょっと変な気がしたらしく、眼をぎろりとさせたが、

「ええ、たしかに見どころはありますね。あれでもう少し思慮《しりょ》が深いと、こんなことにもならなかったろうし、私としては、むしろ校風刷新《さっしん》のために、片腕《かたうで》になって働いてもらいたいとさえ思っていたぐらいなんですがね。」

俊亮は微笑しながら、

「なるほど。で、見どころと申しますと?」

「非常に気が強いところです。こうと思いこむと、なかなかあとへはひかないたちですね。」

「たしかに親の目から見てもそういう点はあります。同時に、相当思慮も深いように

思いますが、そうではありますまいか。」

「いや、その点はどうも。……もっとも、かなり策士《さくし》らしい面《めん》もありますから、それを思慮深いといえば格別ですが。」

「策士？」と、俊亮はちょっと意外だといった顔をしたが、すぐうなずいて、

「いや、なるほどそういう点もたしかにありましょう。しかし、このごろでは、あまり筋《すじ》のとおらない策は用いないように思いますが、いかがでしょう。朝倉先生の問題でも、初めから終わりまで、一途《いちず》に筋を通そうとして細かく頭を使っていたようですし、おとといお宅《たく》におうかがいしました時も、自分の信じていることの筋をとおすために、つい失礼なことも申しあげましたように私には思われますが。」

曽根少佐は、それまで多寡《たか》をくったような調子で、応対《おうたい》していたが、やっと俊亮の鋒先《ほこさき》を感じたらしく、急に居《い》ずまいを直して、口《くち》ひげをひねりあげた。校長のピラミッド型の鼻と西山教頭の三角形の眼とに、それがある波動をつたえたことはいうまでもない。

俊亮は、しかし、三人の様子には無頓着《むとんちゃく》なように、

「それで、実は、私はこんなふうに考えたいのですが、まちがっていましょうか。次郎は、思慮はあるが、策がない。もしおっしゃるとおりに、策があって思慮のない人間

でしたら、どんな恥《は》ずかしいことでもして、きょうの処分をまぬがれることができただろう、と、そう思うのですが。」

三人の眼は俊亮の顔に釘《くぎ》づけにされた。

俊亮は微笑してそれを見くらべている。

しばらくして、曽根少佐が、まるで相手にならん、といわぬばかりの顔をして、眼を天井《てんじょう》に向けた。同時に西山教頭が言った。

「あなたは、そんなことを言って、処分を取り消させようとでもなさるおつもりですか。」

「とんでもない。」

と、俊亮はふき出すように笑って、

「私は、次郎にあくまでも筋を通させたいとこそ思え、自分から先に立って、そんな下品《げひん》な策を弄《ろう》しようとは、夢《ゆめ》にも考えていません。お言葉を承《うけたまわ》っただけでも恥ずかしい気がいたします。」

西山教頭は顔を真赤《まっか》にして曽根少佐を見た。曽根少佐は相変わらず天井を向いたまま、眼をぱちぱちさせている。

「次郎は、これまで、一所懸命《いっしょけんめい》で筋をとおして来ましたし、これからもとおすだろうと思います。ですから――」

と、俊亮は曽根少佐の横顔を見ながら、

「さきほどあなたは、次郎が心機一転するのをご期待くだすったようですが、それはだめでしょう。私としても、むろんそんなことがないように希望しているのです。今の信念と心境のままで突《つ》きすすんでさえもらえば、おそらく次郎は人間としてまちがいのない道を歩くことになるだろうと思います。ただ残念なのは、おっしゃるとおり気が強すぎて、つい長上《ちょうじょう》に対して失礼な口のききかたをすることです。その点は本人にも十分申しきかせましょうし、諸先生方にも重々《じゅうじゅう》おわび申しあげなければならないと存じています。」

曽根少佐の眼が、その時天井をはなれて、まともに俊亮の顔にそそがれた。

「さきほどから黙《だま》って承《うけたまわ》っていますと、――」

と、少佐はすこしそり身《み》になりながら、

「あなたは、次郎君が筋をとおすというのでご自慢《じまん》のようですが、それはまあそうだとしても、しかし、ご用心なすったほうがいいでしょう。何といっても大事なのは、根底になる思想ですからね。それが間《ま》ちがっていたのでは、――」

「ありがとう存じます。しかし、思想の点では今のところだいじょうぶだと信じています。」

「さあ、それが――」

「いや、それだけはご安心が願えるかと思います。私がこれまで見て来ましたところでは、次郎はあくまでも国家の道義《どうぎ》のために働きたい、不正な権力に対しては身を捨てても戦いたい、と、そういった考えでいるようですから。」

曽根少佐の長いひげがびりびりとふるえた。俊亮は平然《へいぜん》として、

「とくに最近は、そういう考えが固い信念のようになって来たようです。それはたぶん朝倉先生のご感化だと思いますが、しかし、今度の事件で、実際問題にぶっつかって鍛《きた》えられたということが非常によかったと思います。その点で、私は、朝倉先生だけでなく、そういう機会を次郎にお与えくだすった皆《みな》さんに、深くお礼を申さなければならないと思っています。」

俊亮の調子には、微塵《みじん》も皮肉《ひにく》らしいところがなかった。悠然《ゆうぜん》というか、淡々《たんたん》というか、まるで表情のない顔つきをして、ごくあたりまえの調子でそう言ったのである。

校長も、西山教頭も、曽根少佐も、ただ渋《しぶ》い顔を見合わせているよりほかなかった。

そこへ、廊下《ろうか》のほうの扉《とびら》に軽くノックする音がきこえ、やがて黒田先生がはいって来た。

先生は、曽根少佐がその席にいるのを見て、ちょっとけげんそうな顔をしたが、すぐ校長に向かって、

「本人にはただ今申しつたえましたが、わけなく納得してくれました。納得したというよりは、自分からその気でいたようです。それから、――」

と、俊亮のほうを見て、

「本人には、転校の希望もあるようですが、もしお父《とう》さんのほうでもそのおつもりでしたら、さっきお書きくださった退学願いは、当分《とうぶん》私のほうでお預かりいたしておきましょう。」

「そう願えれば何よりです。」

すると西山教頭が言った。

「もし転校の手続きをなさるのでしたら、できるだけ早くお願いします。学籍簿《がくせきぼ》の整理上、いつまでも中途半《ちゅうとはん》ぱにはできませんから。」

「承知《しょうち》しました。もしながびいて御都合《ごつごう》がわるいようでしたら、黒田先生にお預けしてある退学願いをいつでもお役だてください。」

俊亮はめずらしく激《はげ》しい調子で言って立ちあがり、

「では、私、これで引き取らしてもらいます。いろいろ勝手《かって》なことを申しましてすみ

ませんでした。」

黒田先生は気《き》まずそうに眼をおとしていたが、

「本人はまだあちらに待たしてあります。今日はごいっしょにおつれ帰りくださるほうがいいかと思いまして。」

「そうですか。それはどうも。」

俊亮は何かおかしそうに微笑した。

ちょうどその時間の終わりの鐘《かね》が鳴った。俊亮は黒田先生のあとについて、さわがしくなった廊下を通り、次郎の待っている室にはいったが、次郎はその時、窓の近くに立って、そとを見ていた。

「じゃあ、次郎、帰ろう。」

俊亮はそれだけ言ったきり、一《ひと》ことも口をきかなかった。次郎も父の顔を見て、ただうなずいたきりだった。

まもなく二人は黒田先生に見おくられて玄関《げんかん》を出た。次郎は、ほうぼうからたくさんの眼が自分を見ているのを感じて、さすがにいい気持ちはしなかった。

校門を出ると、すぐ俊亮がたずねた。

「どうだった。最後の瞬間《しゅんかん》に動揺《どうよう》はしなかったかね。」

「そんなことありません。僕、黒田先生にかえって気の毒だったんです。」

「どうして。」

次郎は黒田先生との対話のあらましを話して、

「僕、先生にあんなふうに言われると、どうしていいかわからなくなるんです。」

「ああいう先生には、ミケランゼロの鑿《のみ》の必要もないというわけだね。ははは。しかし、あの先生は実際いい先生だ。おまえも気持ちよく学校にお別れができて、しあわせだったよ。」

「父《とう》さんは校長にも会ったんですか。」

「うむ、会った。西山教頭や曽根少佐にもあったよ。」

俊亮はべつに校長室の様子をくわしく話しはしなかった。彼はただ笑いながら、

「父さんには、ミケランゼロの鑿なんて、とても使えんよ。へたすると、女神《めがみ》どころか悪魔《あくま》が出て来そうだからね。むずかしいもんだ。まあ、しかし、父さんの鑿も、まるで役にたたなかったわけではあるまい。あてた鑿のあとだけは、どこかに残っているだろうからね。」

二人ははればれとした気持ちになって、校門を遠ざかった。次郎はうしろをふりかえって見ようともしなかった。そしていつのまにか町をぬけ、土手《どて》にさしかかっていた。

しかし、一心橋《いっしんばし》のたもとまで来ると、次郎は急に馬田との一件を思いおこして、不愉快《ふゆかい》になった。自分が退学したあとの学校の行きかえりのことまでが気になって来たのである。

「父《とう》さん、水をあびて帰りましょうか。」

「うむ、よかろう。」

二人は馬の水飼場《みずかいば》に来ると、着物をぬいで川に飛びこんだ。

「次郎といっしょに水泳をやるのは、これで三度目だね。」

「ええ。」

次郎はすべての過去を払《はら》いのけるように、水の中をあばれまわった。俊亮は、首から下をしずかに水にひたして、それを見まもっていた。

水を出ると、俊亮が言った。

「きょうはもう一度、鶏《にわとり》をつぶそう。だれか呼びたい友達はないかね。」

「新賀と梅本です。今日は、黙《だま》っていても、きっと学校のかえりに来ると思います。」

次郎はしんからうれしそうに答えた。

「大巻《おおまき》のうちにも、みんなで来てくださるように、そう言っとくといい。徹太郎叔父《てったろうおじ》さんと道江さんにはぜひってね。二人とも、おまえのことはだれよりも気にかけていたようだから。」

俊亮はそう言って歩きだしたが、あとについて行く次郎の心には、何かまた暗いかげがさしていた。道江の名は、もうどんな場合にも、彼の耳に、軽い風のような快いひびきをもつものではなかったのである。

＊

次郎の生活記録の第四部をここで終わる。考えてみると、この記録は、次郎の生活の中の、わずかに二十日にも足りない期間の記録でしかなかった。その点からいって、それに費《ついや》された紙数は、これまでの記録にくらべて、あまりにも多すぎたように思える。しかし、この短い期間が次郎の一生にとって持つ意義は、それだけの紙数に値《あたい》しないほど小さなものであったとは決して思えない。それは、次郎が時代というものに身をもって接触《せっしょく》しはじめ、したがって大きな社会に実践《じっせん》の足をふみ入れたという点で。また、はじめて恋《こい》というものを意識し、その苦悩《くのう》を味わいはじめたという点で。そしてまた、それらの諸事情によってかもし出された「運命」と「愛」との新しい葛藤《かっとう》によって、「永遠」への彼《かれ》の道が、これまでとはかなりちがった様相《ようそう》を呈《てい》しはじめたという点で。

過去数年の間彼の心を支配し、いくらかずつその内容を深めて来た「無計画の計画」

とか「摂理《せつり》」とかいう考えが、これからも素直《すなお》に彼の心の中で成長して行くか、どうか。それは彼を愛する人たちにとって、最も大きな関心事でなければならない。私はそうした点について、注意深く彼を見守り、つづいて彼の生活をつぶさに記録して行くであろう。

「次郎物語 第四部」附記

「次郎物語」の完成は、いかにそれが貧しい内容のものであろうと、私にとっては、生涯《しょうがい》のうちの最も大きな仕事の一つである。そして私は、出来《でき》うれば、敗戦後の日本の運命と次郎の運命とがどう結びつくかを書き終わるまでは、この物語に別れを告げたくない、と思っている。しかし、それまでには、なお数巻の記述を必要とするであろう。悲しいことには、私は世間《せけん》の物笑《ものわら》いになるほどの遅筆《ちひつ》である。しかも、今年の十月には私の六十六歳《さい》の誕辰《たんしん》を迎《むか》えようとしている。たとい健康にある程度《ていど》の自信があるとしても、私は急がなければならないという気がしてならない。まして、第三次世界大戦の危機がわれわれの頭上をおびやかしていることを思うと、一切《いっさい》をなげうって、この仕事に没頭《ぼっとう》すべきではないか、とさえ思うのである。これは誇張《こちょう》でも何でもない。第四部を書き終えた時の私の実感なのである。

しかし、今はただ出来るだけ少ない煩累《はんるい》の中で出来るだけ多くの記述をすすめうることを神に祈《いの》りつつ、最善の努力を試みるより外《ほか》はない。なぜなら、私もまた次郎と共に運命と愛との葛藤《かっとう》の中に生きる人間の一人なのだから。

一九四九・三・一九

〔編集付記〕

一、本書の編集にあたっては、『次郎物語 第一部〜第五部』(新小山文庫、一九五〇)、『定本 次郎物語』(池田書店、一九五八)、角川文庫版(一九七一)、『下村湖人全集』(国土社、一九七五)の1〜3巻、新潮文庫版(一九八七)などの既刊の諸本を校合のうえ本文を決定した。

二、漢字、仮名づかいは、新字体・新仮名づかいに統一した。

三、今日ではその表現に配慮する必要のある語句もあるが、作品が発表された年代の状況に鑑み、原文通りとした。

(岩波文庫編集部)

次郎《じろう》物語《ものがたり》（四）〔全5冊〕

2020年9月15日　第1刷発行

作　者　下村湖人《しもむらこじん》

発行者　岡本　厚

発行所　株式会社　岩波書店
〒101-8002 東京都千代田区一ツ橋2-5-5

案内 03-5210-4000　営業部 03-5210-4111
文庫編集部 03-5210-4051
https://www.iwanami.co.jp/

印刷・三陽社　カバー・精興社　製本・中永製本

ISBN 978-4-00-312254-9　　Printed in Japan

読書子に寄す

――岩波文庫発刊に際して――

岩波茂雄

真理は万人によって求められることを自ら欲し、芸術は万人によって愛されることを自ら望む。かつては民を愚昧ならしめるために学芸が最も狭き堂宇に閉鎖されたことがあった。今や知識と美とを特権階級の独占より奪い返すことはつねに進取的なる民衆の切実なる要求である。岩波文庫はこの要求に応じそれに励まされて生まれた。それは生命ある不朽の書を少数者の書斎と研究室とより解放して街頭にくまなく立たしめ民衆に伍せしめるであろう。近時大量生産予約出版の流行を見る。その広告宣伝の狂態はしばらくおくも、後代にのこすと誇称する全集がその編集に万全の用意をなしたるか。千古の典籍の翻訳企図に敬虔の態度を欠かざりしか。さらに分売を許さず読者を繋縛して数十冊を強うるがごとき、はたしてその揚言する学芸解放のゆえんなりや。吾人は天下の名士の声に和してこれを推挙するに躊躇するものである。このときにあたって、岩波書店は自己の責務のいよいよ重大なるを思い、従来の方針の徹底を期するため、すでに十数年以前より志して来た計画を慎重審議この際断然実行することにした。吾人は範をかのレクラム文庫にとり、古今東西にわたって文芸・哲学・社会科学・自然科学等種類のいかんを問わず、いやしくも万人の必読すべき真に古典的価値ある書をきわめて簡易なる形式において逐次刊行し、あらゆる人間に須要なる生活向上の資料、生活批判の原理を提供せんと欲する。この文庫は予約出版の方法を排したるがゆえに、読者は自己の欲する時に自己の欲する書物を各個に自由に選択することができる。携帯に便にして価格の低きを最主とするがゆえに、外観を顧みざるも内容に至っては厳選最も力を尽くし、従来の岩波出版物の特色をますます発揮せしめようとする。この計画たるや世間の一時の投機的なるものと異なり、永遠の事業として吾人は微力を傾倒し、あらゆる犠牲を忍んで今後永久に継続発展せしめ、もって文庫の使命を遺憾なく果たさしめることを期する。芸術を愛し知識を求むる士の自ら進んでこの挙に参加し、希望と忠言とを寄せられることは吾人の熱望するところである。その性質上経済的には最も困難多きこの事業にあえて当たらんとする吾人の志を諒として、その達成のため世の読書子とのうるわしき共同を期待する。

昭和二年七月

《日本文学(現代)》〔緑〕

怪談 牡丹燈籠	三遊亭円朝
真景累ヶ淵	三遊亭円朝
塩原多助一代記	三遊亭円朝
小説神髄	坪内逍遥
当世書生気質	坪内逍遥
役の行者	坪内逍遥
ウィタ・セクスアリス	森鷗外
青年	森鷗外
山椒大夫・高瀬舟 他四篇	森鷗外
渋江抽斎	森鷗外
妄想 他三篇	森鷗外
舞姫・うたかたの記 他三篇	森鷗外
ファウスト 全二冊	森林太郎訳
みれん	シュニッツラー 森鷗外訳
森鷗外 椋鳥通信 全三冊	池内紀編注
浮雲	二葉亭四迷 十川信介校注
其面影	二葉亭四迷
今戸心中 他二篇	広津柳浪
河内屋・黒蜴蜓 他一篇	広津柳浪
野菊の墓 他四篇	伊藤左千夫
漱石文芸論集	磯田光一編
吾輩は猫である	夏目漱石
坊っちゃん	夏目漱石
草枕	夏目漱石
虞美人草	夏目漱石
三四郎	夏目漱石
それから	夏目漱石
門	夏目漱石
彼岸過迄	夏目漱石
行人	夏目漱石
こころ	夏目漱石
硝子戸の中	夏目漱石
道草	夏目漱石
明暗	夏目漱石
思い出す事など 他七篇	夏目漱石
文学評論 全二冊	夏目漱石
夢十夜 他二篇	夏目漱石
漱石文明論集	三好行雄編
倫敦塔・幻影の盾 他五篇	夏目漱石
漱石日記	平岡敏夫編
漱石書簡集	三好行雄編
漱石俳句集	坪内稔典編
漱石・子規往復書簡集	和田茂樹編
文学論 全二冊	夏目漱石
坑夫	夏目漱石
漱石紀行文集	藤井淑禎編
二百十日・野分	夏目漱石
五重塔	幸田露伴
運命 他一篇	幸田露伴
努力論	幸田露伴

幻談・観画談 他三篇	幸田露伴
連環記 他一篇	幸田露伴
天うつ浪 全二冊	幸田露伴
子規句集	高浜虚子選
病牀六尺	正岡子規
子規歌集	土屋文明編
墨汁一滴	正岡子規
仰臥漫録	正岡子規
歌よみに与ふる書	正岡子規
獺祭書屋俳話・芭蕉雑談	正岡子規
金色夜叉 全二冊	尾崎紅葉
三人妻	尾崎紅葉
二人比丘尼 色懺悔	尾崎紅葉
不如帰	徳冨蘆花
謀叛論 他六篇 日記	徳冨健次郎 中野好夫編
北村透谷選集	北村透谷 勝本清一郎校訂
武蔵野	国木田独歩

愛弟通信	国木田独歩
蒲団・一兵卒	田山花袋
田舎教師	田山花袋
東京の三十年	田山花袋
藤村詩抄	島崎藤村自選
破戒	島崎藤村
春	島崎藤村
千曲川のスケッチ	島崎藤村
桜の実の熟する時	島崎藤村
新生 全二冊	島崎藤村
夜明け前 全四冊	島崎藤村
藤村随筆集	十川信介編
生ひ立ちの記 他一篇	島崎藤村
にごりえ・たけくらべ	樋口一葉
大つごもり・十三夜 他五篇	樋口一葉
高野聖・眉かくしの霊	泉鏡花
歌行燈	泉鏡花

夜叉ケ池・天守物語	泉鏡花
草迷宮	泉鏡花
春昼・春昼後刻	泉鏡花
鏡花短篇集	川村二郎編
日本橋	泉鏡花
婦系図 全二冊	泉鏡花
外科室・海城発電 他五篇	泉鏡花
鏡花随筆集	吉田昌志編
化鳥・三尺角 他六篇	泉鏡花
鏡花紀行文集	田中励儀編
俳諧師・続俳諧師	高浜虚子
泣菫詩抄	薄田泣菫
有明詩抄	蒲原有明
上田敏全訳詩集	山内義雄 矢野峰人編
赤彦歌集	斎藤茂吉 久保田不二子選
宣言	有島武郎
小さき者へ・生れ出ずる悩み	有島武郎

一房の葡萄 他四篇　有島武郎
ホイットマン詩集 草の葉　有島武郎選訳
寺田寅彦随筆集 全五冊　小宮豊隆編
柿の種　寺田寅彦
与謝野晶子歌集　与謝野晶子自選
与謝野晶子評論集　鹿野政直・香内信子編
私の生い立ち　与謝野晶子
入江のほとり 他一篇　正宗白鳥
つゆのあとさき　永井荷風
濹東綺譚　永井荷風
荷風随筆集 全二冊　野口冨士男編
おかめ笹　永井荷風
摘録 断腸亭日乗 全二冊　永井荷風・磯田光一編
すみだ川・新橋夜話 他一篇　永井荷風
あめりか物語　永井荷風
江戸芸術論　永井荷風
ふらんす物語　永井荷風

煤煙　森田草平
斎藤茂吉歌集　山口茂吉・柴生田稔・佐藤佐太郎編
桑の実　鈴木三重吉
小鳥の巣　鈴木三重吉
千鳥 他四篇　鈴木三重吉
鈴木三重吉童話集　勝尾金弥編
小僧の神様 他十篇　志賀直哉
万暦赤絵 他二十二篇　志賀直哉
暗夜行路 全二冊　志賀直哉
志賀直哉随筆集　高橋英夫編
高村光太郎詩集　高村光太郎
白秋愛唱歌集　藤田圭雄編
北原白秋歌集　高野公彦編
北原白秋詩集 全二冊　安藤元雄編
フレップ・トリップ　北原白秋
野上弥生子随筆集　竹西寛子編
お目出たき人・世間知らず　武者小路実篤

友情　武者小路実篤
釈迦　武者小路実篤
銀の匙　中勘助
犬 他一篇　中勘助
中勘助詩集　谷川俊太郎編
若山牧水歌集　伊藤一彦編
新編 みなかみ紀行　若山牧水・池内紀編
新編 啄木歌集　久保田正文編
時代閉塞の現状・食うべき詩 他十篇　石川啄木
蓼喰う虫　谷崎潤一郎・小出楢重画
春琴抄・盲目物語　谷崎潤一郎
吉野葛・蘆刈　谷崎潤一郎
卍(まんじ)　谷崎潤一郎
幼少時代　谷崎潤一郎
谷崎潤一郎随筆集　篠田一士編
多情仏心 全二冊　里見弴
道元禅師の話　里見弴

今年竹 全二冊	里見弴
萩原朔太郎詩集	三好達治選
郷愁の詩人 与謝蕪村	萩原朔太郎
猫町 他十七篇	萩原朔太郎 清岡卓行編
恩讐の彼方に・忠直卿行状記 他八篇	菊池寛
菊池寛戯曲集 父帰る・藤十郎の恋	石割透編
河明り 老妓抄 他一篇	岡本かの子
春泥・花冷え	久保田万太郎
大寺学校 ゆく年	久保田万太郎
或る少女の死まで 他二篇	室生犀星
室生犀星詩集	室生犀星自選
犀星王朝小品集	室生犀星
出家とその弟子	倉田百三
愛と認識との出発	倉田百三
神経病時代・若き日	広津和郎
羅生門・鼻・芋粥・偸盗	芥川竜之介
地獄変・邪宗門・好色・藪の中 他七篇	芥川竜之介
河童 他二篇	芥川竜之介
奉教人の死・煙草と悪魔 他十一篇	芥川竜之介
歯車 他二篇	芥川竜之介
蜘蛛の糸・杜子春・トロッコ 他十七篇	芥川竜之介
或日の大石内蔵之助・枯野抄 他十二篇	芥川竜之介
芭蕉雑記・西方の人 他七篇	芥川竜之介
侏儒の言葉・文芸的な、余りに文芸的な	芥川竜之介
芥川竜之介随筆集	石割透編
蜜柑・尾生の信 他十八篇	芥川竜之介
年末の一日・浅草公園 他十七篇	芥川竜之介
芥川竜之介紀行文集	山田俊治編
田園の憂鬱	佐藤春夫
都会の憂鬱	佐藤春夫
日輪・春は馬車に乗って 他八篇	横光利一
上海	横光利一
旅愁 全二冊	横光利一
宮沢賢治詩集	谷川徹三編
童話集 風の又三郎 他十八篇	宮沢賢治 谷川徹三編
童話集 銀河鉄道の夜 他十四篇	宮沢賢治 谷川徹三編
山椒魚・遙拝隊長 他七篇	井伏鱒二
川釣り	井伏鱒二
太陽のない街	徳永直
伊豆の踊子・温泉宿 他四篇	川端康成
雪国	川端康成
川端康成随筆集	川西政明編
詩を読む人のために	三好達治
梨の花	中野重治
夏目漱石 全三冊	小宮豊隆
社会百面相 全二冊	内田魯庵
新編 思い出す人々	内田魯庵 紅野敏郎編
檸檬《レモン》・冬の日 他九篇	梶井基次郎
蟹工船 一九二八・三・一五	小林多喜二
独房・党生活者	小林多喜二
風立ちぬ・美しい村	堀辰雄

富嶽百景・走れメロス 他八篇	太宰治
斜陽 他一篇	太宰治
人間失格・グッド・バイ 他一篇	太宰治
津軽	太宰治
お伽草紙・新釈諸国噺	太宰治
真空地帯	野間宏
日本唱歌集	堀内敬三・井上武士編
日本童謡集	与田凖一編
至福千年	石川淳
近代日本人の発想の諸形式 他四篇	伊藤整
小説の方法	伊藤整
小説の認識	伊藤整
中原中也詩集	大岡昇平編
ランボオ詩集	中原中也訳
小熊秀雄詩集	岩田宏編
風浪・蛙昇天 —木下順二戯曲選Ⅰ	木下順二
子午線の祀り 沖縄 他一篇 —木下順二戯曲選Ⅳ	木下順二

元禄忠臣蔵 全二冊	真山青果
玄朴と長英 他三篇	真山青果
随筆滝沢馬琴	真山青果
旧聞日本橋	長谷川時雨
新編 近代美人伝 全二冊	長谷川時雨・杉本苑子編
土屋文明歌集	土屋文明自選
古句を観る	柴田宵曲
俳諧随筆 蕉門の人々	柴田宵曲
評伝 正岡子規	柴田宵曲
新編 俳諧博物誌	柴田宵曲・小出昌洋編
随筆集 団扇の画	柴田宵曲・小出昌洋編
子規居士の周囲	柴田宵曲
小説集 夏の花	原民喜
原民喜全詩集	
いちご姫・蝴蝶 他二篇	山田美妙・十川信介校訂
貝殻追放抄	水上滝太郎
銀座復興 他三篇	水上滝太郎

鏑木清方随筆集 東京の四季	山田肇編
随筆集 明治の東京	鏑木清方・山田肇編
柳橋新誌	成島柳北・塩田良平校訂
島村抱月文芸評論集	島村抱月
立原道造・堀辰雄翻訳集 —林檎みのる頃・窓	
野火／ハムレット日記	大岡昇平
中谷宇吉郎随筆集	樋口敬二編
雪	中谷宇吉郎
伊東静雄詩集	杉本秀太郎編
冥途・旅順入城式	内田百閒
東京日記 他六篇	内田百閒
佐藤佐太郎歌集	佐藤志満編
西脇順三郎詩集	那珂太郎編
草野心平詩集	入沢康夫編
大手拓次詩集	原子朗編
山岳紀行文集 日本アルプス	小島烏水・近藤信行編
雪中梅	末広鉄腸・小林智賀平校訂

宮柊二歌集　宮英子・高野公彦編
山の絵本　尾崎喜八
新編 山と渓谷　田部重治／近藤信行編
日本児童文学名作集 全二冊　桑原三郎・千葉俊二編
山月記・李陵 他九篇　中島敦
眼中の人　小島政二郎
新選 山のパンセ　串田孫一自選
新美南吉童話集　千葉俊二編
岸田劉生随筆集　酒井忠康編
摘録 劉生日記　岸田劉生／酒井忠康編
量子力学と私　朝永振一郎／江沢洋編
科学者の自由な楽園　朝永振一郎／江沢洋編
書物　森銑三・柴田宵曲
新編 明治人物夜話　森銑三／小出昌洋編
自註鹿鳴集　会津八一
窪田空穂随筆集　大岡信編
わが文学体験　窪田空穂

窪田空穂歌集　大岡信編
暢気眼鏡・虫のいろいろ 他十三篇　尾崎一雄／高橋英夫編
明治文学回想集 全二冊　十川信介編
梵雲庵雑話　淡島寒月
森鷗外の系族　小金井喜美子
新編 学問の曲り角　河野与一／原二郎編
碧梧桐俳句集　栗田靖編
新編 春の海 —宮城道雄随筆集　千葉潤之介編
林芙美子紀行集 下駄で歩いた巴里　立松和平編
放浪記　林芙美子
山の旅 全二冊　近藤信行編
日本近代文学評論選 全二冊　千葉俊二・坪内祐三編
観劇偶評　三木竹二／渡辺保編
食道楽 全二冊　村井弦斎
酒道楽　村井弦斎
文楽の研究 全二冊　三宅周太郎
五足の靴　五人づれ

尾崎放哉句集　池内紀編
リルケ詩抄　茅野蕭々訳
ぷえるとりこ日記　有吉佐和子
江戸川乱歩短篇集　千葉俊二編
怪人二十面相・青銅の魔人　江戸川乱歩
少年探偵団・超人ニコラ　江戸川乱歩
江戸川乱歩作品集 全三冊　浜田雄介編
堕落論・日本文化私観 他二十二篇　坂口安吾
桜の森の満開の下・白痴 他十二篇　坂口安吾
風と光と二十の私と・いずこへ 他十六篇　坂口安吾
久生十蘭短篇選　川崎賢子編
墓地展望亭・ハムレット 他六篇　久生十蘭
六白金星・可能性の文学 他十一篇　織田作之助
夫婦善哉 正続 他十二篇　織田作之助
わが町・青春の逆説　織田作之助
歌の話・歌の円寂する時 他一篇　折口信夫
死者の書・口ぶえ　折口信夫

《日本文学（古典）》〔黄〕

古事記　倉野憲司校注
記紀歌謡集　武田祐吉校註
日本書紀　全五冊　坂本太郎・家永三郎・井上光貞・大野晋校注
万葉集　全五冊　佐竹昭広・山田英雄・工藤力男・大谷雅夫・山崎福之校注
原文万葉集　全二冊　佐竹昭広・山田英雄・工藤力男・大谷雅夫・山崎福之校注
竹取物語　阪倉篤義校訂
伊勢物語　大津有一校注
玉造小町子壮衰書　—小野小町物語　杤尾武校注
古今和歌集　佐伯梅友校注
土左日記　紀貫之　鈴木知太郎校注
蜻蛉日記　今西祐一郎校注
源氏物語　全九冊（既刊四冊）　柳井滋・室伏信助・大朝雄二・鈴木日出男・藤井貞和・今西祐一郎校注
枕草子　池田亀鑑校訂
和泉式部日記　清水文雄校注
和泉式部集・和泉式部続集　清水文雄校注
更級日記　西下経一校注

今昔物語集　全四冊　池上洵一編
三条西家本栄花物語　全三冊　三条西公正校訂
堤中納言物語　大槻修校注
西行全歌集　久保田淳・吉野朋美校注
梅沢本古本説話集　川口久雄校訂
後撰和歌集　松田武夫校訂
古語拾遺　斎部広成撰　西宮一民校注
王朝物語秀歌選　全二冊　樋口芳麻呂校注
倭漢朗詠集　山田孝雄校訂
落窪物語　藤井貞和校注
新訂方丈記　市古貞次校注
新訂新古今和歌集　佐佐木信綱校訂
金槐和歌集　源実朝　斎藤茂吉校訂
新訂徒然草　西尾実・安良岡康作校注
平家物語　全四冊　梶原正昭・山下宏明校注
神皇正統記　北畠親房　岩佐正校注
御伽草子　全二冊　市古貞次校注

王朝秀歌選　樋口芳麻呂校注
わらんべ草　大蔵虎明　笹野堅校訂
千載和歌集　藤原俊成撰　久保田淳校注
読む能の本謡曲選集　野上豊一郎編
東関紀行・海道記　玉井幸助校訂
おもろさうし　外間守善校注
太平記　全六冊　兵藤裕己校注
好色五人女　井原西鶴　東明雅校註
武道伝来記　井原西鶴　横山重・前田金五郎校注
西鶴文反古　井原西鶴　片岡良一校訂
芭蕉紀行文集　付嵯峨日記　中村俊定校注
芭蕉おくのほそ道　付曾良旅日記・奥細道菅菰抄　萩原恭男校注
芭蕉俳句集　中村俊定校注
芭蕉連句集　中村俊定・萩原恭男校注
芭蕉文集　潁原退蔵編註
芭蕉俳文集　全二冊　堀切実編注
芭蕉自筆奥の細道　上野洋三・櫻井武次郎校注

蕪村俳句集 付 春風馬堤曲 他二篇　尾形仂校注
蕪村書簡集　大谷篤蔵・藤田真一校注
蕪村七部集　伊藤松宇校訂
蕪村文集　藤田真一編注
国性爺合戦・鑓の権三重帷子　近松門左衛門／和田万吉校訂
折たく柴の記　新井白石／松村明校注
東海道四谷怪談　鶴屋南北／河竹繁俊校訂
鶉衣 全二冊　横井也有／堀切実校注
近世畸人伝　伴蒿蹊／森銑三校註
うひ山ふみ・鈴屋答問録　本居宣長／村岡典嗣校訂
排蘆小船・石上私淑言 ―宣長「物のあはれ」歌論　本居宣長／子安宣邦校注
雨月物語　上田秋成／長島弘明校注
訳註 良寛詩集　大島花束・原田勘平訳註
新訂 一茶俳句集　丸山一彦校注
一茶 父の終焉日記・おらが春 他一篇　矢羽勝幸校注
増補 俳諧歳時記栞草 全二冊　曲亭馬琴編・藍亭青藍補／堀切実校注
近世物之本江戸作者部類　曲亭馬琴／徳田武校注

北越雪譜　鈴木牧之編撰・京山人百樹刪定／岡田武松校訂
東海道中膝栗毛 全二冊　十返舎一九／麻生磯次校注
浮世床　式亭三馬／和田万吉校訂
日本外史 全三冊　頼山陽／頼成一・頼惟勤訳
梅暦 全二冊　為永春水／古川久校訂
日本民謡集　町田嘉章・浅野建二編
誹諧武玉川 全四冊　山澤英雄校訂
芭蕉臨終記 花屋日記 付 芭蕉翁終焉記・前後日記・行状記　小宮豊隆校訂
醒睡笑 全二冊　安楽庵策伝／鈴木棠三校注
俳家奇人談・続俳家奇人談　竹内玄玄一／雲英末雄校注
砂払 ―江戸小百科 全二冊　山中共古／中野三敏校訂
与話情浮名横櫛 切られ与三　瀬川如皐／河竹繁俊校訂
江戸怪談集 全三冊　高田衛編・校注
色道諸分 難波鉦 ―遊女評判記　酉水庵無底居士／中野三敏校注
弁天小僧・鳩の平右衛門　黙阿弥／河竹繁俊校訂
実録先代萩　黙阿弥／河竹繁俊校訂
橘曙覧全歌集　水島直文・橋本政宣編注

嬉遊笑覧 全五冊　喜多村筠庭／長谷川強・江本裕・渡辺守邦・岡雅彦・花田富二夫・石川了校訂
万治絵入本 伊曾保物語　武藤禎夫校注
鬼貫句選・独ごと　復本一郎校注
井月句集　復本一郎編
江戸端唄集　倉田喜弘編

《日本思想》〔青〕

風姿花伝（花伝書）　世阿弥／野上豊一郎・西尾実校訂
世阿弥 申楽談儀　表章校註
五輪書　宮本武蔵／渡辺一郎校注
政談　荻生徂徠／辻達也校注
葉隠 全三冊　山本常朝／和辻哲郎・古川哲史校訂
童子問　伊藤仁斎／清水茂校注
養生訓・和俗童子訓　貝原益軒／石川謙校訂
貝原益軒 大和俗訓　石川謙校訂
都鄙問答　石田梅岩／足立栗園校訂
町人嚢・百姓嚢・長崎夜話草　西川如見／飯島忠夫・西川忠幸校訂
日本水土考・水土解弁・増補華夷通商考　西川如見／飯島忠夫・西川忠幸校訂

岩波文庫の最新刊

岡本隆司・石川禎浩・高嶋航編訳
梁啓超文集

中国の青年たちに精神の改造と社会の近代化を唱えた清末・民国期の知識人、梁啓超(一八七三―一九二九)。その広範な活動を伝える二八篇を精選、解題を付す。
〔青二三四―一〕 本体一三二〇円

S・K・ランガー著／塚本明子訳
シンボルの哲学
――理性、祭礼、芸術のシンボル試論――

シンボルの操作こそ、人間と動物を区別するものである――。アメリカにおける記号論を美学に発展させたS・K・ランガー(一八九五―一九八五)の代表作。一九四二年刊。
〔青N六〇二―一〕 本体一四四〇円

ジャック＝アラン・ミレール編／小出浩之・新宮一成・鈴木國文・小川豊昭訳
ジャック・ラカン 精神分析の四基本概念(上)

ラカン理論の核心を示す、最重要のセミネールの記録。「無意識、反復、転移、欲動」の四基本概念について、精緻な議論が展開される。改訳を経ての初の文庫化。(全二冊)〔青N六〇三―一〕 本体七八〇円

……今月の重版再開……

ヴォルテール著／丸山熊雄訳
ルイ十四世の世紀(一)
本体七八〇円
〔赤五一八―三〕

ヴォルテール著／丸山熊雄訳
ルイ十四世の世紀(二)
本体七八〇円
〔赤五一八―四〕

定価は表示価格に消費税が加算されます 2020.8